낯선 여인의 키스

Поцелуй The kiss

낯선 여인의 키스

목차

책 머리에

하마구치 유스케 감독의 영화 <드라이브 마이 카>(2021)는 안톤 체호프의 「바냐 아저씨」를 전면에 내세운 영화다. 연극 배우이자 연출가인 주인공 가후쿠는 본인이 적임자임에도 '바냐 아저씨'역을 사양한다. 왜 그 배역을 굳이 맡으려 하지 않는지를 묻자 그는 이렇게 말한다.

"체호프는 두려워. 그의 대사를 입에 올리면 나 자신이 끌려 나와."

'인간은 저마다 자신만의 체호프가 있다'는 러시아의 연출가 에프로스의 말처럼, 체호프의 작품에서 우리는 늘 우리 자신을 발견한다. '잘난 인간'이기 보다는 '못난 인간'에 가까운 체호프의 인물들은 우리 마음 한구석에 숨어있던 못난 감정들을 들여다보게 만든다. 풀리지 않는 인생의 문제들 앞에서 우리가 얼마나 괴로워했는지도 함께 상기시키며.

체호프가 글을 쓰게 된 계기 또한 거창한 사명감이 아닌 좀처럼 풀리지 않는 경제적 문제 때문이었다. 그의 집안은 대대로 농노였고, 할아버지 대에 살림살이가 조금 나아지긴 했으나 부친의 사업 실패로 완전히 가세가 기운다. 당시 김나지움에 다니던 청소년인 체호프를 제외하고 가족 모두는 모스크바로 이주한다. 생활비를 벌어가며 독학을 해야 했기에 늘 여유가 없었음에도 체호프는 모스크바 대학교 의학부에 합격해서 가족들과 다시 재회하게 된다.

성인이 되자마자 집안의 생계를 책임지는 동시에 학비도 벌어야 했던 체호프는 신문과 잡지에 실릴 짧은 글을 써 보기로 한다. 그는 여러 필명으로 엄청난 양의 단편을 연재했고, 글들은 꽤 인기가 있었다. 이때 쓴 필명 중 하나가 본명과 비슷한 '안토샤 체혼테'이고. 이 시기를 체혼테 시기라고도 한다. 경쾌하고 유머러스한 단편들은 이 시기에 많이 나왔다. 이 시기만 해도 작가라는 직업이 그의 삶에서 일 순위는 아니었다. 친구에게 보낸 편지만 봐도 그렇다.

"직업이 하나가 아니라 두 개가 있다는 생각에 스스로 더 자신감과 만족감을 느끼네. 의학은 나의 합법적 아내이고 문학은 나의 애인이야. 한쪽에 진저리가 나면 다른 쪽과 밤을 보내지. 변칙이긴 하지만 덜 지루하며, 게다가 누구도 나의 부정(不貞) 때문에 잃는 건 아무것도 없어."

어느 날 그는 선배 작가 그리고로비치에게 편지 한 통을 받는다. 그에게 탁월한 재능이 있음을 강조하면서, 가벼운 분량의 글을 쓰는 대신 진지한 글을 써보라고 충고하는 편지였다. 편지 이후 발표된 체호프의 작품들은 점점 가볍지만은 않은 주제를 담기 시작한다. 서른 살이 되던 해, 악화된 건강에도 불구하고 그는 유형지였던 사할린으로 향했다. 사할린 사람들이 어떤 삶을 살아가고 있는지 직접 확인하기 위해서다. 지옥과도 같은 절망적인 환경 속에 방치된 사람들의 모습은 그의 문학관과 인생관을 크게 바꾸어 놓았다. 그의 대표 희곡들과 단편들은 이 시기 이후에 쓰여졌다. 물론 의사로서 환자에게 봉사하며 구호 활동에 매진하는 삶 또한 성실히 이어 나갔다.

1897년의 안톤 체호프

그러나 마흔이 넘어 결혼으로 가정도 이루고, 「갈매기」를 비롯한 희곡 작품들의 대성공으로 인생이 정점에 이른 순간, 젊은 시절부터 그를 힘들게 했던 폐결핵이 그의 발목을 잡는다. 요양을 위해 머무른 이국땅에서 그는 결국 마흔네 살의 젊은 나이로 숨을 거둔다. 임종 직전 담당 의사는 "그의 마지막 가는 길에 샴페인을 주도록 하세요."라 말했고, 체호프의 마지막 말은 다음과 같았다.

"얼마 만에 마셔보는 샴페인인지."

그 자신의 작품들처럼, 그가 남긴 마지막 말 또한 거창한 유언과는 거리가 멀었다.

체호프와 그의 아내 올가 크닙페르

체호프의 작품들을 처음 접한 독자들은 대체로 어리둥절한 감정을 경험한다. 작품 대부분이 명확한 결말로 마무리되지 않기 때문이다. 그러나 실제 삶에서 우리가 만나는 일들 또한 명확하게 정의되는 경우는 거의 드물다. 우리 삶의 사건들은 늘 올바름과 그릇됨, 만족과 후회, 아름다움과 찌질함 사이의 어딘가에 위치하기 때문이다. 삶은 아름답고도 잔인한 동시에 별거 없을 수도 있다는 진실을 깨닫게 될 때, 체호프는 비로소 우리 마음속을 파고든다.

이토록 '못난 그들'을 그리고 있음에도 우리가 그들을 너무 이해할 수 있게 되는 것도 이 때문이다. 하지만 체호프의 작품들이 전하는 정서는 공허함과는 거리가 멀다. 마지막 단편까지 읽고 나면 오히려 따뜻함에 가까운 감정이 독자 여러분의 마음을 가득 채울 것이라 확신하며 이 단편집을 발행하게 되었다. 살면서 답이 나오지 않는 상황과 마주하게 될 때, 여러분들께서는 이 이야기들을 반드시 다시 읽게 되리라 생각한다.

2024년 6월

녹색광선 편집부

농담

화창한 겨울의 정오… 맹렬한 추위 속 여기저기서 나무 갈라지는 소리가 나고, 나와 팔짱을 낀 나젠카의 귀밑 곱슬머리와 입술 위 솜털에 은빛 서리가 끼어 있다. 우리가 서 있는 곳에서 지면까지는 완경사면이 펼쳐져 있고 경사면에 태양이 거울처럼 비친다. 우리 앞에는 새빨간 브로드클로스로 칭칭 감은 작은 썰매가 여러 개 있다.

"나제지다 페트로브나, 같이 썰매 탑시다!"

내가 간청한다.

"딱 한 번이면 돼요! 절대 다치지 않을 테니 걱정 마요."

하지만 나젠카는 무서워한다. 작은 고무 덧신 아래, 얼음으로 뒤덮인 산기슭까지 이어지는 공간이 그녀에게는 끝없는 심연처럼 여겨지는가 보다. 같이 썰매 타자는 제안을 듣자마자 그녀는 아래를 내려다봤고, 잔뜩 겁을 먹어서 숨이 멎을 것처럼 보인다. 저 심연을 향해 몸을 던진다면 무슨 일이 생길까! 미치기나 죽을 지도 모를 일이다.

"부탁이에요. 무서워할 거 없어요! 용기를 내봐요!"

내가 말한다.

나젠카는 결국 제안을 받아들인다. 그녀의 표정에는 목숨을 건 자의 비장함이 묻어 있다. 나는 창백한 얼굴로 덜덜 떠는 그녀를 썰매에 앉히고는, 그녀를 한 팔로 안고서 함께 심연으로 떨어진다.

그대로 우리는 총알처럼 빠르게 날아간다. 썰매가 가르는 차가운 공기가 얼굴을 때리고, 포효하고, 귓속을 울리고, 부러 찢을 기세로 아프게 잡아당겨서 머리가 떨어져 나갈 것만 같다. 바람이 너무 강해서 숨쉬는 것도 힘들다. 악마가 포효하며 우리를 팔다리로 옭아매어 지옥으로 끌고 가는 것 같다. 주위의 모든 사물이 빠른 속력으로 앞을 향해 전진하는 하나의 긴 선에 흡수된다…. 조금만 더 가면 둘 다 죽을지도 모른다고 느낀 바로 그 순간!

"나는 당신을 사랑해요, 나쟈!"

내가 들릴 듯 말듯 속삭인다.

썰매의 속도가 점점 잦아들고, 바람의 포효와 '챙' 하는 썰매 날 소리도 더 이상 무섭지 않으며, 호흡도 정상으로 돌아올 때쯤 우리는 산기슭이 있는 평지에 도달한다. 나젠카는 사색이 되어 있다. 창백한 얼굴로 겨우 숨만 쉰다. 나는 그런 그녀가 일어날 수 있게 부축해 준다.

"다시는 안 탈 거예요."

겁에 질려 눈을 크게 뜬 그녀가 나를 보며 말한다.

"절대로 안 타요! 하마터면 죽을 뻔했잖아요!"

조금 진정되자 그녀는 자신이 들은 네 단어를 내가 말한 것인지 포효하는 바람 소리와 혼동한 것인지를 묻고 싶은 듯한 표정으로 내 눈을 바라본다. 나는 그녀 옆에 서서 담배를 피우고 장갑 한 짝을 자세히 살펴보며 딴청을 부린다.

그런 후 그녀는 나와 팔짱을 꼈고, 우리는 한참 동안 산 주위를 산책한다. 수수께끼 때문에 그녀는 계속 신경이 쓰이는 눈치다. 정말로 말한 것일까, 아닐까? 진짜일까, 아닐까? 정말일까, 아닐까? 이것은 자기애와 명예와 삶과 행복과 관련된 문제이며, 굉장히 중요한 것을 넘어 세상에서 가장 중요한 문제다. 나젠카는 초조하고 슬픈 표정을 지으며 내 얼굴을 뚫어지게 쳐다보고, 내 질문에는 동문서답하며 내가 속히 진실을 말해 주길 기다린다. 오, 이토록 사랑스러운 얼굴이 이렇게 다채로운 표정을 짓다니 놀라워! 뭔가 할 말이 있지만 애써 참고, 질문을 하고 싶지만 민망하고, 두렵지만 기쁘기도 해서 무슨 말을 해야 할지 모르는 눈치인 듯하다….

"그거 아세요?"

그녀가 내 얼굴을 보지 않고 말한다.

"무슨 소리죠?"

"한 번 더 타요. 우리… 썰매 말이에요."

우리는 계단을 따라 산 위로 올라간다. 이번에도 나는 창백하게 덜덜 떨고 있는 나젠카를 썰매에 앉혔고, 우리는 다시 무시무시한 심연을 향해 날아간다. 이번에도 바람이 포효하고 썰매 날은 '챙' 소리를 낸다. 썰매의 속력이 정점에 다다랐을 때 나는 들릴 듯 말 듯 작은 목소리로 다시 한번 속삭인다.

"난 당신을 사랑해요, 나젠카!"

썰매가 멈췄을 때 나젠카는 방금 썰매 타고 내려온 산을 바라보고는, 한참 동안 내 얼굴을 쳐다보고 무심하다 못해 아무런 열정이 느껴지지 않는 내 목소리에 귀를 기울인다. 그녀의 머프[1]나 바실릭[2]까지도 함께. 그녀는 온몸으로 의아함을 표현한다. 그녀의 표정은 이런 말을 하고 있다.

'어찌 된 일이지? 누가 이 말을 한 거지? 이 사람일까? 아니면 환청일까?'

나젠카는 이제 수수께끼 같은 의문 때문에 견딜 수 없는 지경에 이른다. 그녀는 애처롭게도 어떤 질문에도 답하지 않고 울음을 터트릴 듯 얼굴을 찡그린다.

"이제 집에 갈까요?"

내가 묻는다.

"난… 난 썰매 타는 게 좋아요. 한 번 더 탈까요?"

그녀가 빨갛게 상기된 얼굴로 말한다.

나젠카는 조금 전에 '좋다'고 말한 사람이 맞는지 의구심이 들 정도로 썰매에 탈 때는 낯빛이 창백해진다. 너무 무서워서 온몸을 떨며 숨 쉬는 것조차 힘들어한다.

우리는 세 번째로 썰매를 타고 내려간다. 나는 그녀가 내 얼굴을 보며 입술의 움직임을 예의주시하는 것을 본다. 하지만 나는 입술을 솔로 가린 채 헛기침을 한다. 그리고 산허리에 도달했을 때 또다시 말한다.

"당신을 사랑해요, 나쟈!"

---

1 원통형의 방한용 모피

2 긴 끈이 달린 방한용 두건

여전히 수수께끼는 풀리지 않는다! 나젠카는 말없이 생각에 잠긴다. 내가 그녀를 집에 바래다줄 때 그녀는 내가 조금 전에 했던 말을 다시 한번 해줄지도 모른다는 희망을 품은 채 평소보다 더 조용히 걸으려고 노력하며 발걸음 속도도 늦춘다. 그녀가 괴로워하면서도 입 밖에 내지 않으려 애쓰는 말이 무엇인지 나는 안다.

'그 말을 바람이 했을 리가 없어요! 그리고 나는 바람 소리가 만들어 낸 환청이 아니었길 바라요!'

다음 날 아침에 나는 이런 쪽지를 받는다.

'오늘 만약 썰매를 타러 가신다면 나를 데리러 오세요. N'

이때부터 우리는 매일 썰매를 타러 가고, 썰매를 탄 채 아래로 내려갈 때마다 나는 작은 목소리로 똑같은 말을 한다.

"당신을 사랑해요, 나쟈!"

머지않아 나젠카는 포도주나 모르핀에 중독되듯 이 말에 중독된다. 이제 그녀는 이 말을 듣지 않고는 살 수 없다. 썰매로 산비탈을 내려오는 건 무섭지만, 이제 공포와 위험은 수수께끼로 남아 그녀를 괴롭히는 그 말에 특별한 매력을 부여한다. 여전히 나와 바람 중 누가 이 말을 했는지 의심은 여전하다…. 둘 중 누가 그녀에게 사랑을 고백했는지 알 길은 없지만, 이제 그녀는 진실이 무엇이든 상관없다는 식이다. 어떤 잔에 술을 따라 마시든 취하기만 하면 된다는 듯이…

한 번은 정오에 나 혼자 썰매를 타러 갔다. 사람들 무리에 섞인 나젠카가 산 쪽으로 다가와서 나를 찾는 모습을 본다. 그런 후 그녀는 계단을 따라 조심스럽게 위로 올라간다. 오, 맙소사, 혼자 썰매를 타다니 얼마나 무서울까! 그녀는 눈처럼 창백해져 몸을 덜덜 떨면서 마치 사형장에 끌려가듯 걸어가면서도 앞만 보고 결연한 표정을 짓고 있다. 마침내 그녀는, 이 놀랍도록 달콤한 말이 내가 없어도 들리는지 확인하기로 결심한 것이다. 나는 창백한 그녀가 공포에 질려 입을 크게 벌린 채로 썰매에 타곤 눈을 감고 지상과 영원히 이별을 고한 후에 출발하는 모습을 본다. 썰매날이 '쨍' 소리를 내며 미끄러진다. 나젠카가 그 말을 들었는지는 모르겠다. 지친 그녀가 썰매에서 일어나는 모습만 보일 뿐이다. 표정을 보니 그녀 자신도 알지 못한 것 같았다. 썰매를 타고 내려가는 동안의 공포로 인해 어떤 소리를 듣거나 바람 소리와 내가 한 말을 구분하고 이해하는 능력을 상실한 것이다.

어느덧 3월이 찾아왔고, 햇살은 더 따스해진다. 우리가 썰매를 타던 얼음 덮인 산도 어두운 빛을 띠며 반짝임을 잃어버린다. 어느새 얼음이 녹는다. 우리는 더 이상 썰매를 타지 않는다. 애처롭게도 나젠카가 이 말을 들을 장소도 사라졌고, 이 말을 해 줄 사람도 없다. 더 이상 바람 소리를 들을 수도 없고, 나는 오랫동안, 아니 어쩌면 영원히 페테르부르크로 떠날 채비를 하고 있기 때문이다.

떠나기 이틀 전 나는 땅거미가 진 정원에 앉아 있었다. 이 정원과 나젠카 집 마당 사이를 못 박힌 높은 담장이 가로막고 있었다. 날은 아직 춥고 비료 사이사이로 녹지 않은 눈이 보이며 나무들은 잎이 모두 떨어져 앙상한 가지만 남았지만, 벌써 봄 내음이 나고 잠들기 전의 떼까마귀 떼가 요란하게 울고 있었다. 나는 담장에 다가가서 틈새로 한참 동안 그녀를 바라본다. 나젠카가 현관 계단으로 나와 슬픈 듯 그리운 표정으로 하늘을 올려다보는 모습을 본다. 슬픔에 젖어 창백한 그녀의 얼굴위로 봄바람이 분다…. 이 바람은 과거에 그녀가 산 위에서 네 단어를 들었을 때 포효하던 그 바람을 연상시킨다. 그녀의 표정이 슬퍼지더니 볼을 타고 눈물이 흘러내린다. 애처로운 그녀는 마치 바람에게 다시 한번 그 말을 들려 달라고 부탁이라도 하듯 두 팔을 앞으로 뻗는다. 나는 이번에도 바람이 세차게 불어올 때 들릴 듯 말 듯 작은 목소리로 말한다.

"나는 당신을 사랑해요, 나쟈!"

아아, 그 때 놀라운 일이 벌어졌다! 그녀가 환한 미소를 띤 채 소리를 지르고, 기쁨과 행복감으로 충만해 무척 아름다운 모습으로 바람을 향해 두 팔을 뻗는 것이 아닌가.

그런 그녀를 뒤로한 채 나는 잠을 청하러 간다.

이것은 이미 오래전의 일이다. 부모님의 강권에 의한 것인지 스스로 결혼을 원했는지 중요하지는 않지만, 그녀는 귀족 후견 기관[3] 직원과 결혼해서 벌써 세 명의 자녀를 두고 있다. 하지만 언젠가 우리가 함께 썰매를 탔고, 바람이 그녀에게 '나는 당신을 사랑해요, 나젠카' 라는 말을 실어다 준 추억은 잊히지 않는다. 그 일은 지금까지도 그녀의 인생에서 가장 행복하고 감동적이며 아름다운 기억이다.

시간이 많이 흐른 지금, 왜 그녀에게 그런 말을 했는지, 무엇 때문에 그런 농담을 했는지, 나 자신도 더는 기억하지 못한다….

---

3 귀족 집안의 과부나 부모가 없는 미성년자를 돌보던 기관

개를 데리고 다니는 부인

1

해변에 새로운 인물, 즉 개를 데리고 다니는 부인이 등장했다는 소문이 돌았다. 얄타에 온 지 이미 2주가 되어 이곳 생활에 익숙해진 드미트리 드미트리치 구로프 역시 새로운 인물들에게 관심을 갖기 시작했다. 그는 베르네씨가 운영하는 카페에 앉아 자그마한 금발머리 부인이 베레모를 쓴 채 해변을 따라 걸어가는 모습을 보았다. 하얀 스피츠가 그 뒤를 따랐다.

그날 이후로 그는 시립공원과 녹지가 조성된 작은 공원에서 하루에도 몇 번씩 그녀와 마주쳤다. 그때마다 그녀는 늘 똑같은 베레모를 쓰고 하얀 스피츠와 함께 산책을 했는데, 아무도 그녀가 무슨 일을 하는 사람인지 몰라 다들 그녀를 '개를 데리고 다니는 부인'이라 불렀다.

구로프는 그런 그녀를 보며 생각했다.

'그녀가 이곳에 남편도 지인도 없이 혼자 온 것이라면, 그녀에게 다가가 인사를 하지 못할 이유도 없지.'

그는 아직 삼십 대지만 열두 살짜리 딸 하나에 김나지움에 다니는 아들이 둘이나 있었다. 부모님의 권유로 대학교 2학년에 재학 중일 때 결혼했고, 이제 아내는 그보다 1.5배는 더 나이 들어 보였다. 그녀는 키가 컸고, 검은 눈썹에 직선적이고 거만하며 스스로를 '생각이 많은 여자'라고 여겼다. 책도 많이 읽고, 글을 쓸 때는 최신 철자법에 따라 단어의 끝에 'ъ' 부호를 붙이지 않았으며, 남편의 이름을 드미트리라고 부르지 않고 옛날 방식대로 디미트리라고 불렀다. 구로프는 그녀를 어리석고 편협하며 천박하다고 여겼다. 아내를 대하기가 불편해서 집에 있기도 싫어했다. 외도를 한지는 이미 오래되었고 외도의 상대도 자주 바뀌었지만 여자들에 대해 늘 좋지 않은 평가를 내렸고, 사람들과 여자들에 대한 이야기를 할 때면 그는 그들을 '저급한 족속'이라 불렀다.

그는 그들로 인해 상처를 많이 받았기 때문에 여자들을 자기가 부르고 싶은 대로 불러도 된다고 생각했지만, 정작 그 '저급한 족속' 없이는 하루도 버틸 수 없는 사람이었다. 남자들과 같이 있으면 지루하고 불편해서 대화도 나누지 않고 차가웠지만, 여자들 사이에 있으면 자유로움을 느꼈고 그들과 무슨 얘기를 하고 어떻게 행동해야 할지도 알았다. 심지어 그들과 함께 있을 때는 침묵해도 편했다. 그의 외모나 성격과 기질 속에 꼭 집어서 말할 수 없는 매력이 있었고 바로 그 매력으로 인해 여자들은 그에게 끌렸다. 그 역시 이 점을 알고 있었으며, 자신도 알 수 없는 어떤 힘에 의해 그들에게 끌리곤 했다.

그의 여성 편력은 대단했지만 대부분 아픈 기억으로 남았다. 여자를 만나면 처음 한동안은 연애로 인해 삶이 상당히 다채로워진다. 이로 인해 즐거울 뿐만 아니라 상대방도 사랑스러우며 이 모든 것이 가벼운 모험처럼 기분 좋게 보이다가도, 정숙한 사람들, 그중에서도 행동이 굼뜨며 우유부단한 모스크바인들에겐 연애란 결국 피할 수도 없고 해결할 수도 없는 골칫거리가 되어 괴로운 상황에 직면하게 된다는 사실을 그는 이미 오래전에 깨달았다. 하지만 새로운 여자를 만날 때면 아픈 경험은 기억에서 사라져 다만 주어진 삶을 살고 싶어졌고, 모든 것이 쉽고도 재미있게 느껴졌다.

어느 저녁 무렵, 그가 공원에 있는 레스토랑에서 식사를 하고 있을 때 베레모를 쓴 그 부인이 그의 옆 자리에 앉기 위해 천천히 다가왔다. 그녀의 표정부터 걸음걸이, 드레스, 헤어스타일을 포함한 모든 것이 그녀가 상류 사회에 속한 유부녀이고, 얄타에는 처음 왔으며, 혼자이고, 이곳에서 지내는 것을 지루해한다는 것을 말해주고 있었다…. 이곳의 문란한 윤리 의식에 대한 풍문들에는 거짓 정보가 많아서 그는 그 이야기들을 경멸했고, 이런 풍문들은 대부분 기회만 생기면 얼마든지 유사한 죄를 저지를 법한 사람들이 지어낸 이야기라는 것을 알고 있었다. 하지만 베레모를 쓴 부인이 그의 테이블에서 세 발자국 떨어져 있는 옆 테이블에 앉았을 때 손쉬운 성공 혹은 함께 하는 산행 등에 대한 풍문들이 떠오르며 스쳐 지나가는 인연, 이름도 성도 모르지만 그의 마음을 사로잡은 낯선 여인과의 연애가 문득 하고 싶어졌다.

그는 다정하게 스피츠를 불렀지만 정작 개가 다가오자 한 손가락을 흔들며 겁을 주었다. 그러자 스피츠가 으르렁댔다. 구로프는 또 다시 겁을 주었다.

부인이 그를 한 번 쳐다보고는 이내 눈을 내리깔았다.

"물지 않아요."

여자는 이 말을 하고 얼굴을 붉혔다.

"뼈를 줘도 될까요?"

그녀가 긍정의 의미로 고개를 끄덕이자 그가 친근하게 물었다.

"얄타에 오신지는 오래되었나요?"

"5일쯤 되었어요."

"전 여기에 온 지 벌써 2주가 다 돼 간답니다."

짧은 침묵 끝에 그녀가 그가 있는 쪽을 보지 않고 말했다.

"시간 참 빠르죠. 그런데 이곳은 참 지루해요."

"이곳에 오면 다들 약속이라도 한 것처럼 그렇게 말하더군요. 벨료프나 지즈드라처럼 작은 도시에 사는 사람들도 그곳에 살 때는 지루하지 않다가 여기만 오면 '아! 지루해! 아, 따분해!'라고 말한단 말이죠. 자기가 무슨 그라나다 같은 섬에서 오기라도 한 것처럼 말이죠."

그녀가 웃었다. 그런 후에 두 사람은 각자 식탁에서 말없이 식사를 했지만 식사를 끝낸 후에는 나란히 걸었고, 어딜 가든 무슨 이야기를 하든 상관없는 자유분방하며 무사 태평한 사람들 간에 오고 갈 법한 농담 섞인 가벼운 대화를 나눴다. 그렇게 그들은 함께 산책하며 바다에 비친 태양빛이 묘하다거나, 연보랏빛을 띠는 바닷물이 무척 부드럽고 따뜻해 보이며 물 위에 비친 달빛이 어떻다거나 하는 이야기를 나눴다. 한여름의 무더운 낮 시간이 지나간 후 저녁이 되면 얼마나 후텁지근한지에 대한 이야기도 했다. 구로프는 자신이 모스크바 사람이며 어문학을 전공했지만 은행에서 일하며, 한때 민간 오페라단에 들어가려고 준비한 적이 있지만 그만뒀고, 모스크바에 집 두 채를 갖고 있다는 이야기를 했다. 한편 그는 그녀가 페테르부르크에서 자랐지만 결혼 후 S라는 도시에서 벌써 2년째 살고 있고, 얄타에는 한 달쯤 더 있을 것이며, 그녀와 함께 휴가를 보내고 싶은 남편이 어쩌면 이곳에 올지도 모른다는 것을 알게 되었다. 그녀는 남편이 현의 행정청이나 현의 지방자치회에서 근무하는 것 같다고 말하면서도 끝내 남편의 근무처를 제대로 설명하지 못했고, 스스로도 자신의 이런 모습을 웃기다고 생각했다. 구로프는 그녀의 이름이 안나 세르게예브나라는 것도 알게 되었다.

그는 호텔 객실로 돌아와서 그녀 생각을 하며, 내일도 그녀와 마주칠지 모르겠다는 상상을 했다. 그래야만 했다. 잠자리에서 그는 그녀가 얼마전에 대학교를 졸업했으니 그의 딸처럼 학교에서 공부를 했을 것이란 상상을 했고, 대화를 하는 동안 그녀의 웃음 속에 수줍음과 조심스러움이 묻어났던 것을 기억했다. 아마도 누군가가 그녀를 쫓아다니고, 그녀를 쳐다보고, 알 수 없는 음흉한 목적을 이룰 요량으로 대화를 나누는 상황에 처한 것도 처음일 거라는 생각을 했다. 가녀린 목과 예쁜 회색 눈도 생각났다.

'그녀에겐 무언가 알 수 없는 연민이 느껴진단 말이야.'

이런 생각을 하며 구로프는 잠들었다.

2

그로부터 일주일이 지난 어느 휴일이었다. 방 안은 후텁지근했다. 바깥은 회오리바람이 불어 먼지가 날리고 모자가 날아가기 일쑤였다. 구로프는 하루 종일 갈증이 나서 베르네씨의 카페에 계속 들락날락하며 안나 세르게예브나에게 시럽을 넣은 물이나 아이스크림을 권했다. 달리 갈 데가 없기도 했다.

저녁이 되어 더위가 조금 수그러들자, 그들은 증기선이 들어오는 모습을 보기 위해 방파제로 갔다. 부두에는 산책하는 사람이 많았고 누군가를 마중 나왔는지 꽃을 들고 있는 사람들도 있었다. 그리고 그들 중 단연 눈에 띄는 이들은 옷을 잘 차려입은 두 무리의 사람들이었는데, 한 무리는 젊은 여자처럼 차려입은 중년의 부인들이었고 나머지 한 무리는 장군들이었다.

거센 파도를 피해 증기선은 해가 진 후 늦게 도착했고 방파제에 배를 대기 위해 한참동안 배의 방향을 돌렸다. 안나 세르게예브나는 아는 얼굴을 찾기라도 하듯 로니에트[1]로 증기선과 승객들을 유심히 관찰했고, 구로프에게 말할 때는 눈을 반짝였다. 그녀는 말이 많아졌고, 질문은 자주 끊겼으며, 그녀 스스로도 어떤 질문을 했는지 잊곤 했다. 잠시 후에는 사람들 무리 속에서 로니에트를 잃어버렸다.

차려입은 한 무리의 사람들은 흩어져서 이미 보이지 않았고 바람은 잠잠해졌다. 구로프와 안나 세르게예브나는 마치 배에서 내릴 누

---

1 한쪽에 긴 손잡이가 달린 멋내기용 안경

군가를 기다리는 것처럼 여전히 그곳에 서있었다. 안나 세르게예브나는 아무 말도 하지 않고 구로프 쪽으로 시선을 두지도 않은 채 꽃향기만 맡았다.

그가 말했다.

"저녁이 되니 날씨가 더 좋아졌어요. 이제 우리 어디로 갈까요? 같이 어디로든 갈까요?"

그녀는 아무 말도 하지 않았다.

그러자 그는 그녀의 얼굴을 빤히 쳐다보곤 갑자기 그녀를 포옹하더니 입술에 입맞추었다. 수분을 머금은 꽃향기가 코에 훅 끼쳤으며, 그 즉시 그는 겁을 먹고 그들을 본 사람은 없는지 확인할 요량으로 주위를 둘러봤다.

그가 목소리를 낮춰서 말했다.

"당신이 묵고 있는 호텔로 가죠…."

그리고 두 사람은 발걸음을 재촉했다.

그녀의 호텔 방 안은 후텁지근했고, 그녀가 일본 상점에서 산 향수 냄새가 났다. 구로프는 그녀를 보면서 생각했다.

'별의별 인연이 다 있단 말이지!'

과거에 그는 태평하고 순수하며 사랑으로 인해 기뻐하고 자신을 행복하게 해줘서 고맙다는 여자들을 짧게나마 만났는가 하면, 감정을 속이고 지나치게 말과 허식이 많은 여자들도 만났다. 그들은 히스테리를 부리며 마치 그들이 함께 나눈 것은 사랑도 열정도 아니라 무언가 더 중요한 것이라는 표정을 짓는 그의 아내 같은 여자들이었다. 그는 인생이 그들에게 줄 수 있는 것보다 더 많은 것을 얻고 싶은 욕망을 표정으로 드러내는 두세 명의 아름답고 차가운 여자들과 만난 적도 있었다. 그들은 젊지 않았고 까탈스럽고 비이성적이며, 경솔하게 행동하고 다른 사람을 조종하고 싶어했다. 애정이 식으면 그들의 아름다움은 오히려 미움을 불러일으켰고, 속옷에 달린 레이스조차 물고기 비늘처럼 보였다.

하지만 지금 그녀는 마치 누군가가 갑자기 방문을 두드려서 당황한 사람처럼 조심스러웠고, 미숙함에서 오는 부자연스러움과 어색함을 내보일 따름이었다. '개를 데리고 다니는 부인'인 안나 세르게예브나가 이 일을 지나치게 심각하게 생각해서 마치 자신이 타락이라도 한 것처럼 구는 바람에 그는 그것이 이상하고 불편했다. 그녀는 생기 잃은 얼굴에 양 옆으로 긴 머리카락을 가련하게 드리운 채, 마치 옛날 그림 속 죄 많은 여자처럼 우울한 태도로 생각에 잠겨있었다.

그녀가 먼저 입을 열었다.

"이러면 안돼요. 날 존중해 주셨으면 해요."

호텔 객실 테이블 위에 수박이 있었다. 구로프는 수박을 칼로 조금 잘라 천천히 먹었다. 침묵 속에서 어느덧 30분이 흘렀다.

안나 세르게예브나는 사랑스러웠고, 착실하고 진지하며 순진한 여자 특유의 분위기를 풍겼다. 테이블 위에서 외롭게 타고 있는 양초는 그녀의 얼굴만을 겨우 비출 뿐이었지만 그녀가 힘들어한다는 것은 알 수 있었다.

구로프가 말했다.

"내가 왜 당신을 존중하지 않는다고 생각하죠? 당신도 당신이 무슨 말을 하는지 모르는 것 같은데."

"하느님이 저를 용서하시길!"

이 말을 하는 그녀의 눈에 눈물이 그렁했다.

"끔찍해요."

"당신은 변명을 하는 거요."

"무슨 변명을 하겠어요? 난 어리석고 행실도 나빠요. 저 스스로를 경멸하고 있으니 변명할 생각은 없어요. 난 남편을 속인 것이 아니라 나 자신을 기만한 거예요. 이런지 꽤 됐어요. 남편은 정직하고 좋은 사람일지는 몰라도 하인 같은 사람이에요! 나는 그가 무슨 일을 하는지도 몰라요. 하지만 그가 하인 같은 사람이라는 건 알아요. 스무 살 때 그와 결혼했죠. 이전과는 다른 더 나은 삶을 기대하며 호기심에 사로잡혀 결혼했어요. 난 내 삶을 살고 싶었어요! 행복한 삶이 아주 간절했어요…. 막연한 호기심에 사로잡혔었죠. 아마 날 이해 못 할 거예요. 하지만 신께 맹세코, 더는 나 자신을 통제할 수 없어서, 무언가에 홀린듯 강렬한 욕구에 사로잡혀 남편에게 아프다고 말하고 여기로 왔어요. 그리곤 미친 사람처럼 이곳을 계속 거닐었죠…. 그러다 결국 이렇게 모두의 경멸을 받을 타락하고 천박한 여자가 된 거예요."

구로프는 슬슬 그녀의 이야기를 듣는 것이 지루했고 그녀의 순진한 말투와 이 상황에 어울리지 않는 그녀의 갑작스러운 고백이 정말 짜증스러웠다. 그녀의 눈에 맺힌 눈물이 아니었다면 그녀가 농담을 하거나 연기를 하는 것이라 생각했을 것이다.

"당신이 무슨 말을 하고 싶은지 잘 모르겠네요. 내가 어떻게 해주길 원해요?"

그녀는 얼굴을 그의 가슴에 파묻고 그 품에 파고들었다.

"날 믿어줘요, 내 말을 믿어주세요, 제발… 난 바르고 정갈한 삶을 원해요. 죄는 역겨워요. 내가 지금 뭘 하고 있는지 모르겠어요. 이럴 때 사람들은 보통 '뭔가에 홀렸다'라고 하죠. 나도 지금 뭔가에 홀렸어요."

그가 중얼거렸다.

"그만, 이제 그만해요…."

그는 미동 없는 그녀의 겁먹은 눈을 바라보며 그녀에게 키스하면서 목소리를 낮춰 그녀를 다정하게 달랬고, 그녀는 조금씩 진정되었고, 곧 명랑해졌다. 둘은 다시 웃기 시작했다.

잠시 후 그들이 밖으로 나왔을 땐 해안가엔 아무도 없었다. 군데군데 사이프러스가 자라고 있는 도시는 을씨년스러웠고, 파도가 여전히 해안가에 부딪히는 소리가 들렸다. 파도에 흔들리는 커다란 배 안의 등불 하나가 나른한 듯 깜빡이고 있었다.

그들은 마부 딸린 마차를 한 대 구해서 오레안다[2]로 떠났다.

구로프가 말했다.

"조금 전에 호텔 1층 현관에서 당신 성을 알게 됐는데 게시판에 '폰 디데리츠'라고 적혀있더군. 남편이 독일 사람 인가요?"

"아니, 남편 할아버지가 독일 분이었던 것 같아요. 그 사람은 정교회 신자예요."

---

2 크림반도에 있는 해안 마을 이름으로 차르의 여름 휴양지이기도 하다.

오레안다에 도착한 그들은 교회 근처에 있는 벤치에 앉아 말없이 바다가 있는 아래쪽을 응시했다. 얄타는 아침 안개에 가려 희미하게 보였고, 산 정상엔 흰 구름이 걸려 있었다. 나뭇잎들은 미동조차 없었고 매미들은 그저 요란하게 울어댔다. 저 아래 바닷가에서 들려오는 단조로운 파도 소리는 결국 우리가 맞이하게 될 평안과 영원한 잠에 대해 말하고 있었다. 이곳에 아직 얄타도 오레안다도 없던 오래전에도 파도 소리는 요란했을 것이며, 지금도 그러하다. 우리가 없더라도 파도는 조용하고 무심하게 목소리를 낼 것이다. 어쩌면 이러한 불변성 속에, 개개인의 삶과 죽음에 대한 완벽한 무심함 속에 우리의 구원과 이 땅에서의 삶과 끊임없는 진보가 담겨 있는 것인지도 모른다. 새벽 미명의 바다와 산, 구름과 넓은 하늘이 보여주는 그림 같은 풍경 속에서 아름답고 차분하고 매력적인 여인 옆에 앉아 구로프는 생각했다. 세상 모든 것이 참 아름답다고. 인간의 높은 이상이나 인간으로서의 존엄성에 대해 망각한 채 스스로 생각하고 저지르는 행위를 제외한 모든 것이.

수위처럼 보이는 사람이 다가와서 그들을 흘끗 보고는 사라졌다. 문득 이렇듯 사소한 상황까지도 비밀스럽고 아름답게 여겨졌다. 페오도시야에서 증기선이 도착한 것이 보였다. 실내의 불을 끈 배는 아침햇살을 받아 환했다.

침묵 끝에 안나 세르게예브나가 말했다.

"풀에 이슬이 맺혔네요."

"그렇군, 이제 돌아가죠."

그들은 도시로 돌아갔다.

그 후로 그들은 매일 정오에 해안가에서 만나 함께 아침과 점심을 먹고 산책하며 바다를 감상했다. 그녀는 잠을 제대로 못 자 심장이 빨리 뛴다고 하소연했다. 그의 사랑을 의심했는지, 그가 그녀를 존중하지 않을지도 모른다는 두려움 때문인지 그녀는 똑같은 질문을 계속했다. 그리고 작은 길이나 공원에 아무도 없을 때면 그는 갑자기 그녀를 끌어당겨 열정적으로 키스했다. 완벽한 휴식, 보는 사람은 없는지 두리번거리며 대낮에 나누는 키스, 더위 속에서 바다 냄새와 하는 일 없이 옷을 잘 차려입고 부른 배를 두드리며 그곳을 지나다니는 사람들. 그는 전과 달리 안나 세르게예브나에게 그녀가 얼마나 아름답고 매력적인지 이야기했고 그녀로부터 한 발자국도 떨어지지 않으며 그녀에 대한 애정을 과시했다. 그렇지만 그녀는 종종 생각에 잠기곤 했으며, 그가 그녀를 존중하지 않으며 조금도 사랑하지 않으며 그녀를 타락한 여인처럼 대한다는 것을 인정하라고 지속적으로 요구했다. 거의 매일 조금 늦은 저녁 시간에 그들은 교외나 오레안다나 폭포를 보러 떠났고, 산책은 매번 성공적이었으며, 산책 후에는 기분이 무척 좋아졌다.

그녀는 남편이 오기를 기다리고 있었다. 하지만 그에게서 편지가 왔다. 거기에는 눈병이 심하니 속히 아내가 집으로 돌아와 주길 원한다는 내용이 적혀 있었다. 안나 세르게예브나는 서둘러 떠날 채비를 했다.

그녀가 구로프에게 말했다.

"떠나게 돼서 다행이에요. 우리 운명은 여기까지겠죠."

그녀는 말을 타고 떠났고, 그는 그녀를 배웅했다. 그들은 그렇게 꼬박 하루 동안 말을 탔다. 급행열차에 몸을 싣고 두 번째 출발 신호음이 울렸을 때 그녀가 말했다.

"당신 얼굴을 한 번만 더 보게 해 줘요…. 한 번 더. 네, 그렇게."

그녀는 울지 않았지만 아픈 사람처럼 슬퍼 보였다. 그녀의 얼굴이 떨렸다.

그녀가 말했다.

"당신을 생각할게요…. 추억할게요. 신의 가호가 있기를, 안녕. 나에 대한 좋은 기억만 간직해요. 이렇게 되는 편이 나아요. 우린 만나서는 안되는 사람들이니까. 이제 헤어지면 영원히 못 보겠죠. 잘 있어요."

마치 이토록 달콤한 기억과 위험한 만남을 속히 중단하기 위해 계획된 것처럼 기차는 빠르게 떠났고, 기차가 남긴 연기도 이내 사라졌으며, 잠시 후에는 기차 소리조차 들리지 않았다. 먼 곳을 응시하며 플랫폼에 혼자 남은 그는 메뚜기 소리와 전신주 전선이 윙윙거리는 소리를 듣자 이제 막 잠에서 깬 듯한 기분이 들었다. 그의 인생에서 또 하나의 여행이나 모험이라 불릴만한 것이 존재했으나 이 역시 끝나버렸고 이제 추억만 남았다는 생각을 했다…. 회한과 미안함이 동시에 일었다. 이제는 더 이상 보지 못할 그 젊은 여인이 그와 함께 있는 동안에 행복하지 못했기 때문이다. 애정을 갖고 그녀를 다정하게 대하기는 했지만 그의 말투나 애무에는 가벼운 조소, 그녀보다 나이가 두 배가량 많은 행복한 남자의 오만한 그림자가 묻어났던 탓이었다. 그녀는 늘 그가 좋은 사람이며 보기 드물게 선량하며 고귀한 사람이라 말했고, 그녀가 그의 실제 모습을 보지 못했다는 것이 명백했으므로 그는 의도치 않게 그녀를 속인 것이 되었다.

기차역에는 가을내음이 났고, 저녁이 되자 공기가 선선해졌다.

'나도 북쪽으로 떠나야할 때가 된 것 같네. 그래, 나도 가야지!'

구로프는 플랫폼을 떠나며 생각했다.

3

모스크바는 이미 겨울 날씨여서 난로를 땠고, 아침마다 아이들이 학교에 가면 어른들은 차를 마셨다. 밖이 아직 어두워서 유모는 잠시 불을 켰다. 날씨도 제법 쌀쌀해졌다. 첫눈이 내리고 썰매를 탄 첫날에 새하얀 땅과 지붕을 보는 건 즐거운 일이었으며, 숨 쉬는 것도 한결 편하고 좋아서 이 무렵이면 유년기가 떠오르곤 했다. 서리가 끼어서 하얗게 변한 늙은 피나무와 자작나무는 편안한 얼굴을 하고 있어서 사이프러스나 야자수보다 더 친근하게 느껴졌으며 그 옆에 있으면 산이나 바다에 가고 싶은 마음이 사라졌다.

구로프는 모스크바 사람이라, 맑고 쌀쌀한 어느 날 모스크바로 돌아왔다. 모피코트를 걸치고 따뜻한 장갑을 끼고 페트로프카 거리를 따라 걷거나 토요일 저녁에 종소리를 들으니 얼마 전 여행과 여행지는 모든 매력을 상실했다. 그는 서서히 모스크바 생활에 익숙해졌고, 하루에 세 종류의 신문을 탐욕스럽게 읽으면서도 원래는 모스크바 신문을 읽지 않는다고 사람들에게 말하곤 했다. 레스토랑이나 클럽도 방문하고 점심식사나 생일 파티에도 초대받았으며 유명한 변호사들과 배우들이 그의 집에 드나드는 것과 의사 클럽에서 교수와 카드 놀이를 하는 것 역시 기분 좋았다. 이제 그는 후라이팬에 있는 솔랸카 수프 1인분은 거뜬히 먹을 수 있었다.

한 달쯤 지나면 안나 세르게예브나 역시 기억 속에서 안개처럼 희미해지고 과거에 다른 여자들이 그의 꿈에 나왔듯 그녀 역시 사랑스러운 미소를 띠며 이따금 그의 꿈에 등장하리라고 그는 생각했다. 하지만 한 달이 지나고 시간이 흘러 한겨울이 되었어도 기억 속 그녀는 마치 어제 헤어진 것처럼 또렷했다. 오히려 기억은 점점 더 생생해졌다. 고요한 저녁 무렵 학교 수업 준비를 하는 아이들의 목소리가 서재로 흘러 들어오는 것을 들을 때, 레스토랑에서 로망스나 오르간 연주를 듣는 둥 마는 둥 할 때, 벽난로 속에서 눈보라 소리가 들릴 때면, 그녀와 함께 했던 모든 일이 떠올랐다. 함께 방파제에 갔던 일, 이른 아침에 안개 낀 산에 갔던 일, 그리고 페오도시야에서 온 증기선, 그들이 나눈 입맞춤까지. 그는 한참 동안 방안을 서성이며 추억을 더듬고 미소를 지었다. 잠시 후 추억은 이루고 싶은 꿈이 되고, 상상은 어느덧 실현 가능할지도 모른다는 생각으로 변했다. 안나 세르게예브나는 그의 꿈에 등장하는 대신 그가 어딜 가든 그림자처럼 그를 따라다녔다. 눈을 감으면 정말로 그녀가 앞에 있는 것 같았는데, 전보다 더 아름답고 젊고 상냥해 보였다. 그 자신도 얄타에서보다 더 멋져 보였다. 저녁마다 그녀는 책장과 벽난로, 구석에 서서 그를 바라봤고, 그녀의 숨소리와 그녀 옷이 사각사각하는 소리가 들리는 것 같아 그는 기분이 좋아지곤 했다. 거리에서 그는 여자들을 보며 그녀와 닮은 여인을 찾아보곤 했다.

이제 그는 자신의 추억을 누군가와 나누고 싶어 미칠 것 같았다. 하지만 집에서 자신의 사랑 이야기를 할 수도 없고, 집 밖에서도 이런 이야기를 나눌만한 사람은 없었다. 이웃과 이야기할 수도 없고 은행에서 말할 수도 없는 노릇이었다. 그리고 무슨 말을 한단 말인가? 그는 과연 그때 사랑을 하긴 했던가? 안나 세르게예브나와의 관계에서 무언가 아름답고 시적이거나 교훈적인 것이나 하다못해 흥미로운 것이라도 있긴 했던가? 그래서 그는 사랑과 여자들에 대해 두리뭉실하게 말할 수밖에 없었고, 그에게 무슨 일이 있었는지 아무도 알아차리지 못했다. 아내만이 시커먼 눈썹을 움직이며 이렇게 말했다.

"디미트리, 당신 어울리지 않게 왜 그렇게 멋을 내고 다녀?"

그러던 어느 날 밤, 카드 놀이 파트너인 공무원과 함께 의사 클럽에서 나오면서 그는 결국 견디다 못해 말해버리고 말았다.

"제가 얄타에서 얼마나 아름다운 여인과 만났는지 아시면 깜짝 놀라실겁니다."

그러자 그 남자는 썰매를 타고 출발하더니 갑자기 뒤를 돌아서 큰 소리로 말했다.

"드미트리 드미트리치!"

"무슨 할 말이라도?"

"얼마 전에 하신 말씀이 옳았어요. 철갑상어 요리가 좀 상한 것 같아!"

평상시에 늘 들을 수 있을 법한 말이었지만 구로프는 굴욕적이고 불결하단 생각에 기분이 상했다. 얼마나 무례한가! 밤은 얼마나 어리석고 낮은 또 얼마나 따분하며 느리게 지나가는가! 카드놀이는 광포했고, 사람들은 과식을 하고 술을 마셨다. 늘 똑같은 지루한 대화, 불필요한 일들과 똑같은 이야기가 그의 삶에서 가장 좋은 때와 에너지를 좀먹고 있었다. 결국 예술적 영감조차 없는 빈 껍데기만 남을 뿐이다. 정신병원이나 군 감옥에 있는 것처럼 떠날 수도 도망갈 수도 없다.

구로프는 밤새 한숨도 못 자고 괴로워했고, 다음날 하루 종일 두통에 시달렸다. 그 후로도 며칠간 그는 잠을 설치고 밤새도록 침대에 앉아서 생각하거나 방을 서성였다. 아이들도 보기 싫고 은행 일도 하기 싫었지만 특별히 가고 싶은 데가 있는 것도 아니었고, 특별히 하고 싶은 말도 없었다.

12월의 연휴에 그는 떠날 채비를 했다. 아내에게는 한 젊은이의 일을 좀 도와주기 위해 페테르부르크에 다녀오겠다고 말하고 'S' 시로 떠났다. 무슨 목적으로? 그 역시 자신의 행동을 설명할 수 없었다. 다만 그는 안나 세르게예브나와 만나서 이야기를 좀 하고, 가능하다면 데이트도 하고 싶었을 뿐이었다.

그는 아침에 'S' 시에 도착해서 호텔에서 가장 좋은 객실을 잡았다. 객실 바닥에는 군복용 회색 천이 판판하게 깔려 있었으며, 책상 위에 있는 잉크병은 먼지가 쌓여서 회색으로 변했고 그 옆에는 모자 든 한 손을 위로 들고 머리는 잘려 나간 채로 말을 타고 있는 기수 조각상이 있었다. 호텔 수위는 그에게 중요한 정보를 제공했다. 폰 디데리츠란 사람의 집은 이 호텔에서 멀지 않은 스타로-곤차르나야

거리에 있으며, 그자가 그 집의 주인이고, 부유하게 살고 있어 말도 몇 마리 소유 중이고, 이 도시에서 그를 모르는 사람은 없다는 것이다. 수위는 그의 성을 '드리디리츠' 라고 발음했다.

구로프는 느긋하게 스타로-곤차르나야 거리로 가서 수위가 말한 집을 찾아냈다. 그 집은 위쪽에 못이 박힌 회색 담장에 에워싸여 있었다.

구로프는 창문과 담장을 번갈아 보면서 생각했다.

'누구라도 이런 집에 살면 도망가고 싶겠군.'

그는 오늘이 쉬는 날이라 안나의 남편이 집에 있을 것이라 생각했다. 남편이 집에 있든 없든 그가 그 집에 가면 그 집 사람들이 당황할 것이다. 만약 쪽지를 보낸다면 그 쪽지는 남편 손에 들어갈 수 있고, 그렇게 되면 일을 망칠 수 있다. 가장 좋은 방법은 우연에 기대는 것이다. 그는 근처 거리를 계속 왔다 갔다 하면서 담장 근처에서 그 운명 같은 우연을 기다렸다. 그때 한 거지가 대문 안으로 들어갔고, 개들이 거지에게 달려드는 것을 보았다. 1시간쯤 지나자 그랜드 피아노 연주하는 소리가 들리더니 이내 그 소리가 희미하고 약하게 들려왔다. 안나 세르게예브나가 연주하는 것이리라. 그리곤 잠시 후에 갑자기 대문이 열리더니 거기에서 어떤 노파가 나왔고, 그 뒤로 낯익은 흰색 스피츠 한 마리가 따라 나왔다. 개를 부르고 싶었지만 갑자기 심장이 뛰기 시작했고, 너무 긴장한 나머지 개의 이름도 떠오르지 않았다.

그는 길을 서성이며 회색 담장을 점점 더 증오하게 되었다. 어느새 그녀는 그를 잊었고, 어쩌면 그새 다른 남자랑 눈이 맞았는지도 모른다고 생각하자 화가 치밀어 올랐다가도 아침부터 밤까지 이 망할 놈의 담장을 봐야 하는 젊은 여자라면 당연히 그럴 수 있다는 생각도 들었다. 그는 호텔로 돌아가서 어떻게 해야 할지 몰라 한참 동안 소파에 앉아 있었고 점심 식사를 한 후에 오랫동안 낮잠을 잤다.

'무슨 수를 써야겠어.'

잠에서 깬 그는 어두워진 창밖을 보며 이런 생각을 했다. 어느새 저녁이 되었다.

'하필 낮에 쓸데없이 숙면을 취할 게 뭐람? 이제 밤새도록 뭘 하지?'

그는 병원에서나 쓸 법한 싸구려 회색 침대보가 덮인 침대 위에 앉아서 자기 자신을 질책했다.

'이렇게 해서 개를 데리고 다니는 부인을 만날 수나 있겠어? 모험 같은 소리 하고 있네…. 이대로 계속 여기 앉아 있게 생겼군.'

그러다 그는 아침에 기차역에서 '게이샤[3]'의 초연을 알리는 굉장히 큰 글씨가 적힌 포스터를 보았던 것을 기억해 냈다. 그는 극장으로 갔다.

'초연을 보러 가면 만날 수 있을지도 몰라.'

그는 생각했다.

극장은 발 디딜 틈이 없었다. 모든 현에 있는 극장이 그렇듯 극장 샹들리에 위엔 연기가 자욱했고, 저렴한 위층 좌석들에 있는 사람들이 웅성거렸다. 공연 시작 전 1열에는 그 지역의 멋쟁이들이 뒷짐을

3 영국 작곡가 시드니 존스의 오페라

지고 서 있었다. 현 지사 좌석 중 첫 번째 자리에는 지사의 딸이 긴 모피 목도리를 두른 채 앉아있었고, 지사는 수줍은 듯 무대 커튼 뒤로 숨어서 두 팔만 보였다. 커튼이 흔들리고 오케스트라 단원들은 오랫동안 악기를 조율했다. 사람들이 들어오고 자리를 잡는 동안에도 구로프의 시선은 그녀를 찾으려 애썼다.

안나 세르게예브나가 들어왔다. 그녀는 세 번째 열에 앉았다. 구로프는 그녀를 본 순간 심장이 조여 들었고, 이 세상에서 그녀보다 더 가깝고 소중한 사람은 없다는 사실을 분명하게 깨달았다. 이곳 사람들과 섞여 있는 이 작은 여인, 지극히 평범하며 두 손으로 조잡한 로니에트를 들고 있는 그녀가 이제 그의 삶을 가득 채웠다. 그녀는 그의 슬픔이자 기쁨이며 이제는 그가 소유하고픈 유일한 행복이었다. 형편없는 오케스트라와 수준 떨어지는 이 지역 바이올린 연주자들의 소리를 들으며 그는 그녀가 참 아름답다고 생각했다. 그는 그녀와 함께 하는 꿈을 꿨다.

구레나룻을 짧게 민데다 허리가 구부정하고 매우 키가 큰 젊은이가 안나 세르게예브나와 함께 들어왔다. 그는 한 발 한 발 내딛을 때마다 고개를 흔들며 사람들에게 인사를 하는 듯 보였다. 아마도 얄타에서 그녀가 속상해하며 하인 같다고 말한 그녀의 남편일 것이다. 큰 키에 구레나룻을 기르고 머리가 살짝 벗겨진 그는 실제로 뭔가 하인같은 분위기를 풍겼다. 기분 좋은 미소를 짓는 그의 옷깃에는 하인의 일련번호 같기도 한 학구적인 분위기의 배지가 반짝였다.

첫 번째 휴식시간에 남편은 담배를 피우러 나갔고, 그녀 혼자 자리를 지키고 있었다. 역시 아래층 좌석에 앉아있던 구로프는 그녀에게 다가가 애써 어색한 미소를 지으며 떨리는 목소리로 말했다.

"안녕하세요."

그녀는 그를 한 번 쳐다보고 창백해졌다. 그런 후에는 눈으로 보고도 믿지 못하겠다는 표정을 지으며 한 번 더 그를 쳐다보고, 마치 기절하지 않으려고 안간힘을 쓰려는 듯 두 손으로 부채와 로니에트를 꼭 쥐었다. 두 사람 모두 잠시 침묵했다. 그녀는 앉아있었고, 당황한 그녀를 보고 놀란 그는 옆에 앉아도 될지 결심이 서지 않아 그대로 서있었다. 바이올린과 플룻 연주자들이 악기를 조율하기 시작했고, 갑자기 귀빈석에 앉은 사람들이 모두 그들을 쳐다보는 것 같은 기분이 들어 덜컥 겁이 났다. 그녀는 자리에서 일어나 서둘러 출구 쪽으로 향했고, 그는 영문도 모른 채 그녀 뒤를 따랐다. 그들은 복도를 지나, 계단을 따라, 올라갔다가 다시 내려갔다. 옷깃에 배지를 단 법관, 교사, 지방 관료복장을 한 사람들이 그들을 지나쳤다. 곧 이어 부인들과 옷걸이에 걸린 모피코트를 스쳐 지났고, 틈새바람은 담배 냄새를 실어나르고 있었다. 두근거리는 가슴을 안고 그녀의 뒤를 따르던 구로프는 생각했다.

'오 맙소사! 이 사람들과 오케스트라가 여기에 없다면 좋으련만….'

그는 불현듯 기차역에서 안나 세르게예브나를 배웅하던 날 저녁에 이제 모든 것이 끝났고, 그들은 더 이상 못 볼 것이라고 생각했던 일이 떠올랐다. 그리고 그가 끝이라고 생각한 것이 얼마나 터무니없는 것인지 깨달았다.

'앰피시어터[4] 입구'라고 적혀 있는 좁고 어두운 계단에서 그녀는 멈춰 섰다.

너무 놀라 창백해진 그녀가 거친 숨을 몰아쉬며 말했다.

"얼마나 놀랐는지 알아요? 정말 깜짝 놀랐어요! 너무 놀라서 죽을 뻔했어요. 여긴 왜 왔어요? 어째서?"

그는 들릴 듯 말 듯 작은 목소리로 서둘러 말했다.

"하지만 안나, 날 좀 이해해줘요, 제발… 제발 부탁이니 이해해줘요."

그녀는 공포와 간절한 부탁과 사랑을 담아, 그의 모습을 잘 기억해둘 요량으로 그의 얼굴을 뚫어지게 바라보았다.

그녀는 그의 말은 듣지 않고 자기 말만 이어갔다.

"그동안 얼마나 힘들었는지 알아요? 늘 당신 생각만 하고 당신 생각으로 하루 하루를 버텼어요. 당신을 잊으려고 애썼다고요. 그런데 왜, 왜 여길 온 거예요?"

윗층 층계참에서 학생 두 명이 담배를 피며 아래를 내려다봤지만 구로프는 아랑곳하지 않고 안나 세르게예브나를 자기 쪽으로 끌어당겨서 그녀의 얼굴과 볼, 팔에 키스하기 시작했다.

그녀는 소스라치게 놀라며 그를 밀쳐내면서 말했다.

"이러지 마세요. 이러면 안 돼요! 우린 둘 다 미쳤어요. 오늘 당장, 아니, 지금 당장… 성자들의 이름으로 부탁드리는데, 제발… 부탁이에요…. 사람들이 이쪽으로 오고 있어요!"

---

4 극장의 반원형 계단식 관람석

아래쪽에서 위쪽으로 누군가가 계단을 따라 올라오고 있었다.

안나 세르게예브나는 목소리를 낮춰서 계속 말했다.

"당신은 떠나야 해요…. 내 말 듣고 있나요, 드미트리 드미트리치? 내가 당신을 만나러 모스크바로 갈게요. 난 단 한 번도 행복한 적이 없었고, 지금도 불행해요. 앞으로도 절대로 행복하지 못할 거예요. 더 이상 저를 힘들게 하지 마세요! 맹세코, 제가 꼭 모스크바에 갈게요. 이제 헤어져요! 좋은 사람, 사랑스러운 내 사랑, 이제 떠나요!"

그녀는 그와 악수를 한 후에 빠른 걸음으로 아래로 내려가면서도 계속 그를 보기 위해 뒤를 돌아보았다. 그녀의 눈은 정말로 불행해 보였다. 구로프는 잠시 그 자리에 서서 그녀가 내려가는 소리를 귀 기울여 들은 후 완전히 고요해지자 자기 겉옷을 찾아 극장을 떠났다.

4

그 후 안나 세르게예브나는 그를 보러 모스크바로 찾아오기 시작했다. 두세 달에 한 번 꼴로 그녀는 S시를 떠나면서 남편에게는 여성 질환 관련해서 교수님과 상의할 일이 있다고 둘러댔고, 남편은 반신반의했다. 그녀는 모스크바에 오면 '슬라뱐스키 바자르'라는 호텔에 머물렀고, 도착하기가 무섭게 빨간 모자를 쓴 사람을 구로프에게 보냈다. 그러면 구로프가 그녀를 찾아왔고 모스크바에서는 누구도 이 밀회를 알지 못했다.

어느 겨울 아침, 그는 여느 때와 같이 그녀를 만나러 갔다. (그녀가 보낸 전령이 전날 저녁 그의 집에 갔다가 그를 못 만나고 왔다.) 그는 마침 그녀에게 가는 길인데다 학교 가는 딸을 바래다주고 싶어 딸과 함께 걸었다. 함박눈이 내리고 있었다.

구로프가 딸에게 말했다.

"오늘은 영상 3도인데 눈이 내리는구나. 땅 표면은 따뜻하지만 대기권의 상층부 온도는 매우 낮기 때문이란다."

"아빠, 겨울에는 왜 천둥이 치지 않아요?"

그는 이것 또한 설명해주었다. 그는 딸과 대화하면서 이런 생각을 했다. 지금 그녀를 만나러 가는 중이지만 아무도 이러한 사실을 모르며 어쩌면 영원히 비밀로 남을지도 모른다고. 그는 두 개의 삶을 살았다. 하나는 의지만 있다면 확인할 수도 있고 알 수도 있는 삶, 상대적 진실과 거짓으로 가득 차 있으며 그의 지인이나 친구들의 삶과 크게 다를 바 없는 삶이었다. 또 다른 삶은 비밀리에 흘러가고 있었다. 우연의 일치로 상황이 이상하게 돌아갔지만, 어쩌면 그에게 소중하고 흥미롭고 꼭 필요하며, 그가 진심으로 대하는 모든 것, 즉, 그의 삶에서 가장 중요한 부분은 다른 사람들이 모르게 일어났다. 이를테면 은행일이나 클럽에서의 논쟁이나 '저급한 족속'이라든지, 아내와 함께 지인들의 생일 파티에 초대받아 가는 일 같은, 진실을 숨기고 자신을 드러내지 않기 위해 만든 거짓된 빈 껍데기 같은 것은 모두 표면으로 드러났다. 그는 다른 사람들 역시 자기와 같은 삶을 살거라 치부하며, 눈으로 본 것을 믿지 않았다. 밤이 되면 인간의 본성이 드러나듯이 인간은 누구나 진실된 인생, 가장 흥미로운 삶을 감추고 있다고 생각했다. 모든 사람들은 비밀 덕분에 버틸 힘을 얻으며 어쩌면 그런 이유 때문에 교양 있는 사람들은 자기 자신의 비밀을 지키기 위해 그토록 애쓰는지도 모른다.

구로프는 딸을 학교에 바래다준 후 '슬라뱐스키 바자르' 호텔로 향했다. 그는 아래층에서 모피코트를 벗고 위로 올라간 후에 조용히 문을 두드렸다. 그러면 그가 좋아하는 회색 드레스 차림으로 어제 저녁부터 그를 기다리느라 지친데다 여독이 채 가시지 않아 피곤한 기색이 역력한 안나 세르게예브나가 창백하고 뾰로통한 얼굴로 그를 쳐다보았다. 그가 호텔방에 들어오기가 무섭게 그녀는 그의 품에 쓰러져 안겼다. 마치 2년 동안 얼굴을 못 본 사람들처럼 그들의 입맞춤은 길었고, 그렇게 그들은 오랫동안 서로의 입술을 탐했다.

그가 물었다.

"그동안 어떻게 지냈죠? 새로운 소식은?"

"잠깐만요, 지금 말해줄게요…. 아니, 안되겠어요."

그녀는 눈물이 앞을 가려 말을 할 수 없었고, 그에게서 등을 돌려 숄로 눈가의 눈물을 닦았다.

'울게 내버려두자. 잠시 앉아서 기다리자.' 그는 이렇게 생각하며 안락의자에 앉았다.

잠시 후 그는 로비에 전화해서 차를 주문했고, 그가 차를 마시는 동안 그녀는 여전히 그를 등지고 서서 창밖을 보았다…. 그녀는 그들의 삶이 너무 비극적이며, 그들이 도둑처럼 사람들의 눈을 피해 만나고 있다는 사실이 슬프고 걱정스러워 울었다. 이래도 그들의 삶이 망가지지 않았단 말인가?

그가 말했다.

"이제 그만 울어요!"

그는 그들의 사랑이 언제 끝날지 알 수는 없지만 막연하게나마 앞으로 꽤 오랫동안 지속되리라 확신했다. 시간이 갈수록 그에 대한 안나 세르게예브나의 마음은 더 깊어졌고, 그녀는 그를 무척 사랑했으며, 언젠가는 이 모든 것이 끝날 수밖에 없다고 그녀에게 말한다는 것은 생각할 수도 없는 일이었다. 말한다 해도 그녀는 그의 말을 믿지도 않았겠지만.

그는 그녀를 달래주고 농담도 할 요량으로 다가가서 그녀의 어깨를 잡았다. 그 순간, 거울 속에 비친 자신의 모습을 보았다.

벌써 흰 머리가 생기기 시작했다. 최근 몇 년 사이에 이토록 늙고 추하게 변한 자신이 문득 낯설었다. 그의 손아래 놓인 그녀의 어깨는 따뜻했고, 떨고 있었다. 그는 그녀의 삶, 아직도 이토록 따뜻하고 아름답지만 그의 삶처럼 시들어 생기를 잃게 될 그녀의 삶이 측은해졌다. 그녀는 왜 그를 이토록 사랑하는 것일까? 그가 만난 여자들은 늘 그의 본 모습을 보지 않았고, 그를 있는 그대로 사랑한 것이 아니라 그들의 상상 속에 등장시키며 살면서 그토록 간절히 만나길 원하던 사람으로 포장하여 사랑했다. 나중에 자신들의 실수를 깨닫더라도 그들은 여전히 그랬다. 하지만 그 누구도 그와 함께 해서 행복하지 못했다. 시간은 흘렀고 여러 여자들과 만남과 이별을 반복하는 동안 단 한 번도 사랑한 적은 없었다. 수많은 감정을 느끼긴 했지만 그 안에 사랑은 없었다.

그리고 그의 머리가 하얗게 세기 시작한 지금에 와서야 그는 진정한 사랑을 하고 있었다. 난생 처음으로.

안나 세르게예브나와 그는 매우 가까운 사람들처럼, 친밀한 남편과 아내처럼, 다정한 친구처럼 서로를 사랑했다. 운명이 그들을 서로 알아볼 수 있도록 도와준 것만 같았지만, 그가 무슨 연유로 현재의 아내와 결혼을 했고, 그녀는 왜 다른 남자와 결혼했는지는 이해할 수 없었다. 마치 포획되어 서로 다른 새장에 갇혀 살게 된 암수 철새 두 마리 같았다. 그들은 서로의 부끄러운 과거를 용서했으며 현재의 모든 것 역시 용서했고, 이 사랑이 그들 두 사람을 변화시켰다고 느꼈다.

예전의 그는 슬픈 마음이 들 때면 머릿속에 온갖 종류의 구실을 떠올리며 자기 자신을 위로했지만 이제는 그런 생각을 할 틈이 없었다. 그는 그녀를 향해 깊은 연민을 느꼈고, 그저 진실되고 다정해지고 싶었다.

그가 말했다.

"그만해요, 내 사랑. 이제 그만 울고… 같이 얘기하면서 어떻게 할지 생각해 봐요."

그런 후에 그들은 한참동안 함께 상의했고, 어떻게 하면 숨지 않고, 사람들을 기만하지도 않고, 서로 다른 도시에 떨어져 살며 오랫동안 못 보는 상황도 면할 수 있을지에 대해 이야기했다. 어떻게 하면 견디기 힘든 쇠사슬로부터 벗어날 수 있을까.

그는 두 손으로 머리를 움켜쥐고 자신에게 물었다.

"어떻게? 어떻게? 도대체 어떻게?"

그러자 조금만 더 시간이 지나면 묘안이 떠오를 것이고, 그러면 새롭고 멋진 삶이 시작될 것만 같았다. 두 사람 모두 그들의 사랑이 끝나려면 아직 한참 먼 길을 가야하며, 가장 어렵고 힘든 일이 이제 막 시작되었음을 알고 있었다.

진창

1

'로트시테인의 후손들' 이라 불리는 보드카 양조장의 커다란 마당에 새하얀 장교복을 입은 젊은이가 우아하게 몸을 흔들며 말을 탄 채 들어왔다. 태양은 중위의 견장에 달린 작은 별이며, 자작나무의 흰 줄기와 마당 여기저기에 흩어져 있는 깨진 유리 더미에서 태평한 미소를 짓고 있었다. 어디를 보든 여름날의 밝고 건강한 아름다움이 묻어 있었고, 수분을 잔뜩 머금은 어린 풀은 즐겁게 몸을 흔들거나 맑고 파란 하늘에 대고 윙크하고 있었다. 심지어 난로 연기에 그을린 벽돌로 지어진 더러운 광, 퓨젤유가 풍기는 후덥지근한 냄새도 이런 분위기를 망치지 않았다. 중위는 말안장에서 경쾌하게 뛰어내린 후 그를 향해 달려온 사람에게 말 고삐를 건넸고, 가늘고 검은 콧수염을 쓰다듬으며 현관문을 지나 집 안으로 들어갔다. 낡긴 했지만 밝고 부드러운 계단을 올라가니, 조금은 거만한 표정의 나이 든 하녀가 그를 맞이했다. 중위는 말없이 그녀에게 명함 한 장을 건넸다.

명함을 갖고 방에 들어가며 하녀는 명함에 적힌 '알렉산드르 그리고리예비치 소콜스키'라는 이름을 읽었다. 잠시 후 하녀가 돌아와서 아가씨의 몸이 좋지 않아 그를 만날 수 없다고 중위에게 말했다. 소콜스키는 천장을 한 번 쳐다보고 아랫입술을 삐죽 내밀었다.

"속상하군요!"

그가 말했다.

"이봐요, 부인."

그가 생기를 띠고 말하기 시작했다.

"가서 수산나 모이세예브나 아가씨에게 내가 꼭 뵈어야 한다고 말해줘요. 꼭 뵈어야 한다고요! 아주 잠깐이면 됩니다. 양해를 구한다고 전해주세요."

하녀는 한쪽 어깨를 으쓱하더니 천천히 아가씨 방 쪽으로 갔다.

"네! 그렇게 하시랍니다!"

그녀는 잠시 후에 돌아와서 한숨을 쉬며 말했다.

중위는 그녀를 따라서 화려하게 꾸민 대여섯 개의 큰 방을 지나 사각형의 넓은 방에 도착했다. 발을 들여놓자마자 방안을 가득 채운 만개한 화초들과, 달콤하지만 역겨울 정도로 진한 재스민 꽃향기에 놀랐다. 꽃들은 창문을 가릴 듯 격자 구조물을 따라 벽을 타고 올라갔고, 천장에서 다시 아래로 늘어졌으며, 구석 구석마다 줄기를 뻗고 있었다. 그 방은 사람이 사는 방이라기보단 온실에 더 가까운 모습을 하고 있었다. 박새, 카나리아, 방울새들이 짹짹거리며 식물들 사이를 날아다니고 유리창에 부딪혔다.

“여기로 오시라고 해서 죄송해요!”

중위는 낭랑한 여자의 목소리를 들었다. 부정확한 ‘r’ 발음이 듣기 좋았다.

“어제 편두통이 있었는데 오늘까지 그럴까 봐 되도록 안 움직이려고 하다 보니 이래요. 그런데 무슨 일로 오셨죠?”

값비싼 중국식 가운을 걸치고 머리는 숄로 싸맨 여자가 입구 맞은편 커다란 안락의자에 앉아 고개를 뒤로 젖혀 쿠션에 대고 있었다. 손으로 뜬 울 소재의 숄 밖으로 끝이 날카롭고 창백한 긴 매부리코와 크고 검은 한쪽 눈만 보였다. 폭이 넓은 가운 때문에 그녀의 키와 몸매를 알 수는 없었지만 희고 예쁜 손이나 목소리, 코와 눈을 보고 판단했을 때 나이는 스물여섯에서 스물여덟 살을 넘지 않는 것 같았다.

“죄송합니다, 제가 좀 집요하죠….”

중위가 발 뒤꿈치의 박차를 부딪히며 말하기 시작했다.

“소개가 늦었습니다. 소콜스키입니다! 저는 사촌 형의 부탁으로 왔는데, 그러니까 아가씨의 이웃인 알렉세이 이바노비치 크류코프는…”

“아, 알아요!”

수산나 모이세예브나가 그의 말 허리를 잘랐다.

“크류코프를 알아요. 앉으세요. 나는 눈 앞에 뭔가 큰 것이 가로막는 것을 좋아하지 않아서요.”

“사촌 형이 아가씨한테 가서 빚을 좀 받아오라고 했습니다.”

중위는 또다시 신발의 박차로 소리를 내고는, 앉아서 하던 말을 이어갔다.

"실은 돌아가신 아가씨 아버님이 겨울에 형에게 귀리를 구매하시면서 적지 않은 빚을 지셨답니다. 약속 어음상으로는 아직 지불 기한이 일주일이나 남았지만 사촌 형은 아가씨가 오늘 꼭 이 빚을 갚길 바라고 있어요."

중위는 말을 하면서 연신 주위를 힐끔힐끔 쳐다봤다.

'설마 내가 지금 있는 곳이 침실이란 말인가?'

그가 생각했다.

키 큰 화초로 가득한 방의 한쪽 구석에는 장례식을 연상케 하는 분홍색 캐노피 아래로 아직 개지 않아 구겨진 이부자리가 놓여있는 침대가 있었다. 바로 옆 안락의자 두 개에는 드레스 몇 벌이 뭉친 채로 놓여 있었다. 옷자락과 소매, 구겨진 레이스와 주름들이 카펫 위로 늘어져 있었으며, 카펫 위 여기저기에는 흰색의 얇은 끈들과, 담배꽁초 두세 개와 캐러멜 포장지들이 널브러져 있었다. 끝이 뭉툭하거나 뾰족하고 긴 온갖 종류의 여성용 구두도 침대 밑에서 삐져 나와 있었다. 중위는 문득 지나치게 달콤한 재스민 향이 꽃향기에서 비롯된 것이 아니라 침대와 여성용 구두 몇 켤레에서 나는 것일지도 모른다고 생각했다.

"약속 어음의 액수는 어떻게 되나요?"

수산나 모이세예브나가 물었다.

"2천3백루블입니다."

"이런!"

유대인 아가씨는 갑자기 눈을 크게 뜨며 말했다.

"적은 액수라면서요! 하지만 아버지가 돌아가시고 최근 몇 달 동안 지출이 너무 많아서 오늘이든 일주일 후든 돌려드리기는 힘들 것 같아요…. 쓸데없이 신경 쓸 데가 많아서 머리가 어지러울 지경이에요! 정말이지, 해외로 가야 하는데 온갖 종류의 쓸데없는 일을 하고 있다니까요. 보드카니 귀리니…."

그녀는 눈을 절반쯤 감으면서 중얼거리기 시작했다.

"귀리, 약속어음, 이자, 혹은 우리 집사 표현대로 '니자'등…. 끔찍해요. 어제는 집에 찾아온 세무사를 쫓아냈어요. 자기 트랄레스[1]를 가져와서는 나한테 치근덕대더라고요. 그래서 그 사람한테 말했죠. '당신의 트랄레스와 함께 지옥에나 떨어져 버리세요. 아무도 안 만나고 싶어요!' 그러자 그는 저의 한 손에 키스하곤 떠나더라고요. 그래서 말인데요, 당신 사촌이 두세 달 정도 기다려 줄 수는 없을까요?"

"잔인한 질문이군요!"

중위가 웃으면서 말했다.

"사촌이야 일 년도 기다릴 수 있겠지만, 내가 그럴 수가 없어요! 이게 사실 내 일이기도 해서 말입니다. 무슨 일이 있어도 돈이 필요한데 사촌은 마치 작정이라도 한 것처럼 돈이 한 푼도 없단 말입니다. 그래서 하는 수 없이 내가 직접 나서서 수금하러 다닌답니다. 조금 전에는 임차인 사내에게 갔었고 지금은 보시다시피 아가씨 집에 있지만 여기서 나가면 또 어딘가로 가서 5천루블이 모일 때까지 수금하러 다닐 겁니다. 난 지금 돈이 절실합니다!"

1 독일 물리학자 트랄레스가 발명한 알코올 도수 측정기.

"알았으니까 그만 하세요. 그런데 젊은 사람이 그렇게 큰돈이 왜 필요하죠? 변덕이나 장난질 같은 건가요? 유흥에 돈을 탕진하셨거나 도박에서 돈을 잃었나요? 아니면 결혼이라도 하시는?"

"어떻게 아셨어요!"

중위는 웃으면서 말했고, 살짝 몸을 일으키느라 박차 부딪히는 소리가 났다.

"결혼합니다…."

수산나 모이세예브나는 손님의 얼굴을 뚫어져라 쳐다보곤 불만이 있는 듯한 표정을 짓고는 한숨 쉬며 말했다.

"나는 사람들이 왜들 그렇게 결혼하려고 하는지 이해를 못 하겠어요!"

그녀는 손으로 손수건을 찾으면서 말했다.

"삶은 너무 짧고 자유도 적은데 거기에다 자신을 자발적으로 구속까지 하려 드니 말이예요."

"각자 삶을 바라보는 시각은 다르니까요…."

"네, 네, 물론이죠. 각자 삶을 바라보는 시각이 다르긴 하죠…. 하지만 가난한 여자와 결혼하시는 건 아닐 것 같은데요? 연애결혼을 하시는 건가요? 게다가 왜 3천도 아니고, 4천도 아니고 왜 꼭 5천루블이 필요한 거죠?"

'참 수다스러운 여자군!'

중위는 이렇게 생각하고 대답했다.

"실은 군법상 장교는 스물여덟 살 이전에 결혼을 못하게 돼 있습니다. 만약 스물여덟 살 이전에 결혼하고 싶으면 전역을 하거나 5천루블을 예치해야 합니다."

"아, 그렇게 된 거군요. 방금 말씀하신 각자 삶을 바라보는 시각이 다르다는 것 말인데요…. 어쩌면 신부가 특별하고 뛰어날 수도 있지만…. 내가 도무지 이해할 수 없는 건 점잖은 사람이 어떻게 여자랑 살 수 있냐는 거예요. 나는 죽었다 깨어나도 모르겠어요. 내 나이 벌써 스물일곱이지만 지금껏 단 한 번도 괜찮은 여자를 만난 적이 없어요. 하나같이 가식적이거나 부도덕하거나 거짓말쟁이들이더군요…. 하녀나 식모는 어쩔 수 없이 곁에 두고 살지만, 소위 참하다는 여자들은 가까이하지 않는답니다. 다행히 그들도 나를 싫어해서 내 일에 참견하지 않아요. 그녀들은 돈이 필요하면 무슨 일이 있어도 직접 오지 않고 남편을 보낼 텐데 자존심 때문이 아니라 내가 히스테리를 부릴까 봐 겁이 나서 그러는 거죠. 아, 나는 그들의 적대감을 너무 잘 알아요! 알다마다요! 그건 그들이 온갖 수단을 동원해서 신과 사람들로부터 감추려고 하는 것을 내가 잘 보이게 까발리기 때문일 거예요. 이러니 그들이 어떻게 나를 미워하지 않겠어요? 모르긴 몰라도 나에 대한 이야기를 이미 세 상자 분량쯤 들으셨을 텐데…."

"난 여기에 온 지 얼마 안 돼서…."

"아니, 아니, 아니오…. 눈을 보면 알아요! 당신이 여기에 온다는데도 사촌의 아내가 설마 아무 말도 안 했다고요? 젊은 남자를 이렇게 끔찍한 여자한테 보내면서 주의를 주지 않았다는 말을 믿으라는 건가요? 하하. 그럼, 당신 사촌은요? 당신 사촌은 젊고 무척 잘생긴 남자잖아요…. 나는 그를 조과[2]때 몇 번 본 적이 있어요. 나를 왜 그런 눈으로 보는 거죠? 난 교회에 굉장히 자주 가요! 모두에게 신은 한 분이니까요. 교양 있는 사람에게는 외모보다 사상이 더 중요한 법이니까요…. 안 그런가요?"

"네, 물론이죠…."

중위가 미소를 지으며 말했다.

"네, 사상이…. 그런데 사촌과 하나도 안 닮으셨네요. 당신도 잘생겼지만, 사촌이 훨씬 더 잘생겼거든요. 달라도 너무 달라요!"

"당연하죠. 우리는 친형제가 아니라 사촌지간이니까요."

"네, 맞아요. 그러니까 오늘 꼭 돈이 필요하다는 말씀이죠? 그런데 왜 하필 오늘이죠?"

"휴가가 곧 끝나니까요."

"어쩔 수 없군요!"

수산나 모이세예브나가 한숨 쉬며 말했다.

"나중에 날 욕할 걸 알지만 그렇게 해드릴게요. 결혼 후 아내와 다투곤 '그때 만약 망할 놈의 유대인 여자가 나한테 돈을 안 줬다면 난 지금쯤 새처럼 자유로웠을 텐데!'라고 말할 테지만. 신부는 예쁜가요?"

"네, 그런 편입니다…."

"음…. 아무런 매력이 없는 것보다야 예쁘다든지 매력이 있으면 좋죠. 그런데 예뻐도 머리가 빈 여자랑 살기는 힘들죠."

---

2 러시아 정교회 아침 예배

"정말 재미있군요!"

중위가 웃으면서 말했다.

"당신도 여자면서 여자를 그렇게 싫어하다니!"

"여자라…."

수산나가 조소 섞인 투로 말했다.

"신이 나를 이런 모습으로 이 세상에 보낸 것이 내 잘못은 아니지 않나요? 만약 그렇다면 당신에게 콧수염이 있는 것은 당신 잘못일 테니까요. 바이올린을 보고 악기 케이스를 선택하지는 않으니까요. 나는 자기애가 강하지만 누구든 내가 여자라는 것을 상기시키면 내 자신이 미워져요. 자, 그러면 여기서 나가시죠. 옷을 입어야겠어요. 응접실에서 기다려요."

중위는 침실에서 나가자마자 현기증과 목 간지러움의 원인인 재스민의 진한 냄새를 떨쳐내기 위해 숨을 깊게 내쉬었다. 그는 놀랐다.

'참 이상한 여자야! 말은 청산유수인데… 너무 수다스럽고 솔직해. 정신병자 같군.'

그는 주위를 둘러보면서 생각했다.

그가 서 있는 응접실은 값비싼 물건들로 채워져 있었고 사치스러운 데다 유행을 따른 것 같았다. 부조 조각이 있는 어두운 색 청동 접시가 있었고, 여러 개의 테이블 위에는 니스와 라인강 풍경이 펼쳐져 있었다. 벽에는 오래된 월 램프가 달려있었고, 작은 일본제 조각상이 있었지만, 화려함과 유행을 추구하는 숨겨진 욕망은 취향이 없음을 오히려 강조하고 있었다. 금색으로 칠한 커튼 고리, 꽃무늬 벽지, 원색 벨벳 테이블보와 무거운 액자에 들어가 있는 형편없는 유화 몇 점이 그것을 확실하게 보여주었다. 무언가는 부족하고 무언가는 너무 넘쳐서 버려야 할 것 같은 상황에, 비좁은 집과 완성도가 떨어지는 실내장식이 미적 감각의 부재를 확인시켜 주고 있었다. 실내장식이 한 번에 마련된 것이 아니라 세일처럼 솔깃한 기회를 활용해서 조금씩 만들어진 것이라는 의미이기도 했다.

중위 역시 미적 감각이 뛰어나다고 볼 수는 없었지만, 전체적인 실내장식이 화려한 물건이나 유행하는 소품으로도 감출 수 없는 어떤 특징을 갖고 있다는 것 정도는 알 수 있었다. 통상 따뜻함과 시적 감수성 혹은 쾌적함을 실내장식에 부여하는 안주인의 흔적을 이곳에서는 전혀 찾아볼 수 없었다. 기차역 대합실이나 클럽 혹은 극장 로비에서나 느낄 법한 차가운 기운만이 느껴졌다.

이삭과 야곱의 만남을 묘사한 커다란 그림 한 점을 빼면 유대인 특유의 분위기 역시 전혀 느껴지지 않았다. 중위는 주위를 둘러봤고, 어깨를 들썩이며 처음 만난 이상한 여자와 그녀의 자유분방한 모습과 대화 방식에 대해 생각했다. 이때 문이 활짝 열리더니 문지방에 검은 드레스를 입은 날씬한 그녀가 모습을 드러냈다. 허리 부분은 칼로 다듬은 듯 잘록하게 묶여 있었다. 이제 그녀의 코와 눈 뿐만 아니라 하얗고 여윈 얼굴과 어린양의 털을 연상시키는 그녀의 검은 곱슬머리에도 시선이 닿았다. 추녀라고 할 수는 없었지만 그는 그녀가 마음에 들지 않았다. 전형적인 러시아인의 외모를 갖지 않은 사람들에 대해 편견을 갖고 있는데다, 검은 곱슬머리와 진한 눈썹이 안주인의 하얀 얼굴과 너무 안 어울렸으며, 그녀의 하얀 얼굴을 보고 있으면 무슨 연유인지 지나치게 달콤한 재스민 향이 날 것만 같았고, 귀와 코도 죽은 사람이나 투명한 밀랍을 부어서 만든 것처럼 너무 창백했기 때문이다. 그녀는 미소를 띤 채 치아와 함께 핏기 없는 잇몸을 드러내 보였고, 이것 역시 마음에 들지 않았다.

'환자처럼 창백하군…. 아마 칠면조처럼 신경질적일 거야.'

그가 생각했다.

"짜잔, 내가 왔어요! 같이 가시죠!"

그녀는 이 말을 한 후 빠른 걸음으로 앞장서 걸으면서 꽃에 붙은 노란 나뭇잎을 떼어냈다.

"지금 돈을 드리고, 괜찮으시면 아침 식사도 대접할게요. 2천3백루블이라니! 이렇게 좋은 거래 후에 식사를 하시면 맛있게 드실 수 있겠죠? 우리 집 방들은 마음에 드시나요? 부근에 사는 부인들은 나한테서 마늘 냄새가 난다고 하더라고요. 그들의 재치는 온통 예민한 후각에 집중돼 있다니까요. 결론부터 말씀드리자면 마늘은 우리 집 식품 저장고에도 없는데요, 한 번은 우리 집에 마늘 냄새를 풍기는 의사 선생님이 오셨었고, 내가 그 분한테 모자를 챙겨서 다른 장소에서 그 향기를 풍기시라고 부탁했었어요. 나한테 나는 냄새는 마늘 냄새가 아니라 약 냄새에요. 아버지가 일 년 반 동안 몸에 마비가 와서 누워 계셨기 때문에 약 냄새가 집에 밴 거예요. 꼬박 일 년 반 동안 말이에요! 아버지가 딱했지만 돌아가셔서 다행이에요. 무척 고통스러워 하셨거든요!"

그녀는 중위를 데리고 응접실과 홀을 닮은 방 두 개를 지나갔고, 앙증맞은 물건들로 장식된 작고 여성스러운 책상이 있는 서재에서 멈춰 섰다. 카펫 위에는 모서리가 접힌 책 몇 권이 펼쳐진 상태로 널

브러져 있었다. 서재의 또 다른 문이 열려 있었고, 열린 문틈으로 아침 식사가 차려진 식탁이 보였다.

계속 수다를 떨면서 수산나는 주머니에서 작은 열쇠 꾸러미를 꺼내서 윗부분이 사선으로 기울어진 다소 복잡한 장식장의 문을 열었다. 문을 위로 열자 장식장은 슬픈 멜로디 소리를 냈고, 중위는 에올리언 하프 소리를 떠올렸다. 수산나는 열쇠 하나를 더 골랐고, 이내 찰카닥 소리가 또 한 번 들렸다.

"여기에 지하 통로도 있고, 비밀 문들도 있어요."

그녀는 부드러운 염소 가죽 재질의 서류 가방을 꺼내면서 말했다.

"우스꽝스러운 장식장이죠, 안 그런가요? 이 서류 가방에 제 전 재산의 사분의 일이 있어요. 보세요, 얼마나 불룩한지. 절 교살할 건 아니죠?"

수산나는 중위를 향해 눈을 치켜뜨고는 천진난만하게 웃었다. 중위도 따라 웃었다.

'얼마나 매력적인 여자란 말인가!'

그는 열쇠들이 그녀의 손가락 사이로 빠르게 움직이는 모습을 보면서 생각했다.

"열쇠가 여기 있네요!"

그녀는 서류 가방의 열쇠를 고른 후에 말했다.

"자, 채권자 씨, 약속어음의 무대로 올라오시죠. 사실 본질적으로 보면 돈이라는 것이 얼마나 헛된지 몰라요! 별것도 아닌 건데 여자들은 또 돈을 얼마나 좋아하는지! 사실 내가 뼛속까지 유대인이어서 슈물이나 얀켈이란 이름을 가진 남자들[3]을 너무 좋아하긴 하지만 우리 유대인들의 성향 중 참기 힘든 것이 있다면 바로 돈을 너무 좋아한다는 거예요. 목적도 모르면서 돈을 아껴서 모으죠. 삶을 즐길 줄도 알아야 하는데 그들은 1코페이카도 허투루 쓸까 전전긍긍하죠. 이런 점에서 나는 슈물보다는 기마병에 가까워요. 나는 돈이 한자리에 오래 있는 걸 싫어해요. 전반적으로 전형적인 유대인과는 거리가 멀죠. 내 발음이 많이 이상한가요?"

"글쎄요."

중위는 난색을 보였다.

"발음은 좋은 편인데 'r'과 'l'발음이 부정확한 것 같네요."

수산나는 웃으면서 열쇠를 서류 가방 자물쇠에 집어넣었다. 그러자 중위는 주머니에서 약속 어음 한 뭉치를 꺼내서 수첩과 함께 테이블 위에 올려놓았다.

"외국인 특유의 억양만으로는 유대인인지 아닌지 알 수는 없죠."

수산나는 밝게 웃으면서 중위를 쳐다보며 대답했다.

"유대인은 러시아인이나 프랑스 사람처럼 보이려고 아무리 노력해도 '푸흐[4]'라는 단어를 발음해달라고 부탁하면 '페흐'라고 대답할 거예요. 그런데 나는 '푸흐! 푸흐! 푸흐!'라고 정확하게 발음을 하죠!"

두 사람 모두 웃었다.

'정말 너무 괜찮은 여자라니까!'

소콜스키가 생각했다.

---

3 고골의 소설에 나오는 유태인 등장 인물들

4 새나 동물의 몸에 난 솜털

수산나는 서류 가방을 의자 위에 올려 놓고 중위를 향해 한 걸음 다가가서 자기 얼굴을 그의 얼굴에 가까이 갖다 대고는 신이 나서 하던 말을 이어갔다.

"유대인들 다음으로는 러시아인들이나 프랑스인들을 가장 좋아했어요. 학교 다닐 때 공부도 못했고, 역사는 잘 모르지만, 이 땅의 운명은 이 두 민족의 손안에 있는 것 같아요. 해외에서도 오래 살았어요…. 마드리드에도 반년간 살았죠…. 사람들을 원 없이 실컷 봤지만, 러시아인들과 프랑스인들만큼 점잖은 민족이 없다는 결론을 내렸어요. 언어만 해도 그래요. 독일어는 말 같고, 영어만큼 어리석은 언어는 상상할 수도 없잖아요. 파이츠-피이츠-퓨이츠[5]라니? 이탈리아어의 경우 천천히 말할 때는 듣기 좋지만, 이탈리아 여자가 빨리 말하면 유대인들의 은어 같죠. 폴란드인들은 어떻고요? 맙소사! 폴란드어보다 끔찍한 언어는 없을 거예요! '니에 피엡시, 피엣세, 피엡솀 비엡샤, 보 모제시 프세펩시츠 비엡샤 피엡솀[6]'. 이건 '표트르, 새끼 돼지에 후추를 뿌리지 마. 이미 많이 뿌렸으니까.'란 뜻이죠. 하하하!"

수산나 모이세예브나가 눈을 굴리며 어찌나 호탕하게 웃던지 중위 역시 그런 그녀를 보며 큰 소리로 신나게 웃었다. 그녀는 손님의 단추를 잡고 하던 말을 이어 나갔다.

"당신도 유대인들을 싫어하시겠죠…. 다른 모든 민족이 그러하듯

---

5 'Fight-feet-foot'이며, 체호프는 영어에 이중 모음이 많고 f라는 자음이 많이 나온다는 것을 빗대어 표현하고자 했고, 러시아어로는 의성어 같은 느낌을 준다.

6 "Nie pieprz, Pietrze, pieprzem wieprza bo mozeoz przepieprzyé wieprza pieprzem"

유대인도 많은 결점을 갖고 있으니까 논쟁할 마음은 없어요. 하지만 그게 어디 유대인들 잘못인가요? 아니요, 유대인 여자들의 잘못이죠! 그들은 멍청하고, 인색하고 시적 감수성도 전혀 없으며, 지루한 사람들이죠…. 당신은 유대인 여자와 산 적이 없어서 이게 얼마나 힘든 일인지 잘 모를걸요?"

수산나 모이세예브나는 '얼마나 힘든 일인지'를 말할 때 특히 길게 끌었고, 얼굴에서 웃음기도 사라지고 더 이상 격앙되지도 않았다. 그녀는 마치 자신이 솔직하게 말한 것에 겁을 먹기라도 한 것처럼 입을 다물었고, 얼굴은 순식간에 이상하고 이해할 수 없는 모습으로 일그러졌다. 그녀는 중위의 얼굴을 뚫어지게 쳐다봤고, 입술이 벌어졌으며, 앙다문 그녀의 치아가 보였다. 그러곤 얼굴과 목, 가슴까지 잔뜩 독이 오른 고양이 같은 표정을 지으며 부들부들 떨기 시작했다. 손님한테서 눈을 떼지 않으면서 그녀는 자기 몸을 한쪽으로 재빨리 기울이더니 고양이처럼 날렵한 동작으로 테이블 위에 있던 무언가를 낚아챘다. 고작 몇 초 안에 벌어진 일이었다. 그런 그녀의 동작을 예의주시하던 중위는 그녀의 다섯 개의 손가락이 그의 약속어음을 구겨서 바스락거리는 흰 종이가 그의 눈앞에서 언뜻 보였다가 그녀의 손아귀 속으로 사라진 것을 보았다. 천진난만하게 웃던 사람이 갑자기 그런 범죄를 저지르자, 그는 너무 놀라서 창백해진 얼굴로 뒷걸음질 쳤다.

한편 그녀는 사태를 파악하길 원하는 겁먹은 그의 눈에 여전히 시선을 둔 채 주먹 쥔 손으로 자신의 넓적다리를 더듬어서 주머니를 찾았다. 주먹은 포획된 물고기처럼 부들부들 떨렸고, 좀처럼 주머니 입구를 찾지 못했다. 조금만 더 지체하면 약속어음이 여자의 드레스 안에 있는 은밀한 주머니 속으로 사라질 위기에 놓인 찰나에 중위가 외마디 비명을 지르곤 이성보다는 본능에 더 의지하여 어음을 움켜쥔 유대인 여자의 손목을 낚아챘다. 그러자 그녀는 아까보다 더 세게 이를 악물고 온 힘을 다해 그에게 달려들어서 그에게서 자기 손을 떼어냈다. 그러자 소콜스키가 한 손으로는 그녀의 허리를 꼭 끌어안고 다른 한 손으로는 가슴을 잡으면서 몸싸움이 시작되었다. 그는 그녀의 여성성을 모욕하고 아프게 할까봐 조심하면서 그녀가 움직이지 못하게 하고 그녀의 주먹 쥔 손안에 있는 약속어음만 빼앗을 생각이었으나 그녀는 그의 두 팔 안에서 자신의 유연하고 탄탄한 몸으로 한 마리 장어처럼 몸부림쳤고, 팔꿈치로 그의 가슴을 치고 손톱으로 할퀴는 바람에 그의 두 손은 그녀의 전신을 더듬었다. 그는 의도치 않게 그녀를 아프게 했으며, 그녀를 수치스럽게 하고 말았다.

'이 얼마나 기이한가! 일이 이상하게 돌아가고 있구만!'

너무 놀라서 사태를 파악하지 못한 채, 그는 재스민 향 때문에 여전히 정신을 못 차리고 메슥거림을 느끼며 생각했다.

말없이 헐떡거리던 그들은 우연히 가구에 부딪히기도 하며 자리를 이리저리 옮겼다. 수산나는 몸싸움에 열을 올렸다. 얼굴이 빨갛게 상기된 그녀가 눈을 감고 잔뜩 흥분해서는 자기 얼굴을 중위 얼굴에 바짝 대는 바람에 그의 입술에 달짝지근한 재스민 향이 남았다. 드디어 그가 그녀의 주먹을 붙잡았다. 잡은 주먹을 폈지만, 그 안에서 약속어음을 발견하지 못하자 그는 그녀를 놓아주었다. 그들은 머리카락이 헝클어진 채로 얼굴을 붉히고 숨을 헐떡이며 서로를 쳐다봤다. 그러곤 잔뜩 독이 올랐던 유대인 여자의 고양이 같은 표정이 서서히 선한 미소를 띤 얼굴로 바뀌었다. 그녀는 큰 소리로 웃더니 몸을 돌려 아침 식사가 차려진 방으로 향했다. 중위도 터벅터벅 그녀를 뒤따라갔다. 그녀는 여전히 빨갛게 상기된 채로 식탁 앞에 앉아서 숨을 헐떡이며 포트 와인을 반 잔 따라서 마셨다.

"이봐요."

중위가 먼저 침묵을 깨고 말했다.

"지금 장난하시는 겁니까?"

"전혀요."

그녀는 입 속에 빵 한 조각을 욱여넣으며 말했다.

"음…! 이 상황을 도대체 어떻게 이해해야 하죠?"

"편한 대로 해석하시죠. 아침 식사하게 앉으세요!"

"하지만…. 이런 방식은 정직하지 않잖아요!"

"그럴지도 모르죠. 하지만 당신 설교를 듣고 싶지는 않아요. 나 나름대로 사물을 바라보는 시각이 있으니까요."

"돌려줄 생각은 없나요?"

"물론 없어요! 만약 당신이 가난하고 불행한 사람이어서 당장 끼니를 걱정해야 한다면 모를까 당신은 결혼을 하고 싶다고 했잖아요!"

"하지만 이건 내 돈이 아니라 내 사촌의 돈이잖아요!"

"그렇다면 당신 사촌은 그만한 돈이 왜 필요한 거죠? 부인이 유행하는 옷을 사는 데 필요하다던가요? 그리고 나는 당신 벨 써흐

belle-soeur[7]에게 입을 드레스가 있건 없건 전혀 관심 없어요"

중위는 이제 자신이 모르는 여자의 집에 있다는 사실을 망각한 채 무례하게 행동했다. 그는 방안을 왔다 갔다 하면서 인상을 찌푸리곤 신경질적으로 조끼를 만지작거렸다. 유대인 여자 스스로 불명예스러운 행위를 하면서 그의 눈앞에서 수치스럽게 행동했기 때문에 그는 조금 더 용감하고 뻔뻔해도 된다고 생각했다.

"젠장!"

그가 중얼거렸다.

"이봐요, 나는 당신한테서 약속어음을 받기 전까지는 이곳을 떠나지 않을 겁니다!"

"아, 더 잘됐네요!"

수산나는 웃으면서 말했다.

"여기에서 사신다 해도 덕분에 더 즐거워질 테니 난 좋아요."

몸싸움하느라 흥분한 중위는 뻔뻔하게 웃고 있는 수산나의 얼굴과 빵을 씹고 있는 입과 숨이 차서 헐떡거리는 가슴을 보고 더 용감하고 과감해졌다. 그러자 그는 무슨 이유인지 약속어음 대신 자기 사촌이 유대인 여자의 로맨틱한 여행과 그녀의 자유분방한 생활 방식에 대해 했던 이야기를 탐욕스럽게 떠올리기 시작했고, 그러자 더 스스럼없이 행동했다. 그는 갑자기 유대인 여자 옆에 앉아서 약속어음에 대해선 잊은 채 먹기 시작했다.

"보드카와 와인 중에 뭘 드릴까요?"

---

7 '신부'라는 뜻의 프랑스어

수산나가 웃으면서 물었다.

"그러니까 약속어음을 받을 때까지 계시겠다는 거죠? 불쌍해라, 약속어음을 기다리느라 몇 날 며칠 밤을 지내게 될 줄도 모르곤! 신부가 이 일로 불만을 느끼지는 않을까요?"

2

다섯 시간이 지났다. 중위의 사촌인 알렉세이 이바노비치 크류코프가 가운을 걸치고 구두를 신은 채로 자신의 저택에 있는 이 방 저 방을 왔다 갔다 하면서 초조하게 창밖을 내다봤다. 그는 키가 크고 검은 턱수염을 길게 기른 데다 체격은 다부지고 남자답게 생긴 자였는데 유대인 여자는 그가 이미 살이 지나치게 찌고 몸이 붓고 탈모가 생기는 나이로 접어든 것치고 잘생겼다고 말했다. 정신과 이성으로 판단하면 그는 이 나라 지식인들이 많이 갖고 있는 그런 성향을 가졌다. 가슴이 따뜻하고, 심성이 착하며, 교양 있고, 학문과 예술을 가까이하고 신앙이 있으며, 명예에 관해서는 가장 기사도적인 개념을 갖고 있지만, 생각에 깊이는 없고, 게을렀다. 그는 좋은 식사를 하고 좋은 술을 마시는 것을 좋아했고, 빈트[8]를 아주 잘했다. 여자와 말에 있어서 일가견이 있었지만, 바다표범처럼 행동이 굼떠서 무언

---

8 카드놀이의 일종

가 특별하다 못해 분노를 불러일으킬 만큼 엄청난 일이 일어나는 경우에만 반응했다. 그러나 일단 나서게 되면 세상에 있는 모든 것을 잊고 엄청난 활기를 띠며, 결투해야 한다고 소리쳤다. 그러면서 머리를 쥐어뜯고 일곱 장에 달하는 청원서를 써서 장관에게 보낸 후 말을 타고 현의 이곳저곳을 누비며, '뻔뻔한 놈'을 공개적으로 비난하고 소송을 하는 등의 행위를 했다.

"사샤가 왜 안 오지?"

그는 창밖을 내다보면서 아내에게 물었다.

"점심 때가 됐는데 말이야!"

크류코프 내외는 중위를 저녁 여섯 시까지 기다린 후에 점심[9]을 먹을 요량으로 식탁 앞에 앉았다. 그리고 저녁 식사 때가 되었을 때 알렉세이 이바노비치 크류코프는 발걸음 소리와 문 두드리는 소리에 귀를 기울였고, 그때마다 그의 어깨가 들썩였다.

"이상하군! 사기꾼 같은 장교 놈이 임차인의 집에서 늦나 보군."

그가 말했다.

저녁 식사 후에 잠자리에 들면서 크류코프는 중위가 임차인의 집에서 저녁을 먹으면서 술을 거하게 마신 후에 하룻밤 묵기로 결심한 것이라 결론 지었다.

알렉산드르 그리고리예비치 소콜스키는 다음 날 아침이 되어서야 집에 돌아왔다. 표정이 굉장히 어두웠고 지친 기색이 역력했다.

"단 둘이 할 얘기가 있는데…."

9 보통 하루 중 두번째 혹은 세번째 먹는 식사로 대부분은 정오부터 오후 세 시 사이에 먹지만, 이따금 저녁을 대체할 만큼 늦게 먹을 때도 있었다.

그가 사촌에게 비밀 얘기를 하려는 듯 조심스럽게 말했다.

그래서 그들은 서재로 갔다. 중위는 문을 잠그고 말을 꺼내기 앞서서 한참 동안 서재를 서성였다.

"실은 일이 있긴 했는데 어떻게 얘기를 해야 할 지도 모르겠어. 못 믿을 거라서…."

그리고 그는 빨갛게 상기된 얼굴로 말을 더듬으면서 사촌의 얼굴은 보지도 않고 약속어음과 관련해 생긴 일에 관해 이야기했다. 크류코프는 두 다리를 벌리고 고개를 떨군 채로 그의 이야기를 들으면서 인상을 찌푸렸다.

"농담이지?"

그가 물었다.

"젠장, 농담이라니? 이런 일로 농담할 사람이 어디 있어?"

"이해가 안 가서 말이야!"

크류코프는 얼굴을 붉히고 어깨를 들먹이면서 중얼거렸다.

"그러니까…. 넌 너무 부도덕하게 행동했어. 그 여자가 겁도 없이 네가 보는 앞에서 범죄를 저지르는데도 넌 그 여자랑 키스하자고 치근덕댔단 말이야?"

"사실 나도 일이 이렇게 될 줄은 몰랐다니까!"

중위는 미안하다는 듯 눈을 깜빡거리면서 속삭였다.

"정말이야, 나도 이해가 안 간다고! 나도 이렇게 끔찍한 여자는 난생처음이야! 예쁘지도 않고, 똑똑하지도 않은데, 그러니까 뻔뻔한데다 특유의 냉소주의에 끌렸달까…."

"뻔뻔한데다 냉소적이라….참 정직하네! 뻔뻔함과 냉소주의가 그렇게 좋으면 더러운 돼지를 잡아다가 산 채로 잡아먹지 그랬냐? 돈이라도 적게 들었을 텐데, 2천3백루블이라니!"

"말 한번 우아하게 잘하네! 내가 줄게 2천3백루블!"

중위가 인상을 쓰면서 말했다.

"돈이야 네가 준다지만 내가 지금 돈 때문에 이러는 것 같냐? 젠장, 돈이 뭐 대수라고! 내가 걱정하는 건 물러 터진 네 성격이야. 역겨운 우유부단함 말이야! 그러고도 네가 신랑이라니! 신부 보기 부끄럽지도 않아?"

"그 얘기는 하지 마…."

중위는 얼굴을 붉히고 말했다.

"나도 이런 내가 역겨우니까. 지금 당장 땅속으로 꺼지고 싶은 심정이라고…. 이제 5천루블을 받으려고 고모님한테 갈 생각을 하니 화도 나고 괴로워…."

크류코프는 그 후로도 한참 동안 화를 내고 중얼거린 후에 진정하고 소파에 앉아서 사촌 동생을 조롱하기 시작했다.

"중위들이란! 신랑들이란!"

그는 경멸 섞인 투로 말했다.

그러더니 갑자기 자리에서 벌떡 일어나서 발을 한 번 구르곤 서재를 뛰어다니기 시작했다.

"아니, 가만두지 않겠어!"

그는 한 손의 주먹을 흔들면서 말했다.

"약속어음은 도로 받아올 거야! 암, 그래야지! 감옥에서 썩게 해주겠어! 여자를 때리면 안 되지만 그 여자는 불구를 만들어주지…. 몸에 성한 곳이 없도록 말이야! 나는 네가 아니니까! 나는 뻔뻔함과 냉소적인 태도에 흔들리지 않아! 아니, 젠장! 미시카!"

이렇게 말하고 소리질렀다.

"얼른 가서 마차를 준비하라고 해!"

크류코프는 재빨리 옷을 입고 만류하는 중위를 뿌리치고 마차에 타고는 마지막으로 한 손을 흔들고 수산나 모이세예브나의 집으로 출발했다. 중위는 그가 떠난 후로도 창밖으로 한참 동안 마차가 출발하면서 일으킨 먼지구름을 바라보곤 기지개를 켠 후 하품을 하고 자기 방으로 갔다. 그러곤 15분 후에 깊은 잠에 빠져들었다.

다섯 시가 넘어서 그는 점심 먹으러 오라는 소리에 잠에서 깼다.

"알렉세이가 이럴 리가 없는데! 점심시간에 늦다니요!"

식당에서 그와 마주친 형수가 말했다.

"형이 아직 안 왔다고요?"

중위가 하품하면서 말했다.

"음…. 아마 임차인의 집에 잠시 들렀나 보네요."

하지만 알렉세이 이바노비치는 저녁 식사 때가 돼서도 오지 않았다. 그의 아내와 소콜스키는 그가 임차인의 집에서 하는 카드놀이에 정신이 팔려서 그의 집에서 하룻밤 자고 오는 거라고 결론을 내렸다. 하지만 실제로는 그들이 추측한 것과 전혀 다른 일이 일어났다.

크류코프는 다음 날 아침이 돼서야 집에 돌아왔고 그 누구하고도 인사하지 않고 말없이 잽싸게 자기 서재로 들어갔다.

"어떻게 됐어?"

중위가 눈을 크게 뜨고 그를 쳐다보면서 목소리를 낮춰서 말했다.

크류코프는 한 손을 내젓더니 콧방귀를 뀌었다.

"무슨 일이야? 왜 웃는 건데?"

크류코프는 소파에 털썩 주저앉더니 쿠션에 얼굴을 파묻고 터져 나오는 웃음 때문에 몸을 흔들기 시작했다. 잠시 후에 그는 소파에서 일어나서는 너무 웃어서 눈물이 고인 눈으로 놀란 중위를 쳐다보면서 말하기 시작했다.

"문 좀 닫아. 그러니까 그 여자가, 지금 얘기해줄게!"

"약속어음은 찾아왔어?"

크류코프는 한 손을 내젓더니 다시 큰 소리로 웃기 시작했다.

"와, 그 여자!"

그가 하던 얘기를 이어갔다.

"그 여자를 만나게 해줘서 메르시[10]!" 그 여잔 치마 입은 악마야! 그 여자 집에 들어갈 때만 하더라도 내가 유피테르 같아서 내가 나를 봐도 무서울 정도였거든…. 잔뜩 인상을 쓰고 세 보이려고 주먹까지 쥐었단 말이야…. 그러곤 '아가씨, 나한테는 농담은 안 통해요'라고 말하고 몇 마디를 더 그런 식으로 말했어. 재판으로도 위협하고 시장으로도 협박했어…. 처음엔 그 여자도 울면서 너한테는 장난친 거라고 말하면서 돈을 주려고 장식장 있는 데까지 같이 갔고, 그런 후에는 유럽의 미래는 러시아인들과 프랑스인들의 손안에 있다는 걸 증명하기 시작했고, 여자들을 욕했지…. 네가 봤을 땐 내가 귀가 얇고 멍청한 당나귀 같겠지만…. 그녀는 내가 잘생겼다고 말하더

10 Merci (프랑스어) : 감사합니다

니, 내가 얼마나 힘이 센지 보려고 내 팔을 잡아당겼고…. 보다시피 이제 막 그녀에게서 벗어난 거야…. 하… 하… 너한테 푹 빠졌던걸!"

"꼴 좋다!"

중위가 웃으면서 말했다.

"기혼자에 존경받는 사람이…. 창피하긴 한가 보지? 역겨워? 그런데 형, 농담이 아니라 형네 현에는 그 여자에 버금가는 타마라라는 여자가 있다던데…."

"우리 현이라니 무슨 말이야? 러시아 전체를 통틀어서 그런 카멜레온은 못 만날 거야! 내가 이쪽 분야는 전문가 아니냐? 악녀들과 한집에서 지낸 적은 있어도 그런 여자는 처음 본다니까. 뻔뻔하고 냉소적인 점에서 단연 독보적이란 말이지. 사람이 갑자기 변하고 언변이 유창한 데다 너무 갑자기 사람이 끔찍하게 변하는 통에 혼이 나가더라니까…. 끔찍해! 약속어음은 물 건너간 거지! 잊어버려야지. 우리 둘 다 엄청난 죄를 지었으니, 책임은 절반씩 지자. 그러니까 넌 2천3백루블의 절반만 내면 돼. 쉿, 아내한테는 임차인 집에 갔었다고 말해야 해."

크류코프와 중위는 얼굴을 쿠션에 파묻고 큰 소리로 웃었다. 그러더니 고개를 들고 서로의 얼굴을 쳐다보곤 또다시 쿠션에 얼굴을 파묻었다.

"신랑이란 사람이! 중위가 돼서는!"

크류코프가 놀렸다.

"기혼자가 돼서는! 존경받는 어른이 돼서는! 한 집안의 가장이란 사람이!"

소콜스키가 맞받아쳤다.

점심을 먹는 동안 그들은 넌지시 비밀 얘기를 나누며 서로 윙크했고, 냅킨으로 입을 가리고 자주 웃는 모습을 본 가족들은 영문을 몰라 의아해했다. 점심 식사 후에도 여전히 기분이 좋았던 그들은 튀르키예인들처럼 옷을 입고 아이들 앞에서 전쟁놀이하는 것처럼 산탄총을 들고 서로를 추격했다. 그리고 저녁에 그들은 오랫동안 논쟁을 했다. 중위는 두 사람이 열정적으로 사랑해서 결혼할 때, 부인한테서 지참금을 받는 것은 저급하고 비열하다고 주장했고, 크류코프는 그건 말도 안되는 소리라며 두 주먹으로 책을 내리치며 재산 있는 아내를 원하지 않는 남편은 이기주의자이자 폭군이라고 말했다. 두 사람 모두 소리지르고, 열을 내고, 서로의 말을 이해하지 못했으며, 술을 많이 마신 후에 가운의 앞섶을 여미고 각자 침실로 향했다. 그러곤 금세 잠이 들었고 단잠을 잤다.

여전히 단조롭고 느리며 근심 없는 나날이 이어졌다. 땅 위에는 그림자가 드리워졌고, 구름 속에서는 천둥소리가 들렸고, 이따금 바람이 슬픈 듯 신음하는 소리가 들렸다. 마치 자연도 울음소리를 낼 수 있지만 인간의 단조로운 일상을 흔들지 못한다는 것을 보여주려는 것 같았다. 그들은 수산나나 약속어음에 대해 말하지 않았다. 두 사람 모두 양심에 찔려서 이 일에 대해 말하는 것을 꺼렸다. 대신 그들은 그때 일을 회상하고 그녀에 대해 생각할 때면 그들의 삶에 우연히 발생한 우스꽝스러운 농담처럼 그 일을 떠올리며 즐거워했다. 노년에 떠올리면 기분 좋을 법한 일화인 것처럼….

유대인 여자와 만난 날로부터 여섯째 날 혹은 일곱째 날 아침에 크류코프는 자기 서재에 앉아서 고모님한테 보낼 축하 편지를 썼다. 한편 알렉산드르 그리고리예비치 소콜스키는 책상 옆을 말없이 서성이고 있었다. 중위는 밤에 잠을 못 자서 기분이 좋지 않았고 이제는 따분함을 느꼈다. 그는 서성이면서 휴가 기간과 그를 기다리고 있을 신부와 시골 사람들은 평생 어떻게 따분한 시골 생활을 견디는지에 대한 생각을 했다. 그러곤 창가에 멈춰 서서 나무를 한참 동안 바라보더니 담배 세 개비를 연달아 피우곤 갑자기 사촌 형 쪽으로 몸을 돌리며 말했다.

"알료샤 형, 부탁이 있어. 오늘 말 한 필만 좀 빌려줘…."

크류코프는 호기심 가득한 눈으로 그를 쳐다보곤 인상을 쓰고 계속 축하 편지를 썼다.

"줄 거야, 말 거야?"

중위가 물었다.

크류코프는 다시 한번 그를 쳐다보곤 책상 서랍을 천천히 꺼낸 후에 거기에서 두꺼운 종이 뭉치를 꺼내서 동생에게 건넸다.

"여기 5천루블…. 내 돈은 아니지만 가져가서 써. 역마차를 불러오라고 시키고 마차가 오면 여기를 떠나라. 정말이야!"

이번에는 중위가 호기심 가득한 눈으로 크류코프를 쳐다보고는 갑자기 웃기 시작했다.

"알료샤 형, 눈치챘구나. 사실 나 그 여자 만나러 가려던 참이었거든. 어제 저녁에 세탁부가 나한테 그때 그 여자 집에 갈 때 입었던 젠장할 군복 재킷을 갖다줬을 때 재스민 향이 어찌나 강하던지…. 다시 그 집에 가고 싶어졌거든!"

중위가 얼굴을 붉히고 말했다.

"여길 떠나야지."

"그래, 정말 그래. 게다가 휴가도 끝났고 말이야. 오늘 꼭 여길 떠날 거야. 기필코 떠나고 말겠어! 어차피 떠나야 할 테니까…. 갈게!"

바로 그날 점심 식사 직전에 역마차가 도착했고, 중위는 행운을 빌어주는 크류코프와 작별 인사를 한 후에 떠났다.

그로부터 일주일이 더 지났다. 흐리지만 후덥지근한 날이었다. 이른 아침부터 크류코프는 특별한 목적도 없이 이 방 저 방을 서성거렸고, 창밖을 내다보는가 하면 너무 많이 봐서 싫증 난 앨범들을 뒤적거렸다. 그러다가 시선이 아내나 아이들에게 닿으면 그는 화난 사람처럼 중얼거렸다. 무슨 이유인지 이날 그는 아이들의 행실이 끔찍하며, 아내는 하녀 간수를 잘 못해서 수입과 지출이 맞지 않다고 생각했다. 이 모든 것은 '주인 어르신'의 기분이 좋지 않다는 것을 의미했다.

수프와 고기 요리 모두 마음에 안 들었던 크류코프는 점심 식사 후에 마차를 준비하라고 시켰다. 그는 마차를 타고 천천히 저택에서 나가서 마차로 사분의 일 베르스타[11]를 간 후에 멈춰 섰다.

'설마… 내가 그 악마 같은 여자한테 가는 건가?'

그는 잔뜩 흐린 하늘을 보며 생각했다.

그리고 크류코프는 마치 하루 중 처음으로 의문이 풀린 것처럼 웃었다. 그 즉시 그의 가슴에서 무료함이 사라지고 느리게 움직이는

---

11 러시아의 옛 단위로 대략 1km에 해당한다.

눈동자가 기쁨으로 인해 반짝거리기 시작했다. 그는 말에게 채찍을 휘둘렀다. 그녀의 집으로 가는 동안 내내 그는 유대인 여자가 그를 보고 놀라는 모습, 자신이 웃고 수다 떠는 모습, 그런 후에 자신이 상쾌한 마음으로 집으로 돌아가는 모습을 상상했다.

'한 달에 한 번은 무언가… 특별한 것으로 기분 전환을 할 필요가 있어. 이를테면, 무료한 심신에 좋은 자극 같은 것을 주는 것… 반응 같은 것… 말이지. 술을 마실 수도 있고, 수산나를 만날 수도 있을 거야. 그것이 무엇이든 간에 꼭 필요해.'

그가 보드카 주조장 마당에 들어갔을 때는 이미 날이 저물고 있었다. 주인집의 열린 창밖으로 웃음소리와 노랫소리가 새어 나왔다.

번개보다 서언명하고, 불꽃보다 뜨거워어….

누군가가 힘 좋고 묵직한 저음으로 노래를 부르고 있었다.

'이런, 손님이 있군!'

크류코프가 생각했다.

그는 그녀의 집에 손님이 있는 것이 마음에 들지 않았다.

'돌아갈까?'

그는 현관 초인종을 잡고 생각했지만 결국 초인종을 눌렀고 낯익은 계단을 따라 위로 올라갔다. 그러곤 현관에서 홀 안을 들여다봤다. 거기에는 남자 다섯 명이 있었는데 모두 그가 아는 지주들과 관료들이었다. 그중 키가 크고 비쩍 마른 남자가 그랜드 피아노 앞에 앉아서 기다란 손가락으로 건반을 치면서 노래하고 있었다. 다른 남자들은 그의 노래를 들으면서 기분이 좋은지 이를 보이며 웃고 있었다. 크류코프가 거울 앞에 서서 주위를 둘러보고 들어가려는 찰나에 여전히 검은색 드레스 차림으로 기분 좋아 보이는 수산나 모이세예브나가 직접 현관으로 달려나왔다. 그녀는 크류코프를 보고 순간 경직되었지만, 이내 소리를 지르곤 반색하며 환한 미소를 지었다.

"이게 누구시죠? 뜻밖인데요!"

그녀가 그의 손을 잡고 말했다.

"이런, 여기 계셨군요!"

크류코프는 그녀의 허리를 잡고 웃으면서 말했다.

"아니, 그런데 유럽의 운명이 러시아인들과 프랑스인들의 손에 달렸다는 말이 사실인가요?"

"오셔서 너무 기뻐요!"

유대인 여자는 자기 허리에 있는 그의 손을 조심스럽게 떼어내며 웃으면서 말했다.

"자, 홀로 가시죠. 거기 계신 분은 모두 구면일 거예요. 나는 가서 차를 내오라고 말할게요. 이름이 알렉세이죠? 자, 가요. 나도 금방 갈게요."

그녀는 한 손으로 손짓하며 지나치리만치 달콤한 재스민 향의 여운을 남기곤 서둘러 현관에서 나갔다. 크류코프는 고개를 들고 홀 안으로 들어갔다. 그는 홀 안에 있는 사람 모두와 친분이 있었지만, 가벼운 고갯짓으로 인사를 했고, 그들 역시 보일 듯 말듯 인사를 했는데 마치 그들이 와서는 안 될 곳에 온 것이라거나 서로 아는 체하지 않는 편이 나을 것이라는 무언의 합의라도 한 것 같았다.

크류코프는 홀에서 응접실로 갔고, 그곳에서 또 다른 응접실로 이동했다. 가는 길에 그는 서너 명의 손님과 마주쳤는데 그들 역시 일

면식이 있었지만, 그를 못 알아본 것 같았다. 그들은 술에 취해서 기분이 좋은 것 같았다. 크류코프는 그들을 힐끗 쳐다보면서 가정도 있고, 존경받으며 산전수전을 모두 겪은 사람들이 어떻게 값싼 즐거움을 좇으며 자기 자신을 망가뜨릴 수 있는지 한심하다고 생각을 했다. 그는 어깨를 들썩이곤 미소를 띠며 계속 걸었다.

'맨정신으로 있으면 속이 메슥거리고 술을 마시면 기분이 좋은 곳이 있는 거야. 그러고 보니 오페라를 보러 갈 때나 집시들한테 갈 땐 나도 늘 술에 취해 있었던 것 같긴 해. 술을 마시면 사람이 더 착해지고 자신감이 생기는 법이니까….'

그가 생각했다.

그러곤 갑자기 그 자리에 붙박인 것처럼 멈춰서 두 손으로 문설주를 잡았다. 수산나 서재에 있는 책상 앞에 알렉산드르 그리고리예비치 소콜스키 중위가 앉아있었기 때문이다. 그는 부종이 있는 것처럼 뚱뚱한 유대인 남자와 조용히 대화하고 있었는데 사촌 형을 보자 당황하곤 눈을 내리깔고 앨범을 쳐다봤다.

순간 크류코프는 자신이 품위를 지키지 못했다는 생각이 들었고, 피가 거꾸로 솟는 것 같았다. 너무 놀라고, 창피한 데다 화도 나서 그는 말없이 책상 옆을 지나갔다. 그러자 소콜스키는 고개를 더 낮게 떨궜다. 그의 얼굴은 고통스러운 수치심으로 인해 일그러졌다.

"이런, 알료샤형, 여긴 웬일이야? 보다시피, 마지막으로 작별인사를 하러 온 거야…. 하지만 내일은 꼭 떠날 거야!"

소콜스키는 애써 눈을 치켜뜨고 억지 미소를 지으며 말했다.

'내가 너한테 무슨 말을 할 수 있겠냐? 안 그래? 나도 여기에 온 마

당에 내가 너를 어떻게 비난하냐고?'

알렉세이 이바노비치가 생각했다.

그러곤 헛기침만 하고 말없이 천천히 밖으로 나갔다.

그녀는 천상의 여인이 아니라오. 그녀를 이 땅에 있게해주오….[12]

홀에서 베이스가 노래를 불렀다. 잠시 후에 크류코프의 마차는 이미 먼지를 일으키며 달리고 있었다.

---

12 니콜라이 파블로프가 쓴 시로 작곡가 미하일 글린카가 곡을 쓴 로망스 '그녀를 천상의 여인이라 부르지 마오.'

귀여운 여인

은퇴한 8등관 플레먀니코프의 딸인 올렌카는 생각에 잠긴 채 현관 앞 계단에 앉아 있었다. 날은 더웠고 파리 떼가 귀찮게 했지만, 이제 곧 저녁이 될 것이라는 생각에 기분이 아주 좋았다. 비를 머금은 짙은 먹구름이 이따금씩 습기를 빨아들이며 동쪽에서 다가오고 있었다.

소극단을 운영하는 놀이공원 '티볼리'의 소유주이자 마당에 있는 별채에 세 들어 살고 있던 쿠킨이 마당 한가운데에 서서 하늘을 올려다봤다.

"또 시작이군!"

그가 절망적인 목소리로 말했다.

"또 비가 올 모양이야! 매일 비가 오다니, 악의라도 있는 것처럼 매일 비가 오다니! 얽히고 설킨 매듭 같단 말이지! 이러다간 파산하겠어! 매일 엄청난 손해를 보고 있으니!"

그는 두 손을 들어 가볍게 손뼉을 치고 올렌카를 보며 하던 말을 이어갔다.

“올가 세묘노브나, 우리 삶이 이렇다니까요. 울고 싶은 지경이에요! 일하고, 노력하고, 힘들어하고, 밤잠을 설쳐가면서 어떻게 하든 손해를 줄여볼까 애쓰는데 결과는 어떤가요? 한편으로는 무식하고 야만적인 사람들 잘못이기도 해요. 최고의 오페레타와 요정극, 수준 높은 쿠플레[1] 가수 공연을 선보이지만 아무도 관심 없으니까요! 그들이 그걸 이해나 할까요! 사람들은 천막 속에서 공연하는 코믹한 연극이나 보고 싶은 거죠! 군중들에겐 저속한 걸 제공해야 해요! 날씨도 문제예요. 거의 매일 저녁에 비가 오니 말입니다. 5월 10일에 비가 오기 시작하더니 5월 내내 비가 오고, 6월에도 비가 오니까요! 정말 끔찍해요! 관객이 없다고 대관료를 안 낼 수도 없는 노릇인데 말입니다. 배우들 급여도 줘야 하고요.”

다음 날 저녁 무렵에 먹구름이 다시 몰려오고 있었고 쿠킨은 히스테리컬하게 웃으면서 말했다.

“어쩔 수 없죠! 비가 오든지 말던지! 정원 전체도 모자라서 나까지 물에 잠겨도 할 수 없지! 이승뿐만 아니라 저승에서도 행복을 앗아가든지 말든지 이젠 상관없어! 배우들이 나를 재판에 넘기겠죠! 재판이 뭐 대수라고? 난 시베리아 강제노역이라도 갈 준비가 돼 있어요! 단두대에 끌려간다 해도 상관없소! 하하하!”

그리고 세 번째 날 역시 상황은 나아지지 않았다.

올렌카는 말없이 진지하게 쿠킨의 넋두리를 들었고, 이따금 눈물

---

1 18세기 말 이후의 쾌활한 노래

도 흘렸다. 결국 쿠킨의 불행은 그녀의 마음을 움직였고, 그녀는 그를 사랑하게 되었다. 그는 키가 작고 비쩍 말랐으며 얼굴은 누렇게 뜬 남자였다. 관자놀이에 있는 머리카락은 잘 빗어 넘겼지만 목소리는 가늘고 힘없는 높은 톤에, 말할 때는 입이 비뚤어지며 늘 절망 어린 표정을 짓고 있는 그를 그녀는 진심으로 사랑하게 되었다. 그녀는 늘 누군가를 사랑했고, 누군가를 사랑하지 않고는 살 수 없었다. 이제는 어두운 방 안락의자에 앉아 병환으로 숨쉬는 것도 힘들어하는 자신의 아빠를 한때 사랑했고, 브랸스크에 살면서 2년에 한 번 꼴로 그녀의 집에 온 자신의 아주머니를 사랑했으며, 그보다 더 전에 그녀가 프로김나지움[2]에 재학 중일 때는 자신의 프랑스어 선생님을 사랑했다. 그녀는 온유하며, 착하고 여린 여자로 측은지심이 있고, 부드러운 시선을 가진 굉장히 건강한 아가씨였다. 그녀의 발그스레하고 통통한 볼, 점이 하나 있는 하얗고 부드러운 목, 무언가 기분 좋은 말을 들을 때면 짓곤 하는 선하고 순진한 미소를 보면 남자들은 '이런, 맙소사….'라고 생각하고, 그들 역시 미소를 지었으며, 손님으로 그녀의 집에 온 부인들 역시 자기도 모르게 대화 도중 갑자기 그녀의 한 손을 낚아채고는 너무 기쁜 나머지 이렇게 말하는 것이었다.

"어쩜 이렇게 귀여워요!"

그녀가 태어날 때부터 살았고 부모님으로부터 물려받은 집은 도시 외곽에 있는 찌간스카야 마을에 있었는데, 이곳은 '티볼리' 놀이공원에서 멀지 않았다. 저녁이나 밤에 그녀는 놀이공원의 음악 소리

2 제정 러시아 시대에 저학년 학생들이 다니던 학교로 보통 4학년까지 있었다.

를 들었고, 로켓이 발사되는 것 같은 그 소리는 쿠킨이 그의 운명과 싸우는 동시에 정적과도 같은 무심한 사람들과도 열정적으로 싸우는 것처럼 느껴졌다. 심장이 녹아내리는 듯한 달콤한 기분에 그녀는 잠 못 이루었고, 아침 무렵 그가 집으로 돌아올 때면 자신의 침실 창문을 조용히 두드리고 커튼 사이로 얼굴과 한쪽 어깨를 내보이며 다정하게 미소 짓곤 했다.

그는 그녀에게 청혼했고, 그들은 교회식으로 결혼식을 올렸다. 식을 올린 후에 그가 그녀의 목과 통통하고 건강한 어깨를 제대로 보았을 때, 그는 깜짝 놀라서 손뼉을 치면서 말했다.

"내 사랑!"

그는 행복했지만, 결혼식이 있던 날과 다음 날 새벽에도 비가 왔기 때문에 그의 얼굴에서 절망의 그늘은 사라지지 않았다.

결혼 후에 그들은 잘 살았다. 그녀는 그의 극장 매표소에 앉아 정원을 지켜보고, 지출을 기록했으며, 직원들의 월급을 줬다. 그녀의 발그레한 볼과 밝고 순진한 미소는 매표소 창문, 무대 뒤, 매점에서 나타났다 사라지기를 반복했다. 그리고 그녀는 자신의 지인들에게 세상에서 가장 훌륭하고 중요하며 필요한 것은 극장이며 진정한 만족감을 얻고 교양을 얻고 인도주의적 사고를 할 수 있는 곳은 여기뿐이라고 말했다.

"하지만 사람들이 어디 이걸 이해하나요? 사람들은 천막 속에서 코믹한 연극이나 보고 싶어 해요. 어제 우리 극장에서 <리틀 파우스

트[3]>라는 오페라를 공연했는데, 대부분의 발코니 좌석이 비어있었어요. 만약 남편과 제가 저속한 작품을 공연하면 극장 객석이 미어터졌을 거예요. 내일은 <지옥의 오르페[4]>를 공연하니 보러 오세요."

그녀는 쿠킨이 극장이나 배우들에 대해서 하는 말을 그대로 흉내냈다. 그녀 역시 사람들이 예술에 무관심하며, 무식하다며 경멸했고, 연습에 간섭했으며, 배우들의 연기를 지적했고, 악단 단원들의 행동을 감독했다. 지역 신문에 극장에 관한 부정적인 기사가 실리면 그녀는 울었고, 이후에 자초지종을 알고 싶어서 신문사 편집국에 다녀오기도 했다.

배우들은 그녀를 사랑하고 그녀를 '그이와 나' 혹은 '귀여운 여인'이라 불렀는데 그 이유는 그녀가 그들을 딱하게 여겨서 돈을 조금씩 빌려줬으며, 이따금 그들이 그녀를 속일 때면 그녀는 혼자 조용히 울었을 뿐 남편에게 하소연하지는 않았기 때문이다.

겨울에도 그들은 잘 살았다. 그들은 겨우내 도시에 있는 극장 하나를 임차해서 이 극장을 소러시아의 극단이나 마술사, 혹은 그 지역에서 이런 식의 공연을 좋아하는 주민들에게 임대했다. 올렌카는 살이 올랐고, 행복해서 얼굴에서 빛이 났지만, 쿠킨은 살이 빠지고, 얼굴이 누렇게 떴으며, 겨우내 수입이 나쁘지 않았음에도 엄청난 손실을 보고 있다고 하소연했다. 밤마다 그는 기침을 했고, 그러면 그녀는 그에게 산딸기 즙이나 피나무 꽃 즙을 먹었으며, 오데코롱으로 목을 문지르고 자신의 부드러운 숄로 그의 몸을 칭칭 감아주었다.

---

3 프랑스 작곡가 에르베의 오페라로, 괴테의 '파우스트'와 구노의 동명 오페라를 풍자했다.
4 작곡가 오펜바흐의 대표 오페레타이다.

"자기는 너무 좋은 사람이에요! 나는 자기가 있어서 너무 좋아요!"

그녀는 그의 머리카락을 쓰다듬으면서 진심을 가득 담아 말했다.

사순절[5]에 그는 극단 배우를 모집하기 위해 모스크바로 떠났고, 그가 없는 밤에 그녀는 잠을 이룰 수 없어서 계속 창가에 앉아서 밤하늘의 별을 바라봤다. 이때 그녀는 자신의 처지가 수탉이 없는 동안 밤새 밤잠을 설치고 걱정하는 닭장 속 암탉과 다를 바 없다고 생각했다. 쿠킨은 예상보다 더 오래 모스크바에 있었고 부활절 즈음 돌아올 테니 '티볼리' 놀이공원에 대해 몇 가지 당부한다는 내용의 편지들을 보내왔다. 하지만 성 대월요일[6]에 밤늦게 갑자기 대문을 노크하는 소리가 들리더니, 누군가 쪽문을 마치 오크통을 내리치듯이 쿵! 쿵! 쿵! 하며 두드렸다. 잠이 덜 깬 식모가 문을 열기 위해 물 웅덩이를 맨발로 철벅거리며 달려갔다.

"문 열어주세요, 부탁입니다! 전보를 전해드리러 왔습니다!"

누군가 대문 밖에서 들릴 듯 말 듯 낮은 목소리로 말했다.

올렌카는 전에도 남편이 보낸 전보를 받았지만, 이번에는 무슨 이유인지 몸에 힘이 쭉 빠졌다. 그녀는 떨리는 손으로 봉투를 뜯고는 전보에 적힌 소식을 읽었다.

'이반 페트로비치씨는 오늘 급사하셨습니다. 만저 지시를 기다립니다. 화요일 정례.'

---

5 부활절을 앞두고 약 40일간 몸과 마음을 정결하게 하며 지내는 기독교 절기.

6 부활 대축일 전 주에 속한 월요일

전보에는 정말 '정례[7]'라고 쓰여 있었고, 이 외에 '만저[8]'라는 뜻 모를 단어도 있었다. 전보에는 오페레타 극단 감독의 서명이 있었다.

"여보! 내 사랑 바니치카, 여보! 나는 왜 당신을 만났을까요? 왜 당신을 지나치지 못하고 사랑했을까요? 불쌍하고 불행한 올렌카가 당신 없이 어떻게 살라고 이렇게 간단 말이에요?"

쿠킨은 화요일에 모스크바의 바간코보 묘지에 묻혔다. 올렌카는 수요일에 집으로 돌아와서 자기 방으로 들어가기가 무섭게 침대에 쓰러졌고, 어찌나 큰 소리로 통곡하던지 옆집 마당에서도 그녀의 울음 소리가 들릴 정도였다.

"아유, 새댁!"

이웃집 여자들이 십자 성호를 그으면서 말했다.

"우리 올가 세묘노브나가 딱해서 어쩌누!"

그로부터 3개월이 지난 어느 날, 올렌카는 오전 예배 후에 깊은 슬픔에 잠긴 채로 집에 돌아가고 있었다. 마침 이때 예배 후에 집으로 돌아가던 옆집 남자 바실리 안드레이치 푸스토발로프가 그녀와 나란히 걷게 되었는데 그는 상인 바바카예프의 목재를 관리하는 일을 했다. 그는 밀짚모자를 쓰고 금색 줄이 달린 흰색 조끼를 입고 있어서 복장으로 보면 상인보다는 지주에 더 가까워 보였다.

"올가 세묘노브나, 모든 일에는 다 뜻이 있습니다."

그는 차분하게 말했고, 목소리에서 그가 그녀의 고통에 공감하고 있다는 것이 느껴졌다.

---

7 '장례'의 오기. 급사로 긴해 긴박하게 보내진 전보라 오기가 있는 설정으로 보여진다.

8 '먼저'의 오기.

"만약 우리에게 소중한 사람이 죽는다면 그것은 하느님의 뜻이고, 우리는 이것을 받아들이고 순종함으로 견뎌내야 합니다."

그는 올렌카를 쪽문까지 바래다주고 그녀와 작별 인사를 한 후에 가던 길을 계속 갔다. 이 일이 있고 난 뒤 하루 종일 그의 차분한 목소리가 그녀의 머리에서 떠나지 않았고, 눈을 감으면 그의 검은 턱수염이 아른거렸다. 그녀는 그가 무척 마음에 들었다. 그도 그녀에게 좋은 인상을 받은 것 같았다. 얼마 지나지 않아 친분이 거의 없는 중년 부인이 그녀의 집에 커피를 마시러 와서는 식탁 앞에 앉기가 무섭게 푸스토발로프는 무척 좋은 사람이며 평판이 좋아서 누구라도 그와 결혼하고 싶어 할 것이라는 얘기를 했기 때문이다. 그로부터 사흘 후에는 푸스토발로프가 직접 그녀의 집에 찾아왔다. 그는 10분 정도 앉아 있었고, 말도 몇 마디 하지 않았지만 올렌카는 사랑에 빠졌다. 너무 설레어서 밤새 잠도 못 자고 열병에 걸린 사람처럼 들떠 있다가 아침이 되자 얼마 전에 찾아온 중년 부인을 불러오라고 사람을 보냈다. 머지않아 혼담이 들어왔을 때 그녀는 결혼 의사를 밝혔고, 그 후에는 결혼식이 있었다.

푸스토발로프와 올렌카는 결혼하고 잘 살았다. 그는 보통 점심 식사 전까지 목재 창고에 있었고, 그런 후에는 업무를 처리하기 위해 외출을 했으며, 그러면 올렌카가 그를 대신해서 저녁까지 사무실에 있었고, 거기에서 장부를 적고 목재를 내보냈다.

"목재값이 해마다 20퍼센트씩 상승하고 있어요."

그녀는 구매자들과 지인들에게 말했다.

"전에는 우리 지역에 있는 목재를 매매했지만, 이제 바시치카는 매년 목재를 구하러 모길레프 현까지 다닌답니다. 가격은 또 얼마나 올랐다고요! 말도 못 해요!"

그녀는 끔찍하다는 듯 양 볼을 두 손으로 가리고 말했다.

그녀는 마치 목재 매매를 이미 오래전부터 해 온 것처럼 인생에서 가장 중요하고 필요한 것은 목재라고 생각하고, 각재, 통나무, 판자, 널판, 불량품, 도리에 쓰이는 목재, 포신 받침대, 죽데기… 같은 단어들을 친근하고 가깝게 느꼈다. 꿈속에서 산더미처럼 쌓인 목재 판자나 표면이 고른 얇은 판자, 목재를 멀리 교외로 실어 나르는 끝도 없이 이어져 있는 짐마차 행렬을 보거나, 12아르신[9] 길이나 5 베르쇼크[10] 짜리 통나무들이 서서 목재 창고를 향해 전쟁하려는 듯이 전진하는 모습, 통나무들과 각재들과 죽데기들이 마른 나무의 메아리처럼 울리는 소리를 내며 서로 부딪히고, 쓰러졌다가 다시 저절로 쌓이는 모습을 보며 올렌카는 비명을 질렀고, 그러면 푸스토발로프는 그녀에게 다정하게 말하곤 했다.

"올렌카, 여보, 무슨 일이오? 어서 십자성호를 그어요!"

남편의 생각이 곧 그녀의 생각이었다. 만약 그가 방 안이 덥다거나 요즘 하는 일이 잘 안된다고 생각하면 그녀 역시 그렇게 생각하는 것이었다. 그녀의 남편은 인생을 즐길 줄 몰라서 휴일에도 집에 있었으며 그녀 역시 마찬가지였다.

그런 그녀를 본 지인들이 말했다.

"두 분은 계속 집이나 사무실에만 계시니, 새댁, 극장이나 서커스

---

9 옛날 러시아의 길이 단위로 1 아르신은 71센티미터에 해당한다.

10 옛날 러시아의 길이 단위로 1 베르쇼크는 4.45 센티미터에 해당한다.

라도 보러 다니세요."

그러면 그녀는 차분하게 대답했다.

"저와 바시치카는 극장 다닐 시간이 없어요. 우리는 일하는 사람이라 쓸데없는 일에 시간을 낭비할 수 없어요. 극장엔 가서 뭐 해요?"

매주 토요일마다 푸스토발로프와 그녀는 철야과[11]를 드리러 갔으며, 절기 때는 이른 아침에 예배를 드리러 갔고, 교회에 갔다가 돌아올 때는 온화한 미소를 띠며 나란히 걸었다. 두 사람 모두에게서 향기가 났고, 그녀의 실크 드레스가 사각거리는 소리도 듣기 좋았으며, 우유와 버터를 넣어 푹신푹신하게 구운 빵에 다양한 잼을 발라 차를 곁들여 마신 후에 파이를 먹었다. 매일 정오가 되면 마당과 대문 밖에서 보르쉬[12]와 양고기나 오리고기를 굽는 냄새가 났고, 금식 기간에는 맛있는 생선 요리 냄새가 나는 통에 침을 삼키지 않고 그 옆을 지나가는 것은 불가능했다. 사무실에서는 늘 사모바르로 찻물을 끓였고, 구매자들에게 차와 부블리크[13]를 대접했다. 일주일에 한 번은 부부가 사우나에 갔고, 발갛게 달아오른 모습으로 나란히 걸어서 집에 갔다.

"우리는 잘살고 있어요. 다행이지 뭐예요. 다른 사람들도 저와 바시치카처럼 잘 살았으면 좋겠어요."

푸스토발로프가 목재를 구하러 모길레프 현으로 떠날 때 그녀는

---

11 러시아 정교회에서는 보통 주일과 대축일 전야에 만과(저녁 예배)와 조과(아침 예배)가 합쳐져 연이어 거행되는 형태의 특수예배를 드린다.

12 소고기나 돼지고기를 넣어서 우려낸 국물에 비트를 넣은 동슬라브식 전통 수프

13 베이글처럼 생겼지만 베이글보다 더 빽빽하고 쫄깃하다.

그를 무척 그리워했고, 밤에는 잠도 자지 않고 울었다. 가끔 저녁에 그녀의 집 별채에 사는 부대 소속의 젊은 수의사 스미르닌이 찾아올 때가 있었다. 그는 그녀에게 이야기를 해주거나 함께 카드놀이를 했고, 그러면 기분이 좋아졌다. 특히 그의 가족 얘기를 듣는 것이 재미있었다. 그는 결혼해서 아들이 하나 있지만 아내가 바람을 피워서 헤어졌는데, 그런 그녀가 여전히 밉지만 매달 아들 양육비 명목으로 40루블씩 보낸다고 했다. 이 이야기를 들은 올렌카는 그가 딱해서 한숨을 쉬고 고개를 가로저었다. 양초를 들고 그를 계단까지 바래다주며 그녀는 다음과 같이 인사했다.

"신의 가호가 있기를 바라요. 적적할 때 저와 시간을 보내주셔서 감사해요. 성모님의 가호가 있기를."

그녀는 늘 남편처럼 아주 진중하고 사려 깊게 말했고, 수의사가 벌써 아래층 대문 밖으로 사라져서 보이지 않았지만, 큰 소리로 그를 부르며 말했다.

"블라디미르 플라토니치씨, 아내분과 화해하시면 좋겠어요. 아들을 봐서라도 용서하셨으면 해요! 아들은 분명 전부 이해할 거예요."

한편 푸스토발로프가 목재를 사서 돌아오면 그녀는 그에게 작은 목소리로 수의사와 그의 불행한 가정사에 관해 이야기해 주었고, 그러면 두 사람은 한숨을 쉬고 고개를 가로저으며 아버지를 보고 싶어 할 아들에 대해 말하고, 그런 후에는 이상한 의식의 흐름에 이끌려 두 사람 모두 성상 앞에 서서 머리가 땅에 닿을 정도로 허리를 숙인 후에 하느님께 아이를 보내 달라고 기도했다.

그렇게 푸스토발로프 내외는 조용히 사이좋게 서로 사랑하며 6년

간 함께 살았다. 그러던 어느 겨울날 푸스토발로프가 목재 저장 창고에서 뜨거운 차를 많이 마신 후 모자도 쓰지 않고 목재를 내리러 나갔다가 감기에 걸려 앓아누웠다. 최고의 의사들이 그의 병을 고치려고 노력했지만, 병세는 깊어지기만 했고, 그는 4개월을 앓다가 결국 죽고 말았다. 그렇게 올렌카는 또다시 미망인이 되었다.

"여보, 나 혼자 어찌 살라고 이리 가시나요? 당신 없이 괴로워서 어찌 살란 말이에요? 여러분, 천애 고아인 저를 불쌍히 여기세요…."

그녀는 남편의 장례를 치른 후에 이렇게 통곡했다.

올렌카는 상장(喪章)을 단 검은 상복을 입고 모자와 장갑을 일절 거부하며 교회나 남편 무덤에 갈 때를 제외하고는 집 밖으로 거의 나오지 않고 자기 집에서 수녀처럼 살았다. 그녀는 6개월이 지나서야 상장을 떼어내고 덧창을 열기 시작했다. 이따금 사람들은 올렌카가 식재료를 구하러 아침에 식모와 함께 시장 가는 모습을 보긴 했지만, 그녀가 자기 집에서 어떻게 사는지 그녀의 집에서 무슨 일이 일어나는지에 대해서는 짐작만 할 수 있을 뿐이었다. 이를테면 그녀가 자기 집 정원에서 수의사와 함께 차를 마시는 모습이나 그가 신문을 소리 내서 읽는 모습을 보거나 우체국에서 그녀가 아는 부인과 만나서 이렇게 말하는 것을 듣고 그녀의 삶을 추측하는 것이었다.

"우리 도시에서는 가축의 질병을 제대로 관리하지 않아서 많은 질병이 발생해요. 사람들이 우유를 먹고 병에 걸린다거나 말이나 젖소가 사람에게 병을 옮긴다고들 말하잖아요. 사실 사람의 건강만큼 동물의 건강도 돌봐야 하거든요."

그녀는 수의사의 생각을 그대로 말했고, 이제 모든 일에 대해 그와 같은 생각을 하고 있었다. 그녀가 누군가에게 정을 붙이지 않고는 1년도 살 수 없다는 것과 이번에는 별채에서 자신의 행복을 찾았다는 것은 자명한 사실이 되었다. 다른 여자가 그랬다면 사람들의 비난을 받았겠지만, 올렌카에 대해 나쁘게 말하는 사람은 없었다. 그녀의 인생을 보면 이해가 되기도 했기 때문이다. 그녀와 수의사는 그들 사이에 일어난 변화를 누구에게도 말하지 않았고, 이 사실을 숨기려고 했다. 하지만 올렌카는 비밀이란 걸 가질 수 없는 사람이었기 때문에 뜻대로 되지는 않았다. 그의 집에 같은 부대 사람들이 놀러 왔을 때, 그녀는 그들에게 차를 따르거나 저녁 식사를 대접하면서 뿔 달린 가축이 걸리는 페스트, 가축의 결핵이나 도시 내에 있는 도살장에 대해 말하기 시작했고, 그러면 그는 몹시 당황했다. 손님들이 떠나면 그녀의 한 손을 잡고 목소리를 낮춰서 퉁명스럽게 말했다.

"당신이 잘 모르는 것에 대해서는 말하지 말아 달라고 부탁했잖소! 수의사들끼리 말할 땐 끼어들지 말아줘요. 재미있는 얘기도 아니지 않소!"

그러면 그녀는 깜짝 놀라고 겁먹은 눈을 하고 그를 보면서 묻곤 했다.

"볼로디치카, 그럼 나보고 무슨 말을 하라는 건가요?"

그러곤 그녀는 눈물이 그렁그렁 맺힌 눈으로 그를 끌어안고 화내지 말아 달라고 사정했고, 그렇게 두 사람은 행복한 나날을 보냈다.

하지만 이 행복은 오래가지 않았다. 수의사는 부대와 함께 떠났는데, 부대가 거의 시베리아에 준할 만큼 먼 곳으로 전출되었기 때문에 사실상 영원히 떠난 것이나 다름없었다. 그래서 올렌카는 다시 혼자 남게 되었다.

이제 그녀는 완전히 혼자였다. 아버지는 이미 오래전에 돌아가셨고, 아버지가 앉던 안락의자는 다리 하나가 망가진 채로 다락방에 방치되어 먼지만 쌓여 갔다. 그녀는 살이 빠지고 예전의 아름다움을 상실했으며, 거리에서 마주친 사람들은 더 이상 그녀를 쳐다보고 미소 짓지 않았다. 호시절은 끝났고, 생각하지 않는 편이 좋을 법한 알 수 없는 새 삶이 시작되고 있었다. 올렌카가 저녁에 현관 앞 계단에 앉아 있으면 '티볼리' 놀이 공원에서 흘러나오는 음악 소리와 폭죽 터지는 소리가 들려왔지만 이제는 전과 달리 아무 생각도 들지 않았다. 그녀는 자신의 텅 빈 마당을 멍하게 바라봤고, 아무것도 하고 싶지 않았으며, 밤이 되어 잠자리에 들면 꿈에서도 텅 빈 자기 집 마당을 보았다. 그녀는 살기 위해 억지로 먹고 마셨다.

무엇보다도 끔찍한 건 이제 그녀가 그 어떤 일에도 아무런 견해를 갖고 있지 않다는 것이었다. 그녀는 자기 주위에 있는 사물들을 보고 주위에서 일어나고 있는 모든 것을 이해했지만, 자기의 의견이 없어서 무슨 말을 해야 할지도 몰랐다. 자기 생각을 갖고 있지 않다는 건 얼마나 끔찍한가! 가령 병이 하나 놓여 있거나 비가 오거나, 한 사내가 짐마차를 타고 가는 것을 본다고 해도 병이나 비, 혹은 남자가 왜 있는 것이며 무슨 의미가 있는지 말하지 못했다. 혹여 천 루블을 준다 해도 말하지 못했으리라. 쿠킨과 푸스토발로프가 살아있을 때나 수의사가 곁에 있을 때는 그 어떤 것도 설명할 수 있었고, 어떤 화제에 관해서도 의견을 말할 수 있었지만, 이제는 머리와 가슴이 텅 빈 마당처럼 공허했다. 마치 쑥을 한 가득 먹은 것처럼 괴롭고 쓰디쓴 기분이었다.

도시는 서서히 커졌고, 찌간스카야 마을은 이제 거리라 불렸으며, 놀이공원 '티볼리'와 목재 창고가 있던 곳에는 여러 채의 집이 들어서 몇 개의 골목이 형성되었다. 세월이 얼마나 빠른지! 올렌카의 집은 시커멓게 변했고, 지붕은 녹이 슬었으며, 광은 한쪽으로 기울었고, 마당에는 잡초와 가시 돋친 쐐기풀이 무성했다. 올렌카 역시 나이가 들어 과거의 아름다운 모습은 온데간데없었다. 그녀는 여름이면 텅 비고 무료하고 괴로운 마음으로 현관 앞 계단에 앉아 있었고, 겨울이면 창가에 앉아 눈 내리는 풍경을 바라봤다. 봄바람이 불거나 바람이 성당 종소리를 실어 나르면 불현듯 추억들이 떠올라 가슴은 달콤한 기억으로 미어지고 눈물이 하염없이 흘러내리지만, 금세 가슴은 공허해지고 삶의 목적이 무엇인지 알 수 없었다. 검은 고양이 브리스카가 애교를 부리며 '가르릉' 소리를 내지만 올렌카는 이런 고양이를 봐도 아무런 감정의 변화가 없다. 이런 것이 무슨 소용이란 말인가? 그녀에겐 사랑이, 영혼과 이성을 포함한 그녀의 모든 것을 사로잡아 생각과 삶의 방향성을 제시하며, 생기를 잃어가는 피를 다시금 데워 줄 수 있는 그런 사랑이 필요했다. 그래서 그녀는 옷자락에 붙어있는 검은 고양이 브리스카를 발로 떼어내고는 화를 내며 말한다.

"저리 가, 저리 가라고…. 날 좀 내버려둬!"

그녀가 아무런 기쁨도 아무런 의견도 없이 반복되는 일상을 사는 동안 몇 년이 흘렀다. 식모 마브라가 하는 모든 말에 동의하면서 말이다.

7월의 어느 무더운 저녁 무렵, 도시에서 기르는 가축몰이를 거리 위에서 하는 바람에 마당이 온통 먼지로 가득했을 때 누군가가 쪽문을 두드렸다. 올렌카가 직접 문을 열러 갔고, 누군지 확인하고는 그 자리에서 그대로 얼어버렸다. 쪽문 밖에 이젠 머리가 하얗게 센 수의사 스미르닌이 민간인 복장으로 서 있었기 때문이다. 순간 과거의 모든 기억이 떠올라 그녀는 감정에 북받쳐 울기 시작했고, 아무 말도 하지 않고 그의 가슴에 머리를 파묻었다. 두 사람 모두 너무 놀라서 어떻게 방에 들어와 차를 마시려고 자리에 앉았는지 어리둥절할 정도였다.

"내 사랑! 블라디미르 플라토니치! 여긴 어떻게 온 거예요?"

그녀는 너무 기뻐서 몸을 떨면서 중얼거렸다.

"여기에서 살려고 왔어요. 제대하고 자유롭게 행복을 맛보고 정착해서 살아보려고요. 아들도 학교에 보낼 때가 됐고요. 많이 컸죠. 아내와는 화해했어요."

그가 이야기했다.

"부인은 어디에 있어요?"

올렌카가 물었다.

"아들과 호텔에 있고 나 혼자 이렇게 집을 구하러 다니고 있죠."

"맙소사, 우리 집에서 사세요! 딱 맞죠? 집세는 안 받을 테니 걱정하지 말고요."

올렌카는 감정이 북받쳐서 또다시 울기 시작했다.

"여기서 사세요, 내가 별채에서 살면 돼요. 맙소사, 이렇게 기쁜 일이 또 있을까요!"

다음 날 올렌카는 바로 집의 지붕을 칠하고 벽을 흰색 페인트로 칠했으며, 양손을 허리에 얹고 마당을 돌아다니면서 이러저러한 지시를 했다. 그녀의 얼굴에 과거의 미소가 빛나기 시작했고, 마치 긴 잠에서 깬 사람처럼 생기가 돌았다. 수의사의 아내가 왔다. 그녀는 까다로운 인상을 한, 마르고 예쁘지 않은 짧은 머리의 여성으로 사샤라는 사내아이와 함께 왔다. 아이는 나이에 맞지 않게 덩치가 작았고(벌써 10살이었다) 통통했으며 초롱초롱한 파란 눈에 양 볼에는 보조개가 있었다. 사내아이는 마당에 들어오자마자 고양이를 잡으려고 뛰어다녔고, 아이의 명랑하고 밝은 웃음소리로 집은 금세 생기를 얻었다.

"아주머니, 얘는 아주머니네 고양이예요?"

아이가 올렌카에게 물었다.

"새끼를 낳으면 한 마리만 주세요. 엄마가 쥐를 너무 무서워하셔서요."

올렌카는 아이와 잠시 얘기를 나눴고, 차를 대접했다. 사내아이가 친자식이라도 되는 것처럼 가슴이 갑자기 따뜻하고 달콤하게 죄어들었다. 아이가 저녁에 식탁 앞에 앉아서 수업 시간에 배운 내용을 공부할 때면 그녀는 사랑이 가득한 안쓰러운 눈으로 그를 보면서 속삭였다.

"예쁜 우리 아기…. 내 아기, 어쩜 이렇게 뽀얗고, 똑똑하게 태어났을까."

"사면이 바다로 둘러싸인 뭍을 섬이라고 한다."

그가 읽었다.

"뭍을 섬이라고 한다…."

그러면 그녀가 그의 말을 따라 했고, 이것이 오랜 침묵과 생각의 부재 후에 처음으로 그녀가 확신을 가지고 말한 견해였다.

이제 그녀는 자기 의견을 갖게 되었고 사샤의 부모님과 함께 저녁 식사를 하는 동안 요즘 학교 공부가 힘들기는 해도 실용 학교보다 고전적인 교육 과정이 나은 이유는 고전교육 과정 졸업 후 가능한 진로가 무궁무진하기 때문이라고 말했다. 의사가 되고 싶은 사람은 의대에 가면 되고, 연구원이 되고 싶으면 그쪽으로 진학하면 된다는 것이다.

사샤는 학교에 다니기 시작했다. 아이 어머니는 자매가 있는 하리코프로 가서 돌아오지 않았고, 아버지는 매일 뿔 달린 가축 무리를 관찰하러 어딘가로 떠나서는 3일씩 집에 돌아오지 않곤 했다. 사샤는 버림받은 것이나 다름없었고, 집에서 불필요한 존재 취급을 받아 그대로 두면 굶어 죽을 것만 같았다. 올렌카는 자기가 사는 별채로 아이를 데리고 와서 작은 방에서 살도록 해주었다.

사샤가 별채에 산 지도 어느덧 반년이 지났다. 올렌카는 매일 아침이면 그의 방에 들어간다. 아이는 한쪽 볼 밑에 손을 댄 채 숨소리도 내지 않고 곤하게 잔다. 그녀는 자는 아이를 깨우는 것이 안쓰럽다.

"사셴카야. 아가야, 일어나야지! 학교 갈 시간이란다."

이렇게 말하는 그녀의 목소리에 안쓰러움이 묻어 있다.

그러면 아이는 일어나서 옷을 입고, 하느님께 기도한 후에 차를 마시려고 식탁 앞에 앉아 차 석 잔을 마시곤 커다란 부블리크 두 개를 먹고 프랑스식 바게트 절반에 버터를 넣어서 먹는다. 아이는 아직 잠이 덜 깨서 기분이 좋지 않다.

"사셴카야, 그런데 너 아직 우화를 못 외운 것 같더구나."

올렌카는 이 말을 하면서 아이가 마치 곧 먼 길을 떠나기라도 하는 것처럼 바라본다.

"지금은 내가 널 돌보고 있으니 말이다. 얘야, 더 열심히 공부하렴…. 선생님 말씀 잘 듣고."

"아, 저 좀 내버려두세요!"

사샤가 말한다.

그런 후에 그는 머리보다 큰 모자를 쓰고 가방을 메고는 학교에 간다. 올렌카도 조용히 그의 뒤를 따라간다.

"사셴카아!"

올렌카가 부른다.

그가 뒤로 돌면 그녀는 대추야자나 캐러멜을 그의 손에 쥐어준다. 그리고 아이가 학교가 있는 골목으로 들어서면 그는 키가 크고 뚱뚱한 여자가 그의 뒤를 따라오는 것이 창피해서 뒤를 돌아보면서 말한다.

"아줌마, 이제 집에 가세요. 여기부터는 저 혼자서 갈게요."

그러면 그녀는 그 자리에 멈춰서 그가 학교 현관을 지나서 보이지 않게 될 때까지 눈도 깜빡이지 않고 그의 뒷모습을 바라본다. 아, 이보다 더 아이를 사랑할 수 있을까! 전에는 단 한 번도 누군가를 이렇게 사랑한 적이 없으며, 단 한 번도 이토록 헌신적이었던 적이 없었다. 모성애가 점점 커지는 지금 그녀는 그 어느 때보다 행복했다. 피 한 방울 섞이지 않은 사내아이를 위해, 그의 양 볼에 생기는 보조개가 사랑스러워서, 모자를 쓴 그를 위해서라면 그녀는 기쁨과 행복의 눈물을 흘리면서 목숨이라도 바칠 준비가 돼 있었다. 이유가 무엇일까? 이 사내아이가 뭐라고 그러는 걸까?

그녀는 사샤를 학교까지 바래다주고 흡족하고 편안하며 사랑이 충만한 상태로 조용히 집으로 돌아온다. 최근 반년 사이에 부쩍 젊어진 그녀의 얼굴에는 빛이 나고, 그녀는 미소를 띤다. 그녀와 마주치는 사람들도 그런 그녀를 보면 흡족해하면서 이런 말을 하는 것이다.

"안녕하세요, 사랑스러운 올가 세묘노브나! 요즘은 어떻게 지내세요?"

"요즘은 학교 공부가 어려워졌어요."

그녀는 시장에서 만난 사람에게 이렇게 말한다.

"어제는 글쎄 1학년 학생들한테 우화를 다 외우라고 시키고 라틴어 번역본에 숙제에…. 어린아이에게 너무하는 거 아닌가요?"

그리고 그녀는 사샤가 말해주는 대로 학교 선생님들, 수업, 교재 이야기를 시작한다.

두 시에서 세 시 사이에 사샤와 올렌카는 점심을 먹고 저녁에는 함께 학교 수업 준비를 하면서 운다. 아이를 재우며 그녀는 아이의 몸에 대고 한참 동안 십자성호를 긋고 작은 목소리로 기도한다. 그리고 잠자리에 들면서 안개처럼 불분명한 먼 미래에 사샤가 학교를 졸업하고 의사나 연구원이 되어 큰 집, 말, 사륜마차를 갖게 되고 결혼해서 자식도 낳게 될 거라 상상한다. 잠들면서도 그 생각을 떨쳐버리지 못하고 감은 두 눈에서는 눈물이 나와 볼을 타고 흐른다. 이때 그녀의 검은 고양이는 그녀의 한쪽 옆구리 옆에 누워서 골골송을 한다.

"가르릉…. 가르릉…. 가르릉…."

갑자기 누군가가 쪽문을 세게 두드리는 소리가 들린다. 잠에서 깬 올렌카는 공포로 인해 숨이 멎을 것만 같고 심장이 쿵쾅거린다. 잠시 후에 또다시 문을 두드리는 소리가 들린다.

'하리코프에서 전보를 보낸 걸 거야. 사샤의 어머니가 자기가 있는 하리코프로 사샤를 데려가려고 하는 거야…. 오, 맙소사!'

온몸을 떨면서 그녀는 이렇게 생각한다.

절망에 빠진 그녀의 머리, 두 다리, 두 팔에서 갑자기 한기가 돌고, 세상에서 자신이 가장 불행한 것만 같다. 하지만 잠시 후, 수의사가 클럽 갔다가 돌아왔다고 말하는 사람들의 목소리가 들린다.

'휴, 다행이야.'

그녀가 생각한다.

무거운 기운이 가슴속에서 서서히 사라지며 다시 마음이 편안해진다. 그녀는 잠자리에 들며 사샤를 생각하고, 아이는 옆 방에서 곤히 잠든 채로 이따금 잠꼬대를 한다.

"내가 널! 저리 가! 싸우지 마!"

검은 수사

1

안드레이 바실리치 코브린 박사는 피곤한 탓에 신경이 날카로워졌다. 친한 의사와 와인을 마시며 가볍게 얘기를 나누던 중에, 시골에서 봄과 여름을 보내 보라는 조언을 들었다. 마침 보리소프카에 있는 자기 집으로 와 달라는 타냐 페소츠카야의 장문의 편지를 받은 터였다. 그 역시 그곳에 가고 싶어졌다.

그는 우선 4월에 자신의 영지인 코브린카로 가서 그곳에서 홀로 3주를 보냈고, 여행하기 좋은 시기가 되자 마차를 타고 과거 자신의 후견인이자 스승인 페소츠키의 집으로 향했다. 그는 러시아의 유명한 정원사였다. 페소츠키 가문 사람들이 사는 보리소프카부터 코브린카까지의 거리는 70베르스타가 좀 못되었고, 길 좋은 봄에 끌채로 연결된 편안한 마차를 타고 가는 것은 무척 행복한 일이었다.

페소츠키의 집은 기둥도 있고 군데군데 칠이 벗겨진 사자 조각상도 있는 커다란 저택이었다. 현관에는 연미복을 입은 하인이 있었다. 집에서 강까지 거의 1베르스타 정도의 길이로 펼쳐져 있는 영국식 정원은 음침하고 엄숙했다. 이 이상한 정원은 가파른 점토질 강가에 이르러서야 끝났는데, 그곳에는 북실북실한 짐승의 발을 닮은 뿌리가 드러난 소나무가 자라고 있었다. 아래에는 강물이 홀로 반짝이며 도요새들이 구슬피 울며 날아다니고 있어 언제든 앉아서 발라드를 쓰고 싶어지는 곳이었다. 집 앞 마당과 30데샤티나[1] 가량을 차지하던 과수원은 궂은 날씨에도 기분이 좋아지는 곳이었다. 장미꽃, 백합꽃, 동백꽃 그리고 새하얀 튤립부터 재처럼 시커먼 튤립을 포함한 형형색색의 튤립 등 페소츠키의 정원에는 아름다운 꽃들로 가득했고, 코브린은 어디서도 그런 풍경을 본 적이 없었다. 봄은 이제 막 시작되어 화원의 가장 화려한 모습은 아직 온실에 숨어 있었지만 가로수길 주변과 화단 곳곳에는 벌써부터 꽃이 만개해 있었다. 정원을 따라 산책을 하노라면 마치 우아한 색으로 물든 왕국에 있는 것 같은 기분이었다. 꽃잎마다 이슬이 맺히는 이른 아침이면 이런 감정은 더욱 고조되었다.

페소츠키 스스로는 별 것 아니라고 폄하했던 정원의 특별한 아름다움은 어린 코브린에겐 옛 이야기 속 한 장면처럼 아름답게 느껴졌다. 우아한듯 추하며 자연을 조소하는 듯한 독특한 조각품들은 또 얼마나 많았던가! 이곳에는 이어지는 과일 나무들, 피라미드 모양을 한 버드나무 형태의 배나무, 공처럼 생긴 참나무와 피나무, 우산 모

1 미터법을 사용하기 전에 사용했던 지적 단위로 대략 1.092 헥타르에 해당한다.

양의 사과나무, 아치형 대문, 모노그램들, 촛대 모양의 나무들, 심지어 페소츠키가 처음으로 정원 가꾸기를 시작한 해인 1862년을 자두나무가지로 만든 것까지 있었다. 이곳에는 야자수처럼 튼튼하고 곧은 줄기를 가진 늘씬한 나무들도 있었는데 자세히 들여다봐야만 이 나무들에 열린 것이 구즈베리인지 블랙커런트인지를 알아볼 수 있었다. 하지만 이 정원이 즐겁고 흥미로운 진짜 이유는 이곳에서 늘 볼 수 있는 움직임들 때문이었다. 괭이를 들거나 손수레를 끌거나 물뿌리개를 든 사람들이 나무 주변, 관목 주변, 가로수길과 화단에서 이른 아침부터 저녁까지 개미처럼 분주하게 움직였다.

코브린은 페소츠키의 집에 저녁 아홉 시가 넘어서 도착했다. 그가 타냐와 그녀의 아버지인 예고르 세묘니치 페소츠키를 만났을 때 그들은 걱정이 가득했다. 맑은 하늘에 떠 있는 별들과 온도계를 보니 새벽녘에 날이 추워질 것 같았는데, 마침 정원사 이반 카를리치가 도시로 떠나서 정원을 돌볼 사람이 없었기 때문이다. 그들은 저녁 식사 중에도 새벽 추위에 대해서만 얘기를 했다. 결국 아직 잠자리에 들지 않았던 타냐가 자정이 넘은 시각에 정원을 살펴보고 문제가 없는지 확인한 후, 예고르 세묘니치가 새벽 세 시 전에 일어나기로 했다.

코브린은 타냐와 저녁 내내 함께 있다가 자정이 지나자 그녀와 함께 정원으로 나갔다. 밖은 추웠다. 벌써 마당에는 탄내가 진동했다. '상업용 과수원'이라 불리며 예고르 세묘니치에게 해마다 수천 루블의 순이익을 가져다주고 있는 넓은 과수원 땅 위로 매캐한 검은 연기가 자욱하게 깔렸고, 연기는 수많은 나무를 에워싸며 추위를 막아주고 있었다. 나무들은 이곳에서 체스 판의 말처럼 서있었는데 흡사 열 맞춰 서있는 군인들 같았다. 지나치게 잘 정돈되어 있으며 키, 꼭대기, 가지 모두 동일한 모양을 하고 있었기 때문에 풍경은 단조롭다 못해 지루했다. 코브린과 타냐는 나무의 열을 따라 함께 걸었는데 그곳에는 가축의 분뇨, 밀짚과 온갖 다양한 쓰레기로 불을 피운 모닥불이 타고 있었고, 이따금 그들은 연기 속에서 그림자 같은 일꾼들과 마주쳤다. 버찌, 자두, 일부 몇몇 품종의 사과가 열리는 나무에는 꽃이 피었지만 과수원 전체가 연기 속에 가라앉아 있었고, 묘목이 심겨져 있는 곳에 다다라서야 코브린은 크게 심호흡 할 수 있었다.

"어렸을 때도 여기서 연기 때문에 재채기를 했었어."

그는 어깨를 들썩이며 말했다.

"하지만 여전히 어떻게 연기가 나무들을 냉해로부터 보호해준다는 것인지 이해할 수 없어."

"연기는 구름이 없을 때 구름을 대신해…."

타냐가 대답했다.

"구름은 왜 필요하지?"

"구름 낀 흐린 날 새벽에는 기온이 많이 내려가지 않으니까."

"아하!"

그는 웃으면서 그녀의 한 손을 잡았다. 얼어있는 커다란 얼굴, 가늘고 검은 눈썹, 굉장히 진지한 표정의 그녀는 옷깃을 세운 탓에 고개를 자유로이 움직일 수 없었다. 그녀는 마른듯 날씬했고, 새벽 이슬에도 젖지 않도록 걷어올린 원피스를 입고 있었다. 그런 그녀가 사랑스러웠다.

그가 말했다.

"맙소사, 언제 이렇게 컸지? 내가 이곳을 마지막으로 떠나던 5년 전만 하더라도 넌 아직 어린애였는데. 모자도 안 쓰고 너무 마른데다 다리는 길고 짧은 원피스를 입고 다녀서 난 너를 왜가리라 놀렸었지…. 세월 참 빠르네!"

타냐가 한숨 쉬며 말했다.

"맞아, 5년 전이었어!"

이 말을 하고 그녀는 그의 얼굴을 보면서 갑자기 활기찬 목소리로 말했다.

"못 본지 꽤 오래 됐지. 안드류샤, 솔직히 말해줘. 이젠 좀 서먹서먹하지? 참, 말도 안되는 질문을 하고 있네. 당신은 남자고, 자신만의 흥미로운 삶을 살고 있을텐데. 훌륭한 사람이니까. 어색해질만도 해! 안드류샤, 그래도 난 당신이 우리와 가깝게 지냈으면 해. 우리는 그럴 자격이 있으니까."

"타냐, 나도 그렇게 생각해."

"진심이야?"

"응, 진심이야."

"우리 집에 당신 사진이 너무 많아서 놀랐지? 아버지가 당신을 많이 좋아해서 그래. 이따금 난 아버지가 나보다 당신을 더 사랑하시는 것은 아닌가 하는 생각을 해. 사실 그분은 당신을 자랑스러워 하셔. 당신은 학자이고 비범하며 엄청나게 출세했는데 아버지는 자신이 당신을 그렇게 키웠다고 확신하시는 것 같았어. 난 아버지 의견에 반대하지 않아. 일리가 있으니까."

공중으로 올라가는 연기와 더 또렷해지는 나무꼭대기의 윤곽이 날이 밝아오고 있음을 알려 주었다. 나이팅게일들이 노래했고, 들판에서는 메추라기 울음소리가 들려왔다.

타냐가 말했다.

"그나저나 이제 자러 갈 시간이야. 춥기도 하고."

이 말을 하고 타냐는 그와 팔짱을 꼈다.

"안드류샤, 와줘서 고마워. 우리가 아는 분들은 재미없는 분들이고, 지인이라고 해봐야 얼마 되지도 않아. 우리는 오로지 정원, 정원, 정원 생각 밖에 없지. 지하고[2]가 높네, 지하고가 절반 밖에 안되네 라는 등 말이야."

그녀가 웃으며 말했다.

"아포트 사과, 라네트 사과, 보로빈카 사과, 눈접, 깍아접… 우리는 우리의 평생을 정원에 쏟았지. 내 꿈에는 사과나무와 배나무만 나올 정도야. 물론 이건 좋은 일이고 유익한 일이야. 하지만 가끔은 단조로운 삶에 무언가 변화가 있었으면 할 때가 있어. 난 당신이 방학에 이곳에 오거나 혹은 아무런 이유 없이 우리 집에 놀러 오곤 했던 일을 기억해. 당신이 우리 집에 오면 집 안에 뭔가 더 생기가 생기고 더 밝아져서 꼭 샹들리에나 가구를 덮고 있던 덮개를 걷어낸 것 같았어. 어린 나이였지만 그 정도는 이해했던 것 같아."

그녀는 한참동안 감정에 북받쳐서 말했다. 그 순간 그는 무슨 연

2 가지가 없는 줄기부분의 높이

유에서인지 갑자기 여름 내내 이 작고 연약하고 말 많은 존재와 정이 들고 사랑에 빠질지도 모른다는 생각이 들었다. 사실 따지고 보면 두 사람 사이에서는 가능한 일이기도 했다. 이런 생각이 들자 그는 갑자기 가슴이 벅차고 웃음이 나와서 생각 많은 그녀의 사랑스러운 얼굴을 향해 몸을 기울여 조용히 노래하기 시작했다.

오네긴, 숨기지 않겠소,

나는 타티아나를 너무 사랑한다오….[3]

그들이 집에 도착했을 때 예고르 세묘니치는 이미 일어나 있었다. 코브린은 자기 싫어서 노인과 한참 대화를 나눈 후에 그와 함께 정원으로 다시 나갔다. 예고르 세묘니치는 키가 컸고, 어깨가 넓었으며, 배가 많이 나와있어서 늘 숨 쉬는 것을 힘들어했지만 어찌나 빨리 걷는지 그를 따라잡기는 힘들었다. 그는 깊게 고민하는 듯한 표정을 지으며 계속 어딘가로 서둘러 갔는데, 마치 조금이라도 늦으면 큰일 날 것 같은 표정이었다.

"자, 이보게 얘기가 어떻게 됐냐하면…."

그는 숨을 고르기 위해 잠시 멈춰서서 말했다.

"지면 위는 보다시피 무척 춥지만 막대기를 이용해서 온도계를 땅 위로 2 사젠[4] 정도만 높이 들어올리면 따뜻하단 말이네…. 왜 그런지 아는가?"

"솔직히 잘 모르겠습니다."

---

3 푸시킨의 <예브게니 오네긴>에서 그레민 공작의 말

4 고대 러시아의 길이 단위로 1사젠은 2.13m에 해당한다.

코브린이 웃으면서 말했다.
"음…. 자네도 모르는 게 있겠지…. 아무리 박학다식한 사람이라도 모든 걸 아는 건 힘들테니까. 아직도 철학을 공부하고 있나?"
"네. 지금 심리학 책을 읽고 있고, 큰 틀에서는 철학을 공부하고 있어요."
"지루하진 않고?"
"오히려 그 반댑니다. 삶의 활력인걸요."
"뭐 그렇다면 다행이야…."
예고르 세묘니치는 무언가 골똘히 생각하면서 자신의 하얗게 센 구레나룻을 쓰다듬었다.
"계속 그렇길…. 그렇다니 정말 기쁘네…. 기뻐."
하지만 그는 갑자기 무슨 소리가 들리는지 귀를 기울이다가 공포에 질린 표정을 짓고는 어디론가 뛰어갔고, 잠시 후에는 나무 뒤 연기 구름 사이로 사라졌다.
"누가 말을 사과나무에 묶어둔 거야?"
절망에 사로잡혀 괴로움에 몸부림치는 그의 비명소리가 들렸다.
"어떤 못된 놈이 감히 말을 사과나무에 매어 논거야? 오, 맙소사, 맙소사! 과수원을 완전히 망쳐놨어, 못쓰게 해놨다고, 엉망으로 만들어놨어! 과수원이 못쓰게됐어! 과수원을 망쳐놨어! 맙소사!"
그는 피곤하고 속상한 기색이 역력한 채로 코브린에게 돌아왔다. 그리고는 어깨를 들썩이며 울먹이는 목소리로 말했다.
"이 고약한 놈을 어쩌면 좋겠나? 스쵸프카가 밤에 분뇨를 실어와서는 말을 사과나무에 묶어뒀지 뭔가! 이 망할 놈이 고삐를 나무에 어찌나 세게 묶어놨는지 사과나무 껍질 세 군데가 벗겨졌어. 기가 차서 원! 그 놈을 혼냈더니 자기가 무슨 짓을 한 지도 모르고 멍청하게 눈만 깜빡거리는 게 아닌가? 그 놈을 죽여도 분이 안 풀릴 것 같아!"

진정을 한 후에 그는 코브린을 끌어안고 그의 한쪽 볼에 입맞추었다. 그리고 그는 중얼거렸다.

"정말이지…. 진심이네…. 자네가 와줘서 너무 기쁘다네. 이루 말로 표현할 수 없을 정도로 기쁘다네. 고마워."

이 말을 한 후에 그는 여전히 빠른 걸음걸이로 근심이 있는 표정을 지으면서 정원 전체를 한 바퀴 돌고 자신이 과거에 돌봐준 청년에게 온실과 비닐하우스, 흙을 이겨 만든 광과 스스로 금세기 최고의 물건이라 부른 양봉장 두 군데도 보여주었다.

그들이 함께 그곳을 돌아보는 동안 해가 높이 떠서 정원이 밝아졌다. 날씨도 더 따뜻해졌다. 이제 겨우 5월 초고 앞으로 여름 내내 이렇게 화창하고 즐겁고 긴 낮을 만날 수 있을 것이라고 생각하니, 갑자기 이 정원을 뛰어다니던 어린 시절의 행복한 기억이 떠올랐다. 그는 노인을 끌어안고 얼굴에 부드럽게 입맞추었다. 두 사람은 벅찬 가슴을 안고 집으로 돌아와 도자기로 만든 오래된 찻잔에 차와 크림을 넣고 버터가 들어간 프레첼 모양의 빵을 곁들여 먹었다. 코브린은 다시 어린시절과 유년기를 떠올렸다. 더할 나위 없는 현재와 방금 깨어난 과거의 추억이 그의 머릿속에서 하나가 되어 마음의 자리는 갑작스럽게 비좁아졌지만 기분은 좋았다.

그는 타냐가 일어나기를 기다렸다가 그녀와 함께 커피를 실컷 마시고 잠시 산책을 한 후 자기 방 책상 앞에 앉아 일을 시작했다. 그는 책을 정독하며 메모를 하고, 아주 가끔 열린 창문이나 책상 위 꽃병에 있는 이슬을 머금은 꽃들을 바라보았다가 다시 책을 읽었다. 그의 몸 속에 있는 모든 혈관이 기쁨의 춤을 추는 것 같았다.

2

그는 시골에서도 도시에서처럼 초조하고 불안했다. 많이 읽고 쓰고 이탈리아어도 공부했으며, 산책을 하면서도 곧 다시 책상 앞에 앉아 일할 생각에 들뜨곤 했다. 그의 수면 시간이 너무 짧아 다들 놀랐다. 우연히 낮잠을 30분 정도 잔 날엔 밤새 잠들지 않았으며 그 다음 날이 되어도 마치 밤새 잠을 잘 잔 사람마냥 좋은 기분으로 활기차게 지냈다.

그는 말을 많이 했고, 와인을 마셨으며 비싼 담배를 피웠다. 페소츠키씨네 집에는 하루가 멀다하고 옆집에 사는 아가씨들이 와서 타냐와 함께 그랜드피아노를 치며 노래를 불렀으며, 가끔은 바이올린을 잘 켜는 옆집 청년이 놀러 오기도 했다. 코브린은 연주와 노래에 너무 집중한 나머지 피곤해졌다. 눈이 감기고 고개는 옆으로 기울었다.

어느날 저녁 차 시간 후에 그는 발코니에 앉아 책을 읽고 있었다. 응접실에서는 젊은이의 바이올린 연주에 맞춰 타냐가 소프라노 파트를, 아가씨 중 한 명이 콘트랄토 파트를 맡아 가에타노 브라가의 유명한 세레나데를 연습하고 있었다. 코브린은 집중해서 그들이 러시아어로 노래를 부르고 있다는 것은 알았지만, 노랫말의 의미는 전혀 이해할 수 없었다. 결국 그는 책을 내려놓고 노랫소리에 더욱 집중했고, 그제서야 가사의 의미를 이해했다. 한 아가씨가 상상에 취해 한밤중에 정원에서 어떤 비밀스러운 소리를 듣게 되고, 신비스럽고 아름다운데다 성스러운 하모니를 이룬 그 소리를 인간들은 이해할 수 없어서 소리는 다시 하늘 위로 날아가버린다는 내용이다. 코브린의 눈이 감기기 시작했다. 그는 홀로 자리에서 일어나 피곤한 몸으로 응접실 안을 잠시 걷다가, 노래가 끝나자 타냐와 팔짱을 끼고 함께 발코니로 나갔다.

"오늘은 아침부터 어떤 전설에 대한 생각이 머릿속에 맴돌고 있어. 어디서 읽었는지 누구에게 들었는지는 잘 기억나지 않지만 확실한 건 전설이 이상하고 앞뒤가 맞지 않는다는 거야. 그 전설은 불분명해. 천 년쯤 전에 검은 옷을 입은 어떤 수사가 시리아나 아라비아 어딘가에 있는 사막 위를 걷고 있었어…. 그런데 그가 걷고 있는 곳으로부터 몇 마일 떨어진 곳에서 어부들이 호수 위를 천천히 걷고 있는 또 다른 검은 수사를 봤지. 이 두 번째 수사는 신기루였어. 지금부터는 전설과 대치되는 광학법칙은 잊고 들어봐. 이 신기루는 또 다른 신기루를 만들었고, 두 번째 신기루는 세 번째 신기루를 만들어서 검은 수사는 대기권 안에 있는 여러 층을 자유자재로 넘나들기 시작했어. 아프리카, 스페인, 인도, 심지어 러시아의 최북단 등지에서 그를 봤다는 사람들이 있었어…. 결국 그는 지구의 대기권 밖으로 나와서 현재는 사라질 방법을 알지 못해서 우주를 떠돌고 있다고 해. 어쩌면 지금쯤 화성이나 남십자자리에 있는 어느 별에 있을지도 몰라. 하지만 내 사랑, 이 전설에서 가장 중요한 것은 수사가 사막 위를 걷던 때로부터 정확히 천 년이 지나면 또다시 신기루가 대기권에 진입해서 사람들의 눈에 띌 거란 거야. 그런데 곧 천 년이 다 돼가는 것 같아. 그러니까 전설이 맞다면 우리는 조만간 검은 수사를 보게될 거야."

그가 말했다.

"이상한 신기루네."

전설이 마음에 안 들었던 타냐가 말했다.

"하지만 가장 놀라운 건 내가 이 전설을 어떻게 알게 됐는지 도무지 기억해낼 수가 없다는 거야. 어딘가에서 읽은 내용일까? 아니면 어디에서 들은 걸까? 그것도 아니면 검은 수사가 내 꿈에 나왔던 걸까? 신께 맹세코 도무지 기억이 나지 않아. 하지만 전설 생각이 머릿속에서 계속 맴돌아. 오늘만 하더라도 하루 종일 전설 생각이 떠나질 않아."

타냐를 손님들에게 돌려보내고 그는 집에서 나와 상념에 잠긴 채 화단 옆을 걸었다. 해가 벌써 지고 있었다. 방금 물을 준 꽃들은 축축하고 역겨운 냄새를 풍겼다. 집 안에선 사람들이 다시 노래를 부르기 시작했고, 멀리서 들려오는 바이올린 소리는 사람 목소리를 닮았다. 코브린은 전설을 어디서 들은 것인지 혹은 책에서 읽은 것인지 떠올리려 애쓰며 천천히 공원으로 걸어가 어느새 강가에 도달했다.

뿌리를 드러내고 있는 나무들 옆을 지나 가파른 강가로 나있는 오솔길을 걸어 그는 강가로 내려갔고, 그 바람에 그곳에 있던 물떼새와 오리 두 마리가 겁을 먹었다. 일몰의 태양빛은 음침한 소나무 숲

어딘가에서 아직 스며나오고 있었지만 강물은 이미 저녁 노을로 물들어있었다. 코브린은 강 위에 놓여있는 다리를 건너 강 건너편으로 갔다. 그러자 그의 앞에 아직 꽃도 피지 않은 어린 호밀로 뒤덮인 평원이 펼쳐져 있었다. 근처에는 집도 사람도 보이지 않아 오솔길을 따라 걷다 보면 저녁 노을이 넓고 장엄하게 이글거리는 수수께끼 같은 장소에 도달할 것만 같았다.

'여긴 광활하고 자유로운데다 조용하군! 마치 온 세상 사람들이 숨죽인 채 나를 지켜보며 내가 그들을 알아차리길 기다릴 것만 같아….'

코브린은 이런 생각을 하면서 오솔길을 걸었다.

하지만 이때 호밀밭 위로 산들바람이 불어 모자를 쓰지 않은 그의 머리카락은 바람에 나부꼈다. 이어서 다시 바람이 불었고, 이번 바람은 이전보다 더 강해서 호밀밭이 술렁였다. 뒤에 있는 소나무 숲도 함께 술렁이며 바람에 우우 하며 웅얼거렸다. 코브린은 깜짝 놀라 멈춰 섰다. 지평선 너머로 하늘끝까지 닿을 것 같은 검은 기둥을 만들며 회오리 바람 같은 것이 솟아올랐다. 형태는 불분명했지만 대번에 그것이 한자리에 서 있는 것이 아니라는 것을 알 수 있었다. 그것은 엄청난 속도로 코브린이 서 있는 곳으로 오고 있었고, 가까이 올수록 점점 더 작아지며 또렷해졌다. 코브린은 호밀밭쪽으로 몸을 던져 그것을 피했고, 그것이 지나갈 수 있도록 길을 내 주었다….

머리는 하얗게 세고 검은 눈썹에 검은 옷을 입은 수사가 팔짱을 낀 채 쏜살같이 그 옆을 지나갔다…. 신발을 신지 않은 그의 맨발은 땅에 닿지 않았다. 3 사젠 가량을 갔을 때 그는 코브린을 향해 뒤를 돌아봤고 고개를 한 번 끄덕인 후 다정하면서 교활한 미소를 지었다. '얼굴이 소름 돋을 정도로 창백하고 너무 말랐어!' 이내 수사는 다시 점점 커지더니, 강을 건너서 진흙으로 덮인 강가나 소나무에 부딪히는 소리도 없이 소나무 숲을 지나 연기처럼 사라졌다.

"이럴줄 알았어…. 전설이 사실이었군."

코브린이 중얼거렸다.

그는 이상한 현상을 이해하려고 노력하지 않고 자신이 그토록 가까운 거리에서 수사의 검은 옷뿐만 아니라 얼굴과 눈까지 보았다는 사실 하나만으로 만족해하며 흡족한 마음으로 집으로 돌아왔다.

사람들은 아무런 동요 없이 공원과 정원을 거닐었고, 집 안에 있는 사람들은 여전히 악기 연주를 하고 있었다. 오직 코브린만이 검은 수사를 보았다. 그는 속히 자신이 본 것을 타냐와 예고르 세묘니치에게 말하고 싶었지만, 그들이 헛소리라 치부하며 자신을 미친 사람이라 생각할 것 같아 비밀로 하기로 마음먹었다. 그는 큰 소리로 웃고, 노래도 부르고, 마주르카를 추었고, 유쾌해 보였다. 타냐를 포함한 모든 사람들이 오늘따라 그의 얼굴이 무언가 특별하고 빛이 나며 영감에 차 있었기에 무척 흥미로워 보인다는 사실을 깨달았다.

3

저녁 식사가 끝난 후 손님들이 떠나자 그는 자기 방 소파에 가서 누웠다. 검은 수사에 대해 생각하고 싶었기 때문이다. 하지만 잠시후 에 타냐가 그의 방에 들어왔다.

"안드류샤, 아버지가 쓰신 기사들을 좀 읽어봐. 굉장히 잘 쓰셨어. 아버지는 글을 참 잘 쓰셔."

이 말을 하며 타냐는 그에게 브로셔와 인쇄물이 들어있는 꾸러미 하나를 건넸다.

"내가 글을 잘 쓰다니 말도 안된다!"

예고르 세묘니치는 그녀를 따라 들어오면서 억지 웃음을 지으며 말했는데, 싫지 않은 기색이었다.

"애 얘기는 듣지 말고 읽지도 말게나! 잠 못 이루는 밤에 수면제 삼아 읽는 거라면 상관없겠지만. 수면제로는 아주 좋을 거야."

"제 생각엔 굉장히 훌륭한 글이에요."

타냐가 확신에 찬 목소리로 말했다.

"안드류샤, 다 읽고 아빠에게 글을 더 자주 써달라고 설득해줘. 아버지는 정원 가꾸기에 관한 모든 것을 쓰실 실력이 충분히 되거든."

예고르 세묘니치는 애써 큰 소리로 웃었고 얼굴을 붉히더니 일반적으로 당황한 작가들이 할 법한 말을 하기 시작했다. 그러더니 결국 그는 항복했다.

"정 그렇다면 먼저 고셰[5]의 논문과 여기 있는 러시아인들이 쓴 짧은 논문들을 먼저 읽어보게나."

그는 브로셔에 있는 글을 떨리는 손으로 고르면서 중얼거리기 시

5 독일인 원예사이며, 프랑스의 과수 재배 기법을 도입하여 큰 호응을 얻었다.

작했다.

"그래야 이해될 거야. 무언가에 대해 반대하는 내 글을 읽기 전에 내가 반대하는 의견을 먼저 알아야 할테니까. 하긴, 모두 부질없는 짓이긴 하지만…. 지루하기 그지없지. 잘 때도 됐고."

타냐가 먼저 방에서 나갔다. 그러자 예고르 세묘니치는 코브린이 누워있는 소파에 다가가서 앉더니 한숨을 쉬었다.

"이보게, 자네 말이야…."

짧은 침묵 끝에 그가 먼저 입을 열었다.

"자네는 내가 아끼는 사람인데다 박사 학위도 갖고 있지. 나는 기사도 쓰고 여러 전시회에도 참여하고, 메달도 받긴하네만…. 사람들은 페소츠키네 사과는 머리통만 하고 페소츠키는 과수원과 정원을 잘 가꿔서 부자가 되었다고들 한다네. 한 마디로 말해서 내가 성공한 코추베이[6]'라고들 해. 정원이 정말로 모범적이고 아름답긴 하네만…. 이곳은 사실 정원이 아니라 국가적으로 아주 중요한 하나의 기관이라고 볼 수 있는데 그 이유는 러시아 농업과 산업의 새로운 시대를 여는 곳이기 때문일세. 하지만 이 모든 노력의 끝은 무엇이고 목적이 무엇이냐고 묻는다면 잘 모르겠어."

"일을 계속 하시다보면 알게 되겠죠."

"그런 뜻이 아니야. 내가 알고 싶은 것은 내가 죽으면 정원의 운명은 어떻게 될까 하는 거야. 내 보살핌이 없으면 정원은 자네가 지금 보는 이 모습을 한 달도 유지하지 못하겠지. 정원이 지금의 아름다운

6 17세기부터 존재했던 유서 깊은 타타르인의 귀족 가문으로 농업에 능했던 가문이다.

모습을 잘 유지하고 있는 비결은 정원이 크다거나 일꾼이 많아서가 아니야. 내가 정원에서 일하는 것을 좋아하기 때문이지, 내 말뜻 알아듣겠나? 어쩌면 나 자신보다 더 사랑할지도 몰라. 날 보게나. 내가 직접 모든 일을 하지. 아침부터 밤까지 일해. 병충해 예방 접종부터 가지 치기, 모종을 심는 것까지 전부 다 내가 해. 누군가 내 일을 도와주려하면 나는 질투를 하고 퉁명스럽게 거절하지. 비결은 사랑, 그러니까 주인으로서 섬세하게 정원에 있는 모든 것을 살피고 가꾸는 데에 있어. 한 시간 정도 외출을 해서 다른 곳에 가 있더라도 마음은 정원에 가 있어서 정원에 무슨 일이라도 생기지 않나 조바심이 나는 거야. 하지만 내가 죽고 나면 누가 내 정원을 돌볼까? 정원사? 일꾼들? 그런가? 내가 한 가지 중요한 사실을 알려주겠네. 정원 관리에서 가장 위험한 적은 토끼도, 왕풍뎅이도 추위도 아니고 외부인이라네."

"타냐가 있지 않습니까?"

코브린이 웃으면서 물었다.

"타냐가 토끼보다 더 해로울 리는 없지 않습니까? 그녀 역시 정원 일을 사랑하고 이해하고 있으니까요."

"맞아, 그 애도 정원 일을 사랑하고 잘 이해하고 있지. 내가 죽고 나서 그 애가 주인이 돼서 정원을 맡게 된다면야 더할 나위가 없겠지. 하지만 결혼이라도 하면 어떻게 되겠나?"

예고르 세묘니치는 목소리를 낮춰서 말하면서 겁먹은 얼굴로 코브린을 쳐다봤다.

"바로 그 점이 걱정된다는 것일세! 결혼해서 애들이 생기면 정원에 신경 쓸 겨를이 없을 거란 말일세. 제일 걱정되는 것은 날강도 같은 놈이랑 결혼하는 거라네. 그 놈이 이윤에 눈이 멀어 장사하는 여자한테 정원을 임차라도 하는 날이면 1년 안에 망가질 거야. 정원에서 여자들이란 하느님의 저주나 같은 존재니까 말일세!"

예고르 세묘니치는 이 말을 한 후에 한숨을 쉬고는 잠시 입을 다물었다.

"이기적으로 보일지도 모르지만, 솔직히 타냐가 결혼을 안 했으면 좋겠어. 두려워! 우리 집에 바이올린을 갖고 찾아와서 바이올린을 연주하는 멋쟁이 신사가 한 명 있긴 한데 타냐가 그 사람한테 마음이 없다는 것을 알면서도 꼴보기가 싫단 말이야! 이보게, 나도 내가 엄청난 괴짜라는 것을 알고 있다네. 인정하네."

예고르 세묘니치는 자리에서 일어나서 초조하게 방 안을 서성였고, 무언가 굉장히 중요한 말을 하고 싶지만 결심이 서지 않는 것 같았다.

"자네를 많이 아끼기 때문에 허심탄회하게 말하겠네."

그가 드디어 결심이 섰는지 주머니에 두 손을 넣으면서 말했다.

"나는 몇몇 예민한 문제에 대해서는 오히려 단순하게 생각해서 내가 생각하는 것을 그대로 말하는 편이라네. 혼자만의 비밀 같은 것은 딱 질색이라. 솔직히 말하겠네. 자네는 내가 내 딸의 남편감으로 유일하게 믿는 사람이네. 자네는 똑똑하고 따뜻한데다 내가 아끼는 이 정원 역시 잘 돌봐줄 사람이니까. 그보다 더 중요한 것은 내가 자네를 내 아들처럼 사랑한다는 거지…. 자네가 자랑스러워. 만약 자네가 타냐와 연애를 하게 되면, 난 아주 기쁘고 행복할거야. 진심으로."

그러자 코브린이 웃기 시작했다. 방에서 나가려고 문을 연 예고르 세묘니치가 문지방에 멈춰 섰다.

"만약 자네와 타냐가 아들을 낳으면 내가 녀석을 정원사로 키울 생각이네."

그리곤 잠시 생각한 후에 말했다.

"하긴, 이루어지기 힘든 헛된 희망이겠지만…. 잘 자게."

혼자 남게되자 코브린은 좀더 편하게 누워서 논문을 읽기 시작했다. 논문들의 제목은 「휴경에 관하여」, 「정원을 새로 가꾸기 위해 땅을 갈아 엎는 것에 관한 Z씨의 글에 대한 몇 가지 제언」, 「눈접에 관하여 보충하는 글」 같은 농업에 관한 것들이었다. 얼마나 불안하고 감정적이고 신경질적인 톤이란 말인가! 병적이라고 말할 수 있을 정도로 감정에 치우쳐있다. 그 중에 제목이 감정에 치우치지 않고 내용이 객관적인 논문 한 편을 찾았다. 해당 논문은 러시아산 안토노프 사과를 다루고 있다. 하지만 예고르 세묘니치는 논문을 <audiatur altera pars(다른 쪽 의견도 끝까지 들어야한다)>로 시작해서 <sapienti sat (현자에겐 한 마디로 족하다)>로 끝내며 이 두 명언 사이에서 '학자의 입장에서 거만하게 자연을 관찰하는 전문 정원사들의 유식한 무지에 대해 혹은 '무식한 자들과 딜레탕트들 덕분에 유명해진' 니콜라스 고셰에 대해 온갖 종류의 비판을 쏟아냈고, 갑자기 아무런 이유 없이 과일을 훔치고 그 과정에서 나뭇가지를 부러뜨리는 사내들은 회초리로 때려도 소용없다는 조소 섞인 유감을 적어놓았다.

'원예는 아름답고 사랑스럽고 건강과 밀접한 관련이 있는 일인데, 이 글은 전투적이야. 장소와 분야를 막론하고 특정 이념에 사로잡힌 사람들은 신경질적이고 지나치게 감성적이지. 자기도 모르게 그

렇게 되는 모양이야.'

코브린은 생각했다.

그는 예고르 세묘니치의 논문을 무척 마음에 들어하는 타냐 생각이 났다. 작은 키에 혈색은 창백하고, 너무 말라서 쇄골이 보일 정도며, 똑똑해 보이는 검은 눈을 크게 뜨고 늘 어딘가를 뚫어지게 보며, 무언가를 찾고, 걸음걸이는 아버지처럼 보폭이 좁고 서두르는 기색이 역력하다. 말이 많고 논쟁하는 것을 좋아하며, 별로 중요하지 않은 말을 할 때도 표정이 쉽게 변하며 제스쳐를 취하는 타냐. 그녀는 예민한 여자임이 확실했다.

코브린은 논문을 계속해서 읽어내려갔지만 아무것도 이해하지 못하고 결국 덮었다. 얼마 전만 하더라도 마주르카를 추고 음악을 듣고 싶게 만들던 기분 좋은 긴장감이 지금은 마음을 힘들게 만들었고, 그는 이로 인해 상념에 빠져들었다. 코브린은 일어나서 검은 수사에 대해 생각하면서 방안을 왔다갔다 했다. 만약 이 초자연적이며 이상한 수사를 자신만이 본 것이라면 자신이 미쳤기 때문에 환영을 본 것이 아닌가 하는 생각을 했다. 이런 생각이 들자 겁이 났지만 이내 두려움은 사라졌다.

'나는 건강하고 그 누구에게도 해를 끼치지 않는다. 그렇다면 내가 본 환영 역시 아무에게도 해를 끼치지 않을거다.'

이런 생각을 하자 마음이 놓였다.

그는 소파에 앉아서 자신의 온 몸을 가득 채운 알수 없는 기쁨을 놓칠세라 두 손으로 머리를 움켜쥐고는 방 안을 잠시 서성인 후 일을 하려고 책상 앞에 앉았다. 하지만 책에서 읽은 사상은 마음에 들지 않았다. 그는 무언가 엄청나게 크고 놀라운 것을 원했다. 새벽녘이 돼서야 그는 옷을 벗고 억지로 잠을 청했다.

하지만 정원으로 향하는 예고르 세묘니치의 발자국 소리를 들었을 때 그는 하인에게 와인을 가져오도록 했다. 그는 라피트 로칠드 와인 몇 잔을 음미한 후 이불을 머리까지 뒤집어썼고, 그제서야 의식이 흐릿해지며 잠이 들었다.

4

예고르 세묘니치와 타냐는 자주 다퉜고 서로 상처 주는 말을 주고받았다.

그러던 어느 날 아침에 그들은 또 다퉜다. 타냐는 울면서 자기 방으로 갔다. 그렇게 방으로 들어가서는 아침도 거르고 차를 마시러 나오지도 않았다. 정의와 질서를 세상에서 제일 중요하게 생각한다는 것을 알려주려는 듯 예고르 세묘니치도 처음에는 골이 나서 자존심을 굽히지 않았지만 금세 견디지 못하고 풀이 죽었다. 그는 슬픈 표정을 지으며 공원을 왔다 갔다 하면서 연신 한숨을 쉬며 말했다.

"오, 맙소사, 맙소사!"

그리곤 점심 식사를 하나도 입에 대지 않았다. 결국 양심에 가책을 느끼고 자신의 잘못을 인정하며 잠근 딸의 방문을 두드리며 딸을 조심스럽게 불렀다.

"타냐, 타냐."

그러자 방 안에서 우느라 지쳐 힘은 빠졌지만 단호한 목소리로 딸이 대답했다.

"제발 부탁이니, 절 좀 내버려두세요."

집 주인들의 괴로움이 집 전체에 느껴졌고, 정원에서 일하는 사람까지 그것을 느낄 정도였다. 코브린은 자신이 좋아하는 일에 몰입했지만 일이 끝날 때쯤 지루해지고 불편해졌다. 어떤 식으로든 가라앉은 집안 분위기를 바꾸기 위해 그는 그들의 문제에 개입하기로 마음먹고 저녁 무렵 타냐의 방문을 두드렸다. 그러자 타냐가 방문을 열어 주었다.

"이런, 이런, 이렇게 창피할데가! 이게 이렇게까지 할 일인가? 이런, 이런."

많이 울어서 군데군데 붉은 반점으로 뒤덮인 슬픔에 잠긴 타냐의 얼굴에 한편으론 놀라면서 그는 농담조로 먼저 말을 꺼냈다.

"당신은 아버지 때문에 내가 얼마나 힘든지 모를거야!"

그녀가 대답했고, 서러움에 북받친 그녀의 커다란 두 눈에서 눈물이 쏟아져나왔다.

"아버지 때문에 너무 괴로워!"

그녀는 괴로워하면서 말을 이어갔다.

"기분 나쁘실 말은 하나도 안 했어…. 전혀…. 난 단지 데리고 있을 하등의 이유가 없다고 말씀드렸을 뿐이야…. 불필요한 일꾼들을… 만약… 필요하다면 언제든 일용직 일꾼을 쓸 수 있다면 말야. 사실… 일꾼들은 벌써 일주일째 아무일도 안 하고 있으니까…. 난… 난 그 말만 했을 뿐인데 점점 언성을 높이시더니 모진 말을, 그것도 엄청나게 모진 말을 쏟아내시는 거야. 내가 뭘 그렇게 잘못했지?"

"이제 그만, 그만하면 됐어."

코브린이 그녀의 머리카락을 매만지며 말했다.

"서로 충분히 싸웠고 실컷 울었으니 그만 하면 됐어. 다퉈도 금방 풀어야지, 이런 모습은 좋지 않아…. 게다가 아버님은 당신을 무척 사랑하셔."

"아버지는 날… 내 삶을 망치셨어."

타냐가 흐느끼며 말을 이어갔다.

"모진 말만… 상처 주는 말만 하셨어. 아버진 내가 이 집에서 불필요한 존재라고 생각하셔. 틀린 말도 아닌 것 같아. 아버지 생각이 옳아. 그래서 내일 당장 이 집에서 나가서 전신국에 들어가겠어…. 그렇게 살거야…."

"이런, 이런, 진정해…. 울지 마, 타냐. 착하지, 울지 마…. 두 사람 모두 다혈질이고 예민해서 두 사람 모두 잘못이 있어. 같이 가자. 내가 두 사람을 화해시킬게."

코브린이 다정하고 설득력 있게 말하는 동안에도 그녀는 마치 절망적인 상황에 놓이기라도 한 것처럼 어깨를 들썩이며 두 손을 꼭 잡고 울음을 그치지 않았다. 그는 그녀가 대수롭지 않은 일로 슬퍼하는 것을 보자 더 안쓰러웠지만 그녀는 그녀대로 굉장히 괴로워하고 있었다. 이렇듯 사소한 일들은 앞으로도 무척 많을 것이며, 그때마다 그녀는 하루 혹은 평생동안 그 일로 인해 괴로워할 것이다. 코브린은 타냐를 위로하면서 이 세상에서 그를 가족처럼 사랑하는 사람은 그녀와 그녀의 아버지 밖에는 없을 것이며, 이들이 아니었다면 어린 나이에 부모님을 여읜 그가 피를 나눈 가족에게만 느낄수 있는 진정한 보살핌과 순수하고 조건 없는 사랑을 죽을 때까지 알지 못했을 것이라는 생각을 했다. 그리고 그는 흐느끼는 이 아가씨가 철이 자석에 끌리듯 그의 아픈 마음에 끌리고 있는 것을 느꼈다. 그 역시 건강하고 튼튼하고 볼이 빨간 여성에게는 마음이 끌리지 않는다. 그는 창백하고 연약하고 행복하지 못한 타냐가 좋았다.

그래서 그는 그녀의 머리카락과 어깨를 다정하게 쓰다듬으며 그녀의 손을 잡고 눈물을 닦아주었다…. 결국 그녀는 울음을 그쳤다. 하지만 한참동안 아버지를 원망하고 이 집에서 자신이 얼마나 살기 힘든지를 얘기하면서 코브린에게는 자기 입장을 이해해달라고 간곡히 부탁했으며, 그런 후에는 조금씩 미소를 짓더니 자기는 안 좋은 성격을 타고났다며 한숨을 지었다. 결국 그녀는 큰 소리로 웃고 스스로를 바보라고 부르며 방에서 뛰쳐나갔다.

잠시 후에 코브린이 정원으로 나가자 예고르 세묘니치와 타냐는 언제 그랬냐는듯 나란히 가로수길을 따라 산책했고, 두 사람 모두 배가 고팠기 때문에 호밀빵에 소금을 뿌려서 함께 먹었다.

5

평화의 사도로서의 역할을 잘 해낸 코브린은 흡족한 마음으로 공원으로 갔다. 그가 벤치에 앉아서 상념에 사로잡혀 있는 동안 여러 대의 마차가 덜커덩거리는 소리와 여자들의 웃음 소리가 들렸다. 손님들이 도착한 것이다. 저녁 그림자가 정원에 드리우기 시작할 때 바이올린 연주 소리와 사람들의 노랫소리가 들리자 검은 수사가 떠올랐다. 그 착시와도 같은 환영은 지금은 어느 나라 혹은 어느 행성을 떠돌고 있는 것일까?

전설을 떠올리며 호밀밭에서 보았던 어두운 환영을 머릿속에 떠올린 순간, 절대적인 적막 가운데 그의 맞은 편에 있는 소나무 뒤에서 중간 키에 모자는 쓰지 않은 백발 노인이 나타났다. 몸 전체가 검은데다 맨발이어서 거지 행색인 이 노인은 창백하다못해 죽은 사람 같은 얼굴에 검은 눈썹만 도드라져 보였다. 거지 혹은 나그네라 부를 수 있는 노인은 그를 향해 다정하게 고개를 끄덕이며 소리 없이 벤치에 다가와서 앉았다. 코브린은 그가 검은 수사라는 것을 알아봤다. 잠시 두 사람은 서로를 바라보았다. 코브린은 놀란 눈으로 그를 바라보았고, 수사는 지난번처럼 다정한 눈빛으로, 동시에 교활함과 간사함이 묻어나는 표정으로 그를 응시했다.

"당신은 환영이 아닌가?"

코브린이 말했다.

"왜 이곳에 와서 앉아있지? 내가 아는 전설과 다르군."

"내가 전설처럼 움직이기라도 해야 한단 말인가?"

수사는 잠시 후에 그를 향해 얼굴을 돌리면서 작은 목소리로 말했다.

"나를 포함해서 전설, 환영 전부 자네가 흥분해서 만들어낸 결과

물이 아닌가. 나는 헛것이네."

"그러니까 이 세상에 존재하지 않는다는 건가?"

코브린이 물었다.

"마음대로 생각하게."

이 말을 하고 수사는 옅은 미소를 지었다.

"나는 자네의 상상 속에 존재하고 자네의 상상은 자연의 일부이며, 따라서 나는 자연에도 존재하는 거라네."

"당신 얼굴은 지혜로운 노인같고, 표정이 무척 풍부해서 천년 이상 산 것 같이 보여. 내 상상력이 이토록 희귀한 현상을 만들어내다니. 그런데 환희에 찬 표정으로 나를 바라보는 이유가 뭐지? 내가 마음에 들기라도 해?"

"그렇다네. 자네는 하느님이 선택한 사람들이라 불리는 몇 안 되는 사람 중 한 명이라네. 자네는 영원한 진리를 찾기 위해 노력하지. 자네의 생각, 의도, 자네가 연구하는 놀라운 학문. 자네의 평생에는 영적인 천상의 흔적이 묻어있어. 자네가 이성적이고 아름다운 것, 즉, 영원한 것을 갈구하기 때문이지."

"영원한 진리… 하지만 영생할 수 없는 인간이 어떻게 영원한 진리를 알고 그 진리를 필요로 한다는 거지?"

"영생은 있다네."

검은 수사가 말했다.

"당신은 영생을 믿나?"

"물론이지. 자네 같은 사람들은 위대하고 눈부신 미래를 맞이할거야. 자네 같은 사람이 이 땅에 많으면 많을수록 이 미래는 더 빨리 이루어질 것이네. 자네처럼 고차원적인 본질을 위해 애쓰며 자각 속에서 자유로운 삶을 사는 사람들이 없다면 인류의 존재는 무의미했을 것이며 오랫동안 이 땅에서 종말이나 기다리며 살았을거야. 자네같은 사람들은 인류를 수천년 앞서 영원한 진리의 왕국으로 인도하지. 이것이 자네들의 위대한 업적이야. 자네들은 사람들 속에 잠들어있는 신의 축복을 형상화하는 자들이거든."

"영생의 목적은 뭐지?"

코브린이 물었다.

"모든 생이 그렇듯 만끽하기 위함이지. 진정 무엇을 만끽한다는 것은 깨달음 속에서 얻게되며, 영생은 깨달음을 위한 무한한 샘물을 제공할 것이네. '내 아버지 집에는 거처할 곳이 많다[7]'라는 말씀처럼."

"그런 소리를 들으니 기분은 좋군!"

코브린은 기분이 좋아 양 손 손바닥을 문지르면서 말했다.

"나도 매우 기쁘네."

"하지만 당신이 떠난 후에는 당신의 본질에 대한 의문이 머릿속을 떠나지 않겠지. 당신은 헛것이고, 환각이야. 당신을 볼 수 있는 나는 정신적으로 문제가 있고, 비정상이란 말인가?"

"그렇다 하더라도 나쁠건 없지. 이런 일로 걱정할 이유가 무엇이란 말인가? 자네는 과로로 인해 피곤하고, 이것은 이상을 위해 건강을 희생했다는 것을 의미하고, 때가 되면 이상을 위해 자네 목숨도 바

7 2005년에 발행된 한국 천주교회 공용 번역본 요한 복음서 14장 2절

치게 되겠지. 이보다 더 좋은 일이 있는가? 이건 천부적인 재능을 타고난 모든 고귀한 자들이 추구하는 것이니."

"내가 정신 질환을 앓고 있다는 것을 알고도 스스로 신뢰할 수 있을까?"

"왜 자네는 온 세상이 신뢰하는 천재들이 헛것을 못 봤다고 생각하지? 요즘 학자들은 천재들은 광기어린 사람들이라고들 하지. 이보게 친구, 평범하고 군중 심리에 사로잡힌 자들만이 건강하고 정상적인거야. 자극적인 시대, 지나친 피로, 퇴화 같은 것을 진지하게 걱정하는 사람들은 삶의 목적이 현재인 사람들, 즉 무리 속에 섞여 사는 사람들뿐이야."

"로마에 '건강한 몸에 건강한 정신이 깃든다.'라는 말이 있지."

"로마인들이나 그리스인들이 한 말이 모두 진실은 아니지. 선지자들, 시인들, 수난자들은 보통 사람들과 달리 자신이 가지는 생각으로 인해 기분이 고조되고, 흥분하고, 황홀감을 느껴. 이것은 인간의 동물적인 본능 즉, 육체적 건강에 대치되는 것이라네. 다시 한 번 말하지만 건강하고 정상적이고 싶다면 그들 무리 속에 섞이게."

"어떻게 내 머릿속에 늘 맴도는 생각을 그렇게 잘 알지?"

코브린이 말했다.

"마치 내 마음 속 깊숙이 간직한 생각을 훔쳐보고 엿들은 것 같아. 이제 내 얘기는 그만 두지. 당신은 영원한 진리가 뭐라고 생각해?"

수사는 대답하지 않았다. 코브린은 그를 쳐다봤지만 그의 얼굴이 잘 보이지 않았다. 그의 모습이 흐릿해지고 흩어지고 있었기 때문이다. 먼저 머리와 두 팔이 사라지기 시작하더니 그의 몸이 벤치와 저녁 어스름과 섞였고 이내 완전히 사라졌다.

"환각이 끝났군!"

코브린은 이 말을 하고 웃기 시작했다.

"아쉬워."

그는 들뜨고 행복한 기분에 휩싸인 채로 집으로 돌아갔다. 검은 수사가 그에게 짧게나마 말해준 것은 그의 자긍심뿐만 아니라 온 마음과 존재 전체를 만족시켰다. 선택받은 사람이 되어 영원한 진리를 위해 생을 바치고 앞으로 수천년 앞을 내다보며 인류를 하느님의 왕국에 적합하게 만드는 사람들 중 한 명이 된다는 것, 즉, 수천년 동안 사람들을 투쟁과 죄, 그리고 고통으로부터 해방시키며, 이 이상을 위해 자신의 젊음, 힘, 건강을 바치고 공동의 선을 위해 죽을 준비가 돼 있는 운명은 얼마나 고귀하고 행복한가! 그러자 순수하고 순결하게 일에 파묻혀 살던 시기가 주마등처럼 스쳐지나갔다. 그는 자신이 배운 것과 그가 다른 사람을 가르쳤던 일을 떠올리며 수사가 한 말이 과장이 아니라고 확신했다.

공원을 가로질러 타냐가 그를 향해 걸어왔다. 그녀는 이미 다른 원피스로 갈아입고 있었다.

"여기 있었어?"

그녀가 말했다.

"그것도 모르고 계속 다른 데서 찾았어…. 그런데 무슨 일 있어?"

그녀는 환희에 차서 빛나는 그의 얼굴과 눈물이 그렁한 그의 눈을 보더니 놀라서 물었다.

"안드류샤, 당신은 정말 이상한 사람이야."

"난 이제 만족해."

코브린은 타냐의 양쪽 어깨에 두 손을 대면서 말했다.

"만족을 넘어서 행복해! 타냐, 사랑스런 타냐, 당신은 정말로 아름다운 사람이야. 사랑하는 타냐, 난 정말 기뻐, 너무 기뻐!"

그는 그녀의 두 손에 열정적인 입맞춤을 한 후에 말했다.

"방금 난 밝고 놀라운 천상의 순간을 경험했어. 하지만 이 말을 당신한테 하면 당신은 나를 미친 사람이라고 생각하거나 내 말을 믿지 않을테니 당신한테는 이야기하지 않을 생각이야. 이제 당신 얘기를 하자. 사랑스러운 타냐, 착한 타냐! 난 당신을 사랑하고 이젠 당신을 사랑하지 않고는 살 수 없어. 당신이 나한테 잘해주는 것, 하루에도 열 번씩 만나는 것을 나도 모르게 기다리게 돼. 집으로 돌아가면 당신 없이 살 일을 벌써부터 걱정하게 돼."

"참! 당신은 이틀만 지나면 우리를 잊을걸. 우리는 별 볼일 없는 사람들이지만 당신은 대단한 사람이잖아."

"아니, 아무래도 내 결심을 말해야겠어! 타냐, 당신과 같이 가야겠어. 그래 주겠어? 나와 같이 가겠어? 내 아내가 돼 주겠어?"

"어머!"

이 말을 하고 타냐는 또다시 웃고 싶었지만 웃음은 나오지 않았고 그녀의 얼굴에 붉은 반점들이 생겼다.

타냐는 숨을 가쁘게 쉬면서 집이 아닌 공원쪽으로 빠르게 걸음을 옮겼다.

"너무 갑작스러워…. 생각해 본 적이 없어!"

그녀는 절망에 빠진 듯 두 손을 꼭 쥐면서 말했다.

코브린은 그녀의 뒤를 따라가면서 여전히 환희에 찬 밝은 얼굴로 말했다.
“나는 나를 가득 채울 사랑을 원하고 타냐, 그런 사랑을 내게 줄 사람은 당신뿐이야. 나는 행복해! 정말 행복해!”
그녀는 당혹감을 느꼈고, 그 자리에 주저앉더니 몸을 움츠려서 10년은 늙어버린 듯 보였다. 그는 그런 그녀가 너무 아름다워 보여서 큰 소리로 외쳤다.
“정말 예뻐!”

6

코브린으로부터 타냐와 연애를 하는 것을 넘어 결혼을 할 거라는 말을 듣고 예고르 세묘니치는 초조함을 감추려 애쓰며 방안을 이리저리 돌아다녔다. 손이 떨렸고 목은 부어서 빨갛게 되었다. 그는 마차를 준비시켜서 어딘가로 떠났다. 타냐는 아버지가 말에게 채찍질하고 챙 달린 모자를 거의 귀까지 닿을 정도로 푹 눌러쓴 모습을 보고 기분이 좋지 않다는 것을 직감했고, 그 즉시 자기 방에 가서 문을 걸어 잠그고 하루 종일 울었다.
온실의 복숭아와 자두는 벌써 익었고, 무르고 상처나기 쉬운 이 과일들을 포장해서 모스크바로 보내는 일은 신경 쓸 것도 많고 힘도 드는 작업이었다. 여름에는 굉장히 덥고 건조한 탓에 나무 한 그루 한 그루마다 물을 줘야 하는 일은 시간도 시간이지만 힘이 많이 들었다. 나비 애벌레가 많이 생겨서 일꾼들뿐만 아니라 예고르 세묘니치와 타냐조차 손가락으로 애벌레를 눌러서 죽였고, 이 모습을 본 코브린은 경악을 금치 못했다. 그럼에도 불구하고 가을에 출하할 과일과 나무의 주문을 받기 위해 엄청나게 많은 서신을 주고받아야 했다. 남는 일손이 하나도 없는 가장 바쁜 시기에 밭일이 시작되어 정원에서 일하는 절반 이상의 일꾼들이 밭에서 일했다. 햇볕에 몸이 심하게 그을은 예고르 세묘니치는 피곤하고 예민해졌다. 그는 정원과 밭 사이를 이리저리 뛰어다니며 피곤한 탓에 몸이 산산조각 나는 기분이라 이마에 총을 쏴서 죽고 싶다고 소리질렀다.

이 외에도 페소츠키 집안 사람들이 신경을 꽤 많이 쓴 결혼 예물과 관련해도 분주한 날들이 이어졌다. 집에는 하루종일 가위질소리, 재봉틀 소리, 가스 다리미 소리가 들렸고, 까탈스러운데다 신경질적이고 잘 토라지는 봉제사 여자의 기분도 맞춰주느라 가족 모두가 머리가 어지러울 지경이었다. 게다가 골탕먹이려고 작정이라도 한 것처럼 매일 찾아오는 손님들의 기분을 맞추고, 식사를 대접하고, 잠자리도 제공해야 했다. 하지만 이 모든 강제 노역은 어느새 안개처럼 흘러가 버렸다. 열네 살 때부터 이유없이 코브린과 결혼할 것이라는 확신이 있었던 타냐였지만 새삼스럽게 사랑과 행복감에 사로잡혔고, 당혹스러운 동시에 스스로를 믿을 수가 없었다. 갑자기 하늘 위로 날아가서 하느님께 기도하고 싶은 기쁨에 사로잡혔다가도 8월이면 아버지가 계신 고향을 떠나야 한다는 생각이 들기도 했다. 때로는 자신이 코브린 같이 위대한 사람에게 어울리지 않는 하찮은 존재라는 생각이 들기도 했다. 그러면 그녀는 방문을 잠그고 들어가 몇 시간이고 서럽게 울었다. 손님들이 찾아오면 불현듯 잘생긴 코브린에게 여자들 전부가 반해서 모두 그녀를 부러워한다는 생각을 했고, 마치 온 세상을 다 가진 듯 환희와 자랑스러움으로 가득 찼다. 그러다가도 그가 어떤 아가씨에게 다정하게 미소라도 지으면 질투에 몸을 떨며 또 자기 방에 가서 눈물을 흘렸다. 이런 낯선 기분에 사로잡히면 그녀는 아버지를 기계적으로 도왔고, 복숭아도, 애벌레도, 일꾼들도 못 보고 지나쳤으며, 시간이 흘러가는 줄도 몰랐다.

예고르 세묘니치도 그녀와 같은 감정의 변화를 겪었다. 그는 아침부터 밤까지 일했고, 늘 어딘가로 분주하게 서둘러 갔지만, 화를 냈고, 병적으로 신경질을 냈으며, 늘 무언가에 반쯤 홀린 것 같았다. 그의 안에 두 사람이 있는 것 같았다. 한 명은 진짜 예고르 세묘니치로 정원사 이반 카를리치로부터 엉망이 된 정원의 상태에 대해 보고하는 내용을 들으면 당혹스러워하며 절망 속에서 머리를 움켜쥐었다. 하지만 가짜 예고르 세묘니치는 반쯤 취한 것처럼 일 얘기를 하는 정원사의 말을 끊고 그의 한쪽 어깨를 잡고는 중얼거리기 시작했다.

"뭐라 해도 어떤 피를 물려받았는지가 굉장히 중요하지. 그의 어머니는 놀랍고 아주 고귀하며 굉장히 똑똑한 여자였어. 천사같이 선하고 맑은 그녀의 깨끗한 얼굴을 보고 있으면 행복했었지. 그림도 잘 그렸고, 시도 썼고, 5개국 언어로 말을 했고, 노래도 불렀다네…. 가엾은 사람, 안타깝게도 폐결핵으로 죽었지."

가짜 예고르 세묘니치는 한숨을 쉬고 잠시 침묵하더니 다시 하던 말을 계속했다.

"어린 그 애를 내가 키웠는데 얼굴이 맑고 선해서 꼭 천사 같았어. 그의 시선, 동작, 대화 모두 어머니처럼 부드럽고 우아했어. 지성은 또 어떻고? 우리는 늘 그의 영리함에 놀랐어. 그러니 박사가 되었지! 그렇고 말고! 이반 카를리치, 10년 후에는 그가 정말 대단한 사람이 돼있을거네! 감히 가까이 다가갈 수도 없는 사람이 돼 있을거야!"

하지만 즉시 진짜 예고르 세묘니치가 나타나서 공포에 사로잡힌 표정을 지으며 두 손으로 머리를 움켜 쥐고는 소리질렀다.

"악마 같으니! 내 정원을 모욕했고, 더럽히고, 완전히 망쳐놨어! 정원이 망가졌어! 정원을 망쳤어!"

코브린은 여전히 열심히 일을 했고 사람들이 이리 저리 분주하게 움직이는 것을 눈치채지 못했다. 사랑이 그의 가슴에 불을 지폈다. 타냐와 데이트를 한 후에 그는 늘 행복감과 환희에 차서 자기 방으로 돌아가서도 조금 전 그가 키스하고 사랑 고백을 할 때 느꼈던 열정으로 책을 읽거나 원고를 썼다. 검은 수사가 하느님에 의해 선택받은 사람이나 영원한 진리, 인류의 눈부신 미래 등에 대해 말한 것이 그의 작업에 특별한 의미를 부여해 그의 영혼은 자긍심과 자존감으로 가득 찼다. 그는 일주일에 한 두 번 공원이나 집 안에서 검은 수사를 만나 한참동안 대화를 나눴지만 그와의 대화를 두려워하기 보다는 손꼽아 기다렸다. 그런 환영들은 이상을 위해 자기 인생을 바치는 선택받은 뛰어난 사람들에게만 찾아온다고 확신했기 때문이다.

그러던 어느 날 수사는 점심 시간에 나타나서 식당 창가에 앉았다. 코브린은 기뻐서 예고르 세묘니치와 타냐와 함께 하는 이야기를 굉장히 교묘하게 수사도 좋아할 법한 이야기로 이끌었다. 검은 수사는 그의 말을 들으면서 다정하게 고개를 끄덕였고, 예고르 세묘니치와 타냐는 코브린이 그들이 아니라 자신의 환영과 대화를 나누는 것이라고는 생각지도 못한 채로 그의 말을 들으며 환한 미소를 지었다.

어느새 성모 안식 금식재[8] 다가왔고, 금식재가 끝나자 결혼식날이 코앞에 다가왔다. 예고르 세묘니치가 고집을 부려서 결혼식을 쓸데없이 2박 3일 동안 동안 '요란하게' 치르게 되었다. 3일 동안 엄청나게 많은 사람들이 먹고 마셨지만 형편없는 실력의 악사들과 사람들이 큰 소리로 외치는 건배, 이리저리 뛰어다니는 하인들과 군중들의 북적거림 속 소음 때문에 사람들은 값비싼 와인과 모스크바에서 공수해온 맛있는 안주가 무슨 맛인지도 모를 정도였다.

7

어느 긴 겨울밤 코브린은 잠자리에 누워 프랑스 소설을 읽고 있었다. 도시 생활이 낯설어서 밤마다 두통을 호소하는 가엾은 타냐는 벌써 잠들어 이따금 알아들을 수 없는 잠꼬대를 했다.

어느덧 시계가 새벽 세 시를 알렸다. 코브린은 촛불을 끄고 누웠다. 눈을 감고 한참동안 누워있었지만 침실 안이 무척 더운데다 타냐가 잠꼬대를 하는 것 같아서 잠이 달아났다. 새벽 네 시 반에 그

8 8월 15일 (신력 28일) 성모안식대축일 전까지 보름 간 지속되는 금식재이다.

는 또다시 촛불을 켰고, 침대 옆 안락의자에 앉아있는 검은 수사를 보았다.

"잘 지냈나? 지금은 무슨 생각을 하지?"

수사가 잠시 뜸을 들이더니 말했다.

"명성에 대해 생각해."

코브린이 대답했다.

"조금전에 읽은 프랑스 소설에 어리석은 짓을 하며 명성을 얻고 싶어서 여위어가는 한 젊은 학자가 나와. 명성 때문에 괴로워하는 그를 이해할 수 없어."

"자네가 똑똑하기 때문이야. 자네는 명성을 갖고 싶지 않는 장난감 대하듯 하니까."

"그래, 그건 맞아."

"유명세는 자네에게 미소짓지 않아. 자네 이름이 묘비에 새겨지더라도, 세월은 금박으로 쓴 자네에 대한 기억을 지울 거고 그건 기쁘지도 흥미롭지도 교훈적이지도 않겠지. 다행히도 자네 같은 사람은 너무 많아서 인간들의 형편없는 기억력으론 그 많은 이들의 이름을 기억할 수도 없다네."

"무슨 뜻인지 알겠어."

코브린이 동의한다는 투로 말했다.

"하긴 우리 같은 사람을 기억할 이유가 뭐겠어? 우리 그러지 말고 다른 얘기를 하자. 이를테면 행복 같은 거 말이지. 행복이 뭐지?"

시계가 새벽 다섯 시를 알렸다. 두 다리를 아래로 늘어뜨리고 침대에 앉아있던 그가 수사에게 말했다.

"오래전에 어떤 행복한 사람이 자신의 행복이 너무 커서 겁이 났어. 그래서 그는 신들의 은총을 받기 위해 그들에게 자신이 아끼는 반지를 재물로 바쳤지. 그런데 말이야. 나도 폴리크라테스처럼 내 행복을 빼앗길까봐 두려워. 아침부터 밤까지 기쁜 감정만 느끼고 마음이 기쁨으로만 가득 차 나머지 감정을 못 느끼는 이 상태가 낯설어. 나는 슬픔이나 비애, 혹은 그리움 같은 감정이 어떤 느낌인지 몰라. 난 지금 불면증 때문에 깨어 있지만 지루하지는 않아. 정말이야. 이제 슬슬 걱정이 돼."

"왜지?"

수사가 깜짝 놀라며 물었다.

"기쁨이 무슨 초자연적인 감정이라도 된단 말인가? 그게 정상적인 사람이 겪을 수 있는 감정이 아니란 말인지? 지적 능력이 뛰어나고 도덕적으로 올바른 가치관을 가지고 자유로운 사람일수록 그는 삶에서 더 많은 만족감을 얻게 되지. 소크라테스, 디오게니스, 마르쿠스 아우렐리우스 역시 슬픔이 아닌 기쁨을 느꼈어. 그리고 성경에서 한 사도는 '항상 기뻐하라.'고 했네. 그러니 기뻐하고 행복하라고."

"그런데 신들이 갑자기 노여워하면 어쩌지?"

코브린이 농담을 던지고는 웃었다.

"신들이 내게서 안락한 삶을 빼앗고 춥고 배고프게 만드는 상황이 생긴다면 기분이 좋지 않을 것 같은데."

이때 타냐가 잠에서 깨서 깜짝 놀라고 공포에 질린 눈을 하고 남편을 쳐다봤다. 그가 안락의자 쪽을 보면서 손짓을 하면서 웃었고 눈을 반짝거렸는데 그의 웃음이 무언가 석연치 않았기 때문이다.

"안드류샤, 당신 누구와 말하는 거야?"

그녀는 남편이 수사를 향해 뻗은 한쪽 팔을 잡고 물었다.

"안드류샤! 누구랑 대화하냐니까?"

"어? 누구랑 대화하냐고?"

당황한 코브린이 반문했다.

"여기 이 사람과… 여기에 앉아 있는."

그는 검은 수사를 가리키며 말했다.

"여기엔 아무도 없어…. 진짜야! 안드류샤, 당신 몸이 안 좋은것 같아!"

타냐는 남편을 끌어안고 그를 헛것으로부터 보호하려는듯 그의 가슴에 얼굴을 파묻고 한 손으로 그의 눈을 가렸다.

"당신은 정상이 아니야!"

그녀는 온몸을 떨며 흐느끼기 시작했다.

"여보, 내 사랑, 나를 용서해. 난 사실 오래전부터 당신한테 정신적으로 문제가 있다는 것을 알고 있었어…. 안드류샤, 당신은 정신 질환을 앓고 있어…."

그도 그녀가 떨고 있다는 것을 느낄수 있었다. 그는 안락의자 쪽을 한 번 더 쳐다보았고, 이젠 비어있다는 것을 확인했다. 갑자기 팔다리에 힘이 빠진 그는 겁을 먹고 옷을 입기 시작했다.

"걱정할 일 아니야, 타냐, 그럴 일 아니야…."

그가 몸을 떨며 중얼거렸다.

"당신 말대로 내가 아픈 건 맞지만… 오래 전에 말해야 했는데."

"안 지는 벌써 오래 됐어…. 아빠도 눈치채셨고."

그녀는 울먹이는 목소리로 말했다.
"혼잣말을 하고 이상한 미소를 짓기도 하고…. 잠도 통 못자고. 오, 맙소사, 하느님, 우리를 구하소서!"
그녀는 공포에 질린 목소리로 말했다.
"하지만 안드류샤, 두려워하지 마, 제발 부탁이야…."
이 말을 하고 그녀 역시 옷을 입기 시작했다. 코브린은 그녀의 얼굴 표정을 보고 비로소 검은 수사와 그와 나눈 대화가 무엇을 의미하며 자신이 얼마나 위험한 상황에 처해있는지를 깨달았다. 그제서야 자신이 미쳤다는 것을 깨달은 것이다.
두 사람 모두 무언가에 홀리듯 옷을 입고 홀로 갔다. 그녀가 앞장서고 그가 뒤를 따랐다. 그들의 집을 방문한 예고르 세묘니치가 딸이 흐느끼는 소리를 듣고 가운을 걸치고 두 손으로 양초를 들고 그곳에 서있었다.
"걱정 마, 안드류샤."
타냐가 몸에 열이 나는 것처럼 몸을 떨면서 말했다.
"걱정 마…. 아빠, 때가 되면 괜찮아질 거예요…. 다 괜찮아질 거예요…."
코브린은 몸이 떨려서 말을 할 수 없었다. 그는 장인에게 농담조로 말하고 싶었다.
'축하해주세요, 저 미친 것 같아요.'
하지만 슬픈 미소만 지어질 뿐이었다.
아침 아홉 시에 두 사람은 그에게 코트와 모피 코트를 입히고 숄로 감싼 후에 마차에 태워 의사에게 데리고 갔다. 그렇게 그는 치료를 받기 시작했다.

8

또다시 여름이 시작됐고 의사는 그에게 시골로 가라고 강권했다. 정신 건강을 회복해서 더이상 검은 수사도 보지 않았기 때문에 체력을 기르는 일만 남았다. 시골 장인집에서 그는 우유도 많이 마시고 하루에 두 시간만 일했으며 와인도 안 마시고 담배도 피우지 않았다.

엘리야의 축일[9] 전날 저녁에 집에서 철야과를 드렸다. 복사[10]가 사제에게 향로를 건네자 굉장히 크고 오래된 홀에서 묘지 냄새가 나기 시작했고, 코브린은 따분했다. 그는 정원으로 나갔다. 화려한 꽃들을 지나 정원 안을 잠시 산책한 후 벤치에 잠시 앉았고, 그런 후에는 공원을 따라 강에 도착해 아래로 내려갔다. 그곳에서 잠시 강물을 보며 상념에 잠겼다. 얽히고 설킨 뿌리의 침울한 소나무들 앞에서 그는 더이상 작년처럼 젊고 유쾌하며 씩씩하지 않았고, 소나무들은 그런 그를 알아보지 못한 것처럼 이제는 서로 소곤거리지도 않고 말없이 꼿꼿하게 서 있었다. 실제로 그는 아름답고 긴 머리카락을 짧게 잘랐으며, 걸음걸이는 힘이 없고, 지난 여름과 비교해 얼굴

---

9 가톨릭과 정교회에서 엘리야의 축일은 7월 20일에 기념한다.

10 예배시 성직자들을 도우며 촛불이나 몇몇 예배기물들을 들고 행렬하는 등의 역할을 맡는 평신도 교역자를 가리킨다.

도 살이 붙고 창백했다.

그는 강 위에 있는 다리를 건너 건너편 강가로 갔다. 작년에는 그곳에 호밀밭이 있었지만 이제는 베인 귀릿단이 몇 열로 누워있었다. 이미 해는 져서 붉은 노을이 지평선을 넓게 물들이고 있었고, 이것은 내일 바람이 많이 불 것이라는 징조였다. 사방은 고요했다. 작년에 처음으로 검은 수사를 만난 쪽을 응시하며 코브린은 저녁 노을이 흐려질 때까지 20분 가량을 서 있었다

그가 우울한 표정을 지으며 힘없이 집으로 돌아왔을 때는 철야과가 이미 끝나 있었다. 예고르 세묘니치와 타냐는 테라스 계단에 앉아서 차를 마시고 있었다. 그들은 코브린을 보자 하던 대화를 중단했고, 그들의 표정을 보아 그에 대한 이야기가 오갔다는 것을 짐작할 수 있었다.

"당신 우유 마실 시간인 것 같은데."

타냐가 남편에게 말했다.

"아니, 누구 맘대로…."

그는 테라스에서 가장 아래쪽에 있는 계단에 앉으면서 대답했다.

"당신이나 마셔. 나는 싫어."

타냐는 걱정 섞인 시선을 아버지와 교환하고는 가라앉은 목소리로 말했다.

"당신도 우유가 당신 건강에 도움이 된다는 걸 알잖아."

"맞아, 굉장히 몸에 좋지!"

코브린은 조소하듯 말했다.

"기쁜 소식이 있어. 금요일 이후에 내 몸무게가 1푼트[11] 더 늘었어."

이 말을 한 후에 그는 두 손으로 머리를 움켜쥐고는 괴로운듯 말했다.

"왜 나를 치료한 거야? 브로민이 들어간 약, 태만함, 따뜻한 욕조에 몸을 담그는 것도 모자라 매번 내가 무언가를 삼키고 한 발자국씩 걸을 때마다 염려하는 통에 바보가 될 것 같아. 과거에 나는 미쳐가고 있었고, 과대망상에 빠져있었지만 그때는 명랑하고 씩씩하고 행복했고, 그때의 나는 흥미롭고 독특한 사람이었어. 이제 나는 좀더 이성적이고 권위 있는 사람이 되긴 했지만 대신 너무 평범해져 버렸어. 사는 게 지루해! 나한테 왜 이렇게 잔인한 거지? 내가 환영을 봐서 피해를 본 사람이 있나? 이것 때문에 피해를 본 사람이 있냐고?"

"우리가 판단할 일은 아닌 것 같네."

예고르 세묘니치는 한숨을 쉬면서 말했다.

"이 말을 얼마나 더 들어야 하는지."

"그럼 듣지 마세요."

코브린은 사람들 중에서도 예고르 세묘니치가 옆에 있는 것이 너무 싫어서 그에게 건조하고, 차갑다 못해 무례하게 대답했고, 그를 조소와 미움이 섞인 시선으로 바라보았다. 당혹감을 느낀 예고르 세묘니치는 자신에게는 아무런 잘못이 없다는 생각을 하면서도 불편한 마음에 헛기침을 했다. 무슨 연유로 그들의 관계가 갑자기 나빠졌는지 이해하지 못한채 타냐는 걱정 섞인 눈으로 아버지를 보며 그

11 미터법이 생기기 전에 쓰던 단위로 1푼트는 409g에 해당한다.

의 몸에 파고들었다. 그녀는 원인을 찾고 싶었지만 알 수 없었고, 다만 그들의 관계가 날이 갈수록 더 나빠지고, 아버지는 최근 들어서 폭삭 늙었으며, 남편은 작은 일에도 걸핏하면 짜증을 내고 화를 내며 따분한 사람이 되었다는 사실을 이해했을 뿐이다. 이제 그녀는 예전처럼 소리내서 웃거나 노래를 부를 수 없었다. 점심 식사 시간에는 음식을 전혀 입에 대지 않았으며, 끔찍한 일이라도 생길까 두려워 며칠 동안 잠을 자지 못했다. 너무 신경을 쓴 나머지 한번은 점심 시간부터 저녁때까지 쓰러져 누워 있었다. 철야과를 거행할 때 그녀는 아버지의 울음 소리를 들은 것 같았지만, 그들 셋이서 테라스에 앉아 있는 동안 이런 생각을 하지 않으려고 노력했다.

"친절한 친척들과 의사들이 없어서 황홀감과 영감을 유지한 석가모니와 마호메트, 셰익스피어가 무척 부럽네요!"

코브린이 말했다.

"만약 마호메트가 신경 안정을 목적으로 브로민화 칼륨을 복용하고 하루에 두 시간씩만 일하고 우유를 마셨다면 이 위대한 사람 역시 위대한 업적을 거의 남기지 못했을 거고 그의 개와 다를바 없을 거라고요. 의사들과 선한 친척들은 결국 인류를 멍청하게 만들 것이며, 평범한 것이 천재적인 것이라 간주되고, 인류 문명은 소멸하겠죠. 두 분은 내가 두 분께 얼마나 감사한지 모르겠죠."

코브린은 잔뜩 화난 목소리로 말했다.

그는 화가 많이 났지만 상처 주는 말을 하기 싫어서 재빨리 자리에서 일어나서 집 안으로 들어갔다. 집 안은 조용했고, 열린 창문으로 정원의 담배냄새와 얄라파 꽃향기가 들어왔다. 불 꺼진 커다란 홀 바닥과 그랜드 피아노 위에는 달빛이 초록색 점처럼 드리워져 있었다. 그러자 코브린은 얄라파 꽃향기가 나고 창문으로 달빛이 들어와 환희에 찼었던 작년 여름이 떠올랐다. 작년 기분을 다시 한 번 맛보기 위해 그는 자기 서재로 서둘러 가서 독한 담배를 피우면서 하인에게 와인을 가져오라고 시켰다. 하지만 담배를 피우자 입안이 썼고, 와인 맛도 작년만 못해서 오히려 기분이 나빠졌다.

'늘 하던 것도 안 하면 이렇게 된다니깐!'

담배를 피우고 와인 두 모금을 마시자 현기증이 나고 가슴이 심하게 뛰어서 브로민화 칼륨을 복용해야 했다.

잠자리에 들기 전에 타냐는 그에게 말했다.

"아버지는 당신을 무척 사랑해. 당신이 무슨 이유에서인지 아버지를 미워하는 통에 아버지가 무척 괴로워하셔. 아버지를 좀 봐. 아버지는 지금 하루가 다르게 늙는 것이 아니라 매시간마다 늙고 계셔. 안드류샤, 작고하신 당신 아버님을 위해서, 그리고 내 마음의 평안을 위해서라도 제발, 아버지를 살갑게 대해줘!"

"그럴 수 없고 그러고 싶지도 않아."

"이유가 뭐지?"

타냐는 온 몸을 떨면서 물었다.

"이유를 설명해줘."

"왜냐하면 그분이 못났기 때문이야. 단지 그 이유야."

코브린은 건성으로 말하곤 어깨를 들썩였다.

"하지만 그분은 당신 아버지니 더 이상 말하지 말자고."

"이해가 안돼, 도무지 이해할 수가 없어!"

타냐는 관자놀이를 세게 누르며 어느 한쪽을 응시하면서 말했다.

"무언가 이해할 수 없는 끔찍한 일이 우리 집에서 일어나고 있어. 당신은 변했고, 예전의 당신이 아니야…. 당신은 똑똑하고 비범한 사람인데 별것 아닌 일로 걸핏하면 화를 내고 사소한 싸움에 끼어들잖아…. 그런 사소한 일에 신경쓰는 당신을 보면 이따금 당신이 맞는지 의구심이 들어. 자, 그러니까, 화내지 마, 부탁이야."

그녀는 자기가 한 말에 겁을 먹고 그의 두 손에 입맞추면서 계속 말했다.

"당신은 똑똑하고 착하고 고귀한 사람이야. 아버지도 공정하게 대할 수 있을 거야. 아버지는 좋은 분이시잖아!"

"좋은 사람이 아니라 무른 거지. 당신 아버지처럼 사람 좋은 얼굴을 하고 통통한 외모를 가진 우스꽝스럽고 손님 접대를 좋아하는 괴짜 같은 사람은 한때는 중편소설, 보드빌[12], 혹은 실제의 삶 속에서 사랑스럽고 재미있어 보였지만, 이제는 그런 사람들이 꼴도 보기 싫어. 엄청난 이기주의자들이니까. 무엇보다도 그들의 식탐에서 나오는 황소적이고 맷돼지적이며 원초적인 낙천주의가 역겨워."

타냐는 침대에 앉아서 머리를 베개에 갖다댔다.

"이건 고문이야."

그녀의 목소리에서 이미 녹초가 되어 말하는 것도 힘들어한다는 것을 알 수 있었다.

"올 겨울이 시작되는 때부터 단 한번도 마음이 편했던 적이 없어….

---

12 노래, 춤, 촌극 등을 엮은 오락 연예

끔찍해, 맙소사! 너무 괴로워."

"당연하지, 나는 해롯왕 같은 박해자고 당신과 당신 아빠는 애굽에서 죽임을 당한 장자들이니 어련하려고!"

그 순간 타냐는 그의 얼굴이 추하고 역겹게 느껴졌다. 미움과 조소는 그에게 어울리지 않았다. 사실 그녀는 전부터 그의 얼굴에 무언가 빠져 있는 것을 느꼈고, 그는 머리를 자른 후로 얼굴까지 변한 것 같았다. 그녀 역시 그에게 모진 말을 하고 싶었지만, 그 즉시 정신을 차리고 자신의 적개심에 겁을 먹은 채 침실에서 나왔다.

9

코브린은 대학교에서 과 하나를 맡았다. 첫 강의 날짜는 12월 2일로 정해졌고 대학교 복도 게시판에 해당 내용이 게시되었다. 하지만 강의를 하기로 한 날 그는 대학교의 학생 감독관에게 몸이 아파서 강의를 할 수 없다고 전보를 쳤다.

객혈 때문이었다. 그는 한 달에 한 두 번 많은 양의 객혈을 했고, 그런 날이면 기운이 없고 자꾸 졸렸다. 병 때문에 특별히 놀라지는 않았다. 지금은 고인이 된 자신의 어머니 역시 10년, 아니 그 이상 앓다가 돌아가셨고, 의사들 역시 이 병은 위험하지 않으니 너무 염려 말고 규칙적인 생활을 하며 말을 좀 줄이라고 조언하였다.

1월에도 같은 이유로 강의를 할 수 없었고, 2월에는 새 학기를 시작하기엔 늦었다. 할 수 없이 내년까지 기다려야 했다.

현재 그는 타냐가 아닌 다른 여자와 살고 있었다. 그보다 두 살 연상에 그를 아이 돌보듯 돌봐주는 여자였다. 그는 마음이 편안한 탓인지 순종적으로 변했고 그녀 뜻에 순순히 따랐다. 바르바라 니콜라예브나(새 여자친구 이름이다)가 그와 함께 크림 반도에 가려고 했을 때도 그는 그곳에 다녀온다고 병세가 나아지지 않으리라는 것을 예감했지만, 그녀의 제안을 받아들였다.

그들은 저녁에 세바스토폴에 도착해서 하룻밤 자고 다음 날 얄타로 떠날 요량으로 호텔에 짐을 풀었다. 두 사람 모두 여독으로 인해 지쳐있었다. 바르바라 니콜라예브나는 차를 많이 마시고 잠자리에 들어 바로 잠들었다. 하지만 코브린은 잠자리에 들지 않았다. 기차역으로 떠나기 한 시간 전에 타냐가 집으로 보낸 편지가 배달되었지만 뜯어볼 결심이 서지 않았다. 그 편지는 지금 그의 바지 주머니에 있었고, 그 생각을 하자 불안했다. 그는 마음 속 깊이 타냐와의 결혼이 실수였다고 여겼고 결국 그녀와 헤어지게된 것을 다행이라 생각했지만, 마지막에는 비쩍 마른 몸에 상대를 뚫어지게 쳐다보는 커다란 눈 외에는 전부 생명을 잃은 것 같았던 그녀를 생각하자 연민과 함께 자신이 싫어졌다. 봉투에 적힌 그녀의 필체를 보자 2년 전에 그가 아무런 잘못도 없는 사람들에게 자기 마음의 공허함과 무료함, 고독과 삶에 대한 불만을 잔인하게 쏟아놓았던 일이 떠올랐다. 그는 어느 날 자신이 병환 중에 있을 때 쓴 학위 논문들을 갈기갈기 찢어서 창밖으로 던졌고, 조각들이 바람에 날려 나무와 꽃들 위에 떨어졌던 일이 떠올랐다. 이렇게 한 이유는 그가 자신의 글에서 이상하고 아무런 근거 없는 트집과 경솔한 혈기, 뻔뻔함, 과대망상을 보았고, 마치 자기 결점들을 묘사해놓은 것을 읽은 것 같아 언짢았기 때문이다. 하지만 마지막 노트가 갈기갈기 찢겨서 창 밖으로 날아가자 갑자기 화가 나고 슬퍼서 아내에게 달려가서 성질을 있는 대로 부렸다. 맙소사, 그날 그녀에게 얼마나 많은 상처를 줬던가!

한번은 그녀에게 상처를 주려고 그녀의 아버지가 그에게 부탁해서 그녀와 결혼을 한 것이라고 말했다. 이 말을 우연히 엿듣게 된 예고르 세묘니치는 갑자기 방으로 뛰어들어와 절망으로 한 마디도 못하고 혀가 잘리기라도 한 것처럼 알아들을 수 없는 소리를 내며 제자리에서 발을 구르며 울부짖었다. 타냐는 그런 아버지를 보며 고통스럽게 비명을 지르고 의식을 잃은 채 쓰러졌다. 정말 끔찍한 일이었다.

낯익은 필체를 보자 순식간에 이 모든 일이 떠올랐다. 코브린은 발코니로 나갔다. 밖은 바람 한 점 없이 따뜻했고 바다 냄새가 났다. 달빛과 불빛이 비친 아름답고 아담한 만은 말로 표현할 수 없는 색을 담고 있었다. 파란색과 초록색이 부드럽게 섞여 있었고, 어떤 곳은 푸른 황산구리 색을 띠거나, 또 어떤 곳은 진해진 달빛이 물 대신 만을 채운 것 같아 보이기도 했다.

'색의 조합이 얼마나 좋으며, 이 얼마나 평화롭고 평안하며, 고귀한 분위기인가!'

여자들의 목소리와 웃음소리가 또렷하게 들려와 발코니 아랫층 창문이 열려 있다는 것을 알 수 있었다. 파티를 하는 것 같았다.

코브린은 마음을 단단히 먹고 편지 봉투를 뜯고는 호텔 객실로 들어가서 편지를 읽었다.

'방금 아버지가 돌아가셨어. 당신이 아버지를 죽인 장본인이기 때문에 당신에게 이 소식을 알려야 한다고 생각했어. 우리 정원도 죽어가고 있지. 지금 그곳에는 외지인들이 주인 행세를 하고 있어. 불쌍한 아버지가 우려하던 바로 그런 일이 지금 벌어지고 있는 거야. 이 사실 역시 당신이 알아야 해. 나는 온 맘으로 당신을 미워하고 당신이 어서 죽어버렸으면 좋겠어. 내가 얼마나 괴로운지 당신은 모를 거야. 참을 수 없는 고통이 내 영혼을 괴롭히고 있어…. 당신을 저주해! 나는 당신을 비범한 사람이자 천재라고 생각하고 사랑했지만 알고 보니 미친 사람이었어….'

코브린은 더 이상 편지를 읽지 못하고 갈기갈기 찢어서 던졌다. 그는 공포에 가까운 불안한 마음에 사로잡혔다. 칸막이 너머에 바르바라 니콜라예브나가 자고 있었고, 그녀의 숨소리가 들렸다. 아래층 여자들의 목소리와 웃음소리가 환영처럼 들려서 마치 호텔 전체를 통틀어서 살아있는 사람은 자기 혼자 밖에 없는 것 같은 기분이 들었다. 슬픔에 사로잡혀 불행해진 타냐는 편지에서 그를 저주하고 그가 죽기를 바란다고 썼다. 그는 2년 전 그의 삶과 그와 가까운 사람들의 삶을 마구 흔들어놓았던 그 환영이 호텔 방 안으로 들어와 다시금 그의 삶과 사람들을 마구 흔들어놓지 않을까 두려워하며 재빨리 문 쪽을 살폈다.

그는 경험상 신경이 곤두설 때 가장 좋은 약은 일이라는 것을 알고 있었다. 책상 앞에 앉아서 무슨 일이 있어도 한 가지 생각에 집중해야 한다. 그는 자신의 붉은색 서류 가방에서 노트 하나를 꺼냈다.

크림 반도에서 지루할 것을 대비해서 여러 논문을 거기에 필사해 놓았었다. 책상 앞에 앉아서 노트에 적힌 내용을 공부하자 마음에 평안이 돌아오는 것 같았다. 이것저것 적어놓은 노트를 펼치자 세상의 여러 사소한 일들에 대한 생각이 꼬리에 꼬리를 물었다. 하찮거나 지극히 평범한 행복의 대가로 얼마나 많은 노력을 해야하는지와, 살면서 누릴 수 있는 행복이라는 것이 무엇인지 생각했다. 마흔이 다 되어 대학교 내의 한 과를 맡아 강의를 하는 평범한 교수가 되어 생기 없고 지루하며 평범한 남의 사상을 어려운 말로 표현하는 것, 한 마디로, 평범한 학자의 위치에 도달하기 위해 코브린은 15년을 공부하고 밤낮으로 연구하고 정신질환을 앓고 불행한 결혼을 견디고 온갖 종류의 바보 같은 짓과 이젠 잊고 싶은 부당한 일을 저질렀다.

이제서야 코브린은 자신이 범인(凡人)이라는 사실을 분명히 깨달았고 이러한 사실을 받아들였다. 모든 사람은 자신의 모습 그대로에 만족해야 한다고 생각했기 때문이다.

노트 필기로 인해 불안한 마음은 사라졌으나, 바닥에 떨어져 있는 찢어진 편지 조각들을 보자 그는 노트 내용에 집중할 수가 없었다. 그는 책상에서 일어나 편지 조각들을 모아서 창 밖으로 던졌지만, 바다에서 산들바람이 불어와 편지 조각들은 창틀에 흩어졌다. 또다시 공포에 가까운 걱정이 그를 사로잡았고 호텔 전체를 통틀어서 살아 있는 사람은 자기 밖에 없는 것 같은 생각이 들었다. 그는 발코니로 나갔다. 그러자 바다는 살아있는 생명체처럼 하늘색, 파란색, 청록색 같은 다채로운 빛의 눈으로 그를 바라보며 유혹했다. 실제로도 날이 덥고 후텁지근해서 바다에서 물놀이를 해도 좋을 것 같았다.

갑자기 발코니 밑에 있는 층에서 바이올린 연주 소리가 들리고 두 명의 여자가 부드러운 목소리로 노래 부르기 시작했다. 이 상황이 무언가 낯익었다. 아래층에서 부른 로망스는 한밤중에 정원에서 신비스러운 소리를 듣고 이것은 우리 같은 사람들은 이해할 수 없는 천상의 하모니라고 상상한 한 여자에 대한 노래였다…. 가사를 듣자 코브린은 갑자기 슬픔으로 인해 심장이 조여들어 숨이 멎을 것 같았고, 그가 이미 오래전에 잊고 있던 놀랍고도 달콤한 기쁨이 그의 가슴 속에서 요동치기 시작했다.

소용돌이나 회오리바람 같은 높고 검은 기둥이 만의 반대편에서 보였다. 그 기둥은 엄청난 속력으로 만을 지나 호텔 쪽으로 다가왔고 점점 더 작아지고 어두워졌다. 코브린은 간신히 길을 비켜주었다…. 모자를 쓰지 않은 하얀 머리칼의 수사는 검은 눈썹에 맨발이었고, 팔짱을 끼고 빠른 속도로 그의 옆을 지나 방 한가운데에서 멈춰 섰다.

"자네는 왜 내 말을 믿지 않았나?"

그가 코브린을 다정한 눈빛으로 바라보며 질책하듯 물었다.

"만약 당시에 자네가 천재라는 것을 믿었다면 지난 2년 동안 그렇게 슬프고 금욕주의적인 삶을 살지는 않았을거야."

코브린은 이젠 그가 신이 선택한 사람 중 한 명이며 천재라는 것을 믿었다. 과거에 그가 검은 수사와 나눈 대화를 생생하게 기억했기에 말을 하고 싶었지만 하필 그때 목구멍에서 피가 솟구쳐 가슴에 흘러내렸다. 그는 어찌할 바를 몰라 두 손으로 가슴에 묻은 피를 문질렀고 소매 끝은 피가 묻어 축축해졌다. 그는 칸막이 뒤에서 자고 있는 바르바라 니콜라예브나를 부르려고 있는 힘을 다해 겨우 말했다.

"타냐!"

그는 이 말을 하고 바닥에 쓰러졌고, 두 팔로 바닥을 짚고 상체를 일으키고는 또다시 불렀다.

"타냐!"

그가 부른 것은 타냐와 이슬을 머금은 형형색색 아름다운 꽃들이 만개한 정원이었다. 그는 공원과 뿌리가 복잡하게 얽히고 설킨 소나무들, 호밀밭, 자신의 훌륭한 학문, 젊음, 용기와 기쁨을, 너무나도 아름다웠던 자신의 삶을 불렀다. 바닥에 흥건한 피를 보고 기력이 없어 한 마디도 더 할 수 없었지만, 그는 말로 표현할 수 없는 엄청난 행복감에 사로잡혔다. 발코니 아래 세레나데를 연주하는 소리가 들려왔고, 검은 수사는 그에게, 너는 천재이며 단지 연약한 그의 육체가 균형을 잃어서 더 이상 천재를 품지 못하기에 죽어가고 있는 것이라고 속삭였다.

바르바라 니콜라예브나가 잠에서 깬 후에 칸막이 밖으로 나왔을 때 코브린은 이미 죽어 있었다. 얼굴에는 천상의 행복감에 사로잡힌 미소가 박제된 채로.

낯선 여인의 키스

5월 20일 저녁 여덟 시, 야영지로 떠난 N 예비 포병 여단의 6개 포대가 하룻밤을 묵을 요량으로 '메스테치키' 마을에서 멈췄다. 대포 옆에 있던 장교들이 한창 분주하게 움직이고, 또 다른 장교들이 교회 담장 근처에 있는 광장에 모여서 설영대[1] 인원들의 말을 주의 깊게 듣고 있을 때, 교회 뒤에서 민간인 복장을 한 기수가 이상한 말을 타고 나타났다. 작은 덩치에 예쁜 목과 짧은 꼬리를 한 암갈색 말은 똑바로 걷지 못했고, 마치 누군가가 채찍으로 다리를 내려치기라도 하는 듯 사선 방향으로 낮게 폴짝폴짝 뛰고 있었다. 기수는 장교들 앞에 와서 모자를 살짝 들고는 말했다.

"이곳 지주이신 폰 라베크 중장님이 장교님들께 지금 당장 차를 마시러 오라고 하셨습니다…."

1 주력 부대가 작전이 예상되는 새로운 위치에 도착하거나 이곳을 점령하기 전에 그 지역을 확보하고 정찰하여 사전에 지역을 편성하기 위하여 부대 대표로 파견된 부대로 주요 임무 중 하나가 숙영 및 행정 시설을 사전에 준비하는 것이다.

말은 이번에도 고개를 숙이고 춤을 추듯 사선으로 뒷걸음질 쳤고, 기수는 다시 한번 모자를 살짝 들어 보이고는 이상한 말과 함께 교회 뒤로 순식간에 사라졌다.

"젠장!"

장교 몇 명이 각자 묵을 숙소로 흩어지면서 볼멘소리를 냈다

"인제 그만 자고 싶은데 폰 라베크란 자는 왜 차를 마시러 오라는 거야! 차가 다 거기서 거기지!"

6개 포병 중대 장교들은 그들이 작년에 군사 작전을 수행하던 중에 겪었던 일이 생생하게 떠올랐다. 그때 그들은 코사크 군의 한 연대와 함께 있었고, 전역한 백작 지주가 그들을 다과회에 초대했다. 백작은 손님을 환대하여 식사와 술을 대접한 후 그들을 숙소로 보내는 대신 자신의 저택에서 하룻밤을 묵게했다. 모든 것은 물론 이보다 더 나을 수가 없을 정도로 좋았지만, 문제는 백작의 환대가 지나쳤다는 것이었다. 그는 동틀 무렵까지 장교들에게 자신의 호시절 이야기를 하는가 하면, 그들을 저택의 여러 방으로 끌고 다니며 고가의 그림과 오래된 판화 여러 점, 구하기 힘든 무기를 보여주었으며, 지체 높은 분들로부터 받은 편지를 읽어 주었다. 피곤하여 기진맥진한 장교들은 어서 침대로 가서 눕고 싶은 생각이 간절했지만, 억지로 보고 들으며 백작 몰래 소매로 입을 가리며 하품했다. 결국 그들이 백작으로부터 벗어났을 때는 이미 잠자리에 들기엔 늦은 시간이었다.

폰 라베크란 자도 그런 사람이 아닐까? 그런 사람이든 아니든 선택의 여지는 없었다. 장교들은 옷을 차려입고 옷에 묻은 먼지를 털어낸 후 지주의 집을 찾아 나섰다. 교회 근처 광장에서 들은 바에 따

르면 걸어서 저택에 갈 경우 내리막길로 내려가 교회 뒤에서 강가를 따라 정원까지 가서 그곳에 있는 가로수길을 따라 걸어야 하고, 말을 타고 갈 경우 교회에서 출발해서 길을 따라 시골에서 반 베르스타 만큼 가면 지주네 광쪽으로 갈 수 있을 거라고 했다. 장교들은 말을 타고 가기로 했다.

"폰 라베크라는 사람은 어떤 사람일까?"

그들이 말을 타고 가면서 말했다.

"플레브나 근교에서 N 기병 사단을 지휘하던 그 분이 아닌가?"

"아니, 그분은 폰 라베크가 아니라 그냥 라베야."

"그나저나 날씨 참 좋다!"

지주 저택의 첫 번째 광 근처에서 길이 두 갈래로 나뉘었는데 한쪽 길은 직선으로 나서 밤의 어둠 속으로 사라졌고, 두 번째 길은 오른쪽에 있는 지주의 집 쪽으로 나 있었다. 장교들은 오른쪽으로 방향을 틀었고, 그때부터 목소리를 더 낮추었다. 길의 양쪽으로 빨간 지붕을 올린 석조 창고들이 쭉 늘어서 있었는데, 엄숙하고 무거운 분위기가 현에 있는 막사를 연상시켰다. 정면에 불 켜진 주인집 저택이 눈에 들어왔다.

"여러분, 좋은 징조예요!"

장교 중 한 명이 말했다.

"우리 세터[2]가 앞장서는 걸로 봐서 소득이 있을 것 같습니다!"

세터란 로비트코 중위를 말하는 것이었다. 그는 키가 크고 다부진

2 사냥개로 쓰이기도 하는 몸집이 큰 개

몸매의 소유자였지만, 콧수염은 없었고(그는 스물다섯 살이 넘었지만 동그랗고 통통한 얼굴에는 무슨 이유에서인지 털이 자라지 않았다), 먼 거리에서도 근처에 여자들이 있는지를 알아내는 능력이 있는 것으로 여단 내에서 유명했다. 그가 몸을 돌리며 말했다.

"네, 여자 냄새가 납니다. 본능적으로 느낄 수 있어요."

저택 입구에서 예순 살 정도 된 평상복을 입은 인상 좋은 노인인 폰 라베크가 직접 그들을 맞았다. 그는 손님들과 악수하며 그들을 만나서 무척 기쁘고 행복하지만, 장교들이 하룻밤 묵을 방을 내주지 못해 대단히 미안하다고 했다. 마침 그의 집에 누이 둘이 자녀들을 데리고 왔고, 형제들과 이웃들도 오는 바람에 빈방이 하나도 없다는 것이다.

중장은 모든 장교와 악수하고 웃는 얼굴로 사과했지만, 표정으로 보아 지난번 백작과 달리 손님들이 온 것을 반기지 않는 눈치였고, 예의상 그들을 초대했다는 것을 추측할 수 있었다. 장교들은 장교들대로 그의 얘기를 들으며 푹신푹신한 카펫이 깔린 계단을 따라 위로 올라갔지만, 중장이 체면때문에 그들을 초대한 것이라는 것을 느꼈다. 하인들이 아래층 입구와 위층 현관에 있는 조명을 서둘러 켜는 모습을 보자, 자신들 때문에 저택에 있는 사람들이 불편해한다는 생각이 들었다. 가족 잔치나 특별한 일 때문에 두 명의 누이와 자녀들, 형제들과 이웃들이 모여있는 마당에 낯선 장교 열아홉 명을 보고 좋아할 자가 어디에 있겠는가?

위층에 있는 홀의 입구에서 검은 눈썹을 길게 기른 키 크고 늘씬한 노파가 손님들을 맞이했는데 그녀는 황후 외제니 드 몽티조를 무척 많이 닮았다. 부인은 상냥하면서도 위엄 있는 미소를 지으며 손님들을 모시게 되어 기쁘고 행복하지만, 이번에는 장교들에게 하룻밤 묵을 방을 내주지 못한다며 용서를 구했다. 손님들로부터 등을 돌릴 때마다 순식간에 사라지곤 하는 그녀의 아름답고 위엄 있는 미소로 보아 그녀는 평생 동안 수많은 장교를 봐왔고, 이제는 그들을 챙길 여유가 없다는 것을 알 수 있었다. 그들을 집으로 초대하고 양해를 구한 것 역시 가정 교육과 사회적 지휘 때문임이 분명했다.

장교들은 커다란 식당으로 들어갔다. 기다란 식탁의 한쪽 끝에 다양한 나이대의 십여 명의 남녀들이 차를 마시고 있었다. 옅은 담배 연기에 둘러싸인 그들의 의자 뒤로 남자 한 무리가 보였고 그들 중 붉은색 구레나룻을 기른 비쩍 마른 젊은이가 선 채로 부정확한 R과 L을 섞은 영어로 크게 말하고 있었다. 사람들 뒤쪽 문틈으로 파란색 가구가 있는 밝은 방이 보였다.

"여러분, 여러분이 너무 많아서 소개하는 것이 불가능하군요!"

중장이 밝게 보이려고 애쓰며 큰 소리로 말했다.

"여러분, 여러분끼리 서로 인사 나누시지요!"

진지하다 못해 엄격한 표정을 지은 장교부터 애써 웃으려고 하는 장교들까지 모두 굉장히 불편해했고, 서둘러 인사를 나누고 차를 마시기 위해 식탁 앞에 앉았다.

그들 중 가장 불편해한 사람은 랴보비치 대위였다. 안경을 쓴 그는 키가 작고 등이 조금 굽었으며, 스라소니 같은 구레나룻을 기르고 있었다. 그의 동료들이 진지한 표정을 짓거나 억지로 밝게 웃으려고 노력하는 동안 그의 얼굴과 스라소니 같은 구레나룻과 안경은 마치 이렇게 말하는 듯했다. '나는 우리 여단을 통틀어서 가장 소심하고 겸손하며 개성없는 장교요!' 식당에 들어온 뒤 잠시 후에 차를 마시려고 식탁 앞에 앉을 때까지도 그는 특정인이나 사물에 집중할 수가 없었다. 사람들의 얼굴, 드레스, 코냑이 담긴 컷글라스 유리병, 김이 모락모락 나는 컵, 천장에 있는 스투코 재질의 코니스까지 이 모든 것이 위협적으로 거대한 인상이 되어 랴보비치에게 불안감을 심어주는 통에 그는 어디로든 숨고 싶었다. 대중 앞에 처음 서는 낭독자처럼 그는 자기 눈앞에 있는 것들을 보고도 제대로 인식하지 못하고 있었다. (생리학에서는 행위의 주체가 무언가를 보지만 이해하지 못하는 이런 상태를 '무주의 맹시'라 부른다) 잠시 후 주변 사물에 익숙해지자, 랴보비치는 사물 하나하나를 관찰하기 시작했다. 소심하고 숫기가 없는 그의 눈에는 생소한 것부터 먼저 들어왔는데, 그것은 다름 아닌 처음 본 사람들끼리 스스럼없이 행동하는 것이었다. 폰 라베크와 그의 아내, 그리고 중년 여성 두 명과 연보라색 드레스를 입은 아가씨와 라베크의 작은 아들로 밝혀진 적황색 구레나룻을 기른 젊은이는 마치 미리 연습이라도 한 것처럼 굉장히 능숙하게 장교들 틈에 끼어들었고, 즉시 열띤 논쟁을 벌였으며, 손님들도 마지못해 그 논쟁에 끼어들었다. 연보라색 드레스의 아가씨는 잔뜩 흥분한 목소리로 포병들이 기병들이나 보병들보다 형편이 훨씬 더 낫다고 주장했고, 라베크와 중년 여성들은 반대 의견을 고집했다. 언쟁이 시작되었다. 랴보비치는 낯설고 관심도 없는 일을 놓고 지나치게 흥분해서 논쟁을 하는 연보라색 드레스 아가씨를 쳐다보다가 그녀의 얼굴에서 가식적인 미소가 나타났다가 사라지는 것을 놓치지 않았다. 폰 라베크와 그의 가족은 솜씨 좋게 장교들을 논쟁에 끌어들이곤, 예리한 눈으로 그들의 컵과 입을 보면서 그들 모두 술을 마시는지, 다들 음식은 입에 맞는지 예의주시했으며, 누군가 시폰 케이크를 안 먹거나 코냑을 안 마시면 그 이유를 알아내기 위해 살피고 있었다. 랴보비치는 지주의 가족을 지켜보고 그들의 말을 듣는 시간이 길어짐에 따라 가식적이지만 규칙을 잘 준수하는 그들이 점점 더 마음에 들었다.

차를 마신 후에 장교들은 커다란 홀로 갔다. 로비트코 중위의 직감은 적중했는데 정말로 홀 안에는 귀족 가문의 딸들과 젊은 부인들이 많았다. 세터 중위는 이미 검은 드레스의 나이 어린 금발 머리 아가씨 옆에 서 있었고, 보이지 않는 기병용 칼에 기대기라도 한 듯 허리를 날렵하게 숙이곤 미소를 지으며 교태를 부리듯 어깨를 으쓱했다. 그의 이야기가 재미가 없었는지 금발 머리 아가씨는 그의 통통한 얼굴을 인내심을 갖고 바라보며 '정말요?'라고 무심하게 묻곤 했다. 세터 중위가 똑똑했더라면 영혼 없는 '정말요?'가 '세터, 사냥감 물어와!' 정도에 해당하는 의미를 갖는다는 것을 눈치챘을 것이다.

그랜드 피아노 소리가 크게 들려왔다. 슬픈 왈츠는 활짝 열어젖힌 창문을 통해 홀 밖으로 흘러 나갔고, 다들 약속이라도 한 듯 이제 창밖은 봄이며 5월의 저녁이 그곳에 내려앉았다는 사실을 상기했다. 모두가 사시나무의 어린잎과 장미, 라일락 향을 느꼈다. 음악이 흐르는 가운데 코냑까지 마신 랴보비치는 창문 쪽을 곁눈질하고 미소를 띤 채 여자들의 움직임을 지켜보기 시작했다. 그러자 장미, 사시나무, 라일락 향이 정원에서 나는 것이 아니라 여자들의 얼굴과 드레스에서 풍기는 것 같은 기분이 들었다.

라베크의 아들이 깡마른 아가씨와 왈츠를 추며 두 바퀴 돌았다. 로비트코는 쪽 모이 세공을 한 마룻바닥 위로 미끄러지듯 연보라색 드레스의 아가씨에게 쏜살같이 접근했고 그녀와 함께 홀 안을 빠른 속도로 춤추며 돌았다. 사교댄스가 시작되었다…. 랴보비치는 춤추지 않는 사람들 틈에 끼어 문 옆에 서서 사람들을 관찰했다. 그는 지금껏 단 한 번도 춤을 춘 적이 없고 귀족 가문 딸의 허리를 안은 적도 없었다. 그는 모두가 보는 앞에서 남자가 처음 보는 여자의 허리에 손을 얹고 그녀가 손을 얹을 수 있도록 어깨를 가깝게 대는 모습이 굉장히 마음에 들었지만, 자신이 그 사람처럼 행동하는 건 상상할 수도 없었다. 그도 한 때는 친구들의 대담함과 날렵함을 부러워했고, 한편으로는 괴로워했다. 그는 자신이 소심하고 구부정하며 매력이 전혀 없고, 긴 허리에, 적황색 구레나룻을 갖고 있다는 사실을 무척 수치스러워했다. 하지만 시간이 흐름에 따라 그 모든 것에 익숙해졌으며, 이제는 춤을 추거나 큰 소리로 말하는 사람들을 봐도 더 이상 부럽지 않고 그저 씁쓸해질 뿐이었다.

카드리유[3] 가 시작되자 폰 라베크의 아들은 춤을 안 추는 사람들 쪽으로 다가와서 장교 두 명에게 당구를 치자고 제안했다. 장교들은 동의했고, 그와 함께 홀을 나갔다. 무료했던 랴보비치 역시 그들 틈에 끼고 싶었기 때문에 천천히 그들을 따라갔다. 그렇게 그들은 홀에서 응접실로, 그런 후에는 유리로 된 좁은 복도를 지나 어떤 방으로 들어갔다. 그러자 자고 있던 하인 세 명이 소파에서 황급히 일어

3 19세기 무렵에 프랑스에서 유행했던 춤이며, 주로 네 쌍의 남녀가 춤을 춘다.

났다. 이어지는 여러 개의 방을 지난 후에야 라베크의 아들과 장교들은 당구대가 있는 그리 크지 않은 방에 도달했다. 그렇게 그들은 당구를 치기 시작했다.

카드놀이 외에는 그 어떤 게임도 해본 적이 없던 랴보비치는 당구대 옆에 서서 멀뚱멀뚱 당구 치는 사람들을 바라봤고, 장교들은 프록코트 단추를 모두 끄르고 양손으로 큐를 잡고 걸으면서 언어유희를 섞은 농담을 하거나 큰 소리로 알아들을 수 없는 말을 했다. 누구도 그를 못 본 것 같았고 그들 중 누군가가 팔꿈치로 그를 밀거나 실수로 큐가 그의 옷에 걸릴 때만 뒤돌아서 'Pardon[4]!'이라고 말할 뿐이었다. 아직 첫 번째 게임이 끝나지 않았지만 그는 벌써 지루했고, 이곳에서도 자신은 불필요한 인간이며 다른 사람들에게 방해만 된다고 생각했다. 결국 그는 다시 홀로 돌아가기 위해 그 방을 나왔다.

홀로 돌아가는 길에는 작은 모험이 그를 기다리고 있었다. 반쯤 지나쳤을 때 그는 길을 잘못 들었다는 것을 깨달았다. 가는 길에 졸다가 깨어난 세 명의 하인과 마주쳐야 한다는 것을 기억하고 있었는데, 땅으로 꺼지기라도 한 것처럼 대여섯 개의 방을 지나도 그들의 모습은 보이지 않았기 때문이다. 그는 길을 잘못 들었다는 것을 알아차리고 왔던 길로 다시 돌아가서 오른쪽으로 방향을 틀었고, 당구대가 있는 방으로 갈 때는 못 봤던 어둑한 방에 도달했으며, 거기에 잠시 서 있다가 시선이 제일 먼저 닿은 문을 조심스럽게 열고 어두컴컴한 방에 들어섰다. 문 틈으로 밝은 빛이 스며 나왔고, 슬픈 마주르카가

4 프랑스어로 '죄송합니다'란 뜻.

희미하게 흘러나왔다. 홀에 있을 때처럼 창문은 활짝 열려 있었고, 사시나무, 라일락, 장미꽃 향이 풍겼다.

랴보비치는 멈춰서서 잠시 상념에 잠겼다…. 그 때 갑자기 서두르는 듯한 발걸음으로 드레스가 사각사각하며 다가오는 소리가 들렸다. 어떤 여자가 숨을 가쁘게 쉬며 속삭였다.

"이제야 오시다니!"

향수 냄새를 진하게 풍기는 여인의 부드러운 두 손이 그의 목을 감싸 안았고, 그의 한쪽 볼에 상대의 따뜻한 볼이 닿았다고 생각하자마자 볼에 입 맞추는 소리가 들렸다. 하지만 그 즉시 여자는 나지막한 비명을 질렀고, 서둘러 그 자리를 떠났다. 그녀가 사람을 잘못 본 것을 깨달았다고 랴보비치는 생각했다. 그 역시 하마터면 비명을 지를 뻔했고, 서둘러 환한 불빛이 새어 나오는 문 쪽으로 발걸음을 옮겼다.

홀에 돌아오자 심장이 빨리 뛰고 손이 눈에 띌 만큼 심하게 흔들려서 그는 재빨리 두 손을 등 뒤로 숨겼다. 처음 한동안은 홀 안에 있는 모든 사람이 조금 전 낯선 여자가 그를 끌어안고 키스했다는 사실을 알고 있는 것 같아 수치심과 공포로 인해 괴로웠다. 랴보비치는 몸을 웅크리고 불안한 눈빛으로 사방을 둘러봤지만, 모두가 여전히 태연하게 춤추고 수다 떠는 모습을 보며 안심했다. 그는 지금껏 살면서 한 번도 경험하지 못한 새로운 감정에 온전히 자기 자신을 맡겼다. 그에게 뭔가 이상한 일이 일어나고 있었다…. 방금 진한 향수 냄새를 풍기는 부드러운 손이 끌어안았던 목은 마치 기름이라도 바른 듯 느껴졌고, 낯선 여자가 입 맞췄던 왼쪽 콧수염 부근은 허브수를 뿌린 것처럼 가볍고 시원한 느낌이 났으며, 그곳을 문지르면 문지를수록 시원한 기운이 더해졌다. 머리부터 발끝까지 이상하고도 낯선 감정으로 가득 찬 데다 생경한 이 감정은 점점 더 커져갔다. 그는 춤추고, 말하고, 정원으로 뛰어나가서 큰 소리로 웃고 싶었다…. 그 순간 그는 자신의 등이 살짝 구부정한 것, 그 자신이 지루한 사람이며 주황색 구레나룻과 '애매한 외모'를 갖고 있다는 사실을 완전히 망각했다. (그의 외모를 두고 어느 날 여자들이 '애매한 외모'라고 하는 말을 우연히 엿들은 적이 있다) 라베크의 아내가 그의 옆을 지나갈 때 그가 그녀를 보며 얼마나 환하고 다정하게 웃었던지 그녀는 가던 길을 멈추고 궁금한 눈으로 그를 쳐다봤다.

"저택이 무척 마음에 듭니다!"

그가 안경을 고쳐 쓰며 말했다.

그러자 장군의 아내는 미소를 지으며 이 집은 원래 그녀의 아버지 집이었다고 말했다. 그러고는 그의 부모님이 살아계신 지, 장교가 된 지는 오래됐는지, 그는 왜 그렇게 말랐는지 등을 물었다. 그의 답변을 들은 후에 그녀는 가던 길을 계속 갔고, 그는 그녀와 대화를 나눈 후에 더 온화한 미소를 지으며 자신이 정말 훌륭한 사람들에게 둘러싸여 있다고 생각했다.

저녁 식사를 하면서 랴보비치는 모든 음식을 기계적으로 먹고 마셨으며, 다른 사람들이 하는 말은 흘려들으면서 조금 전에 겪은 흥미로운 일을 이해하려고 노력했다. 이 모험은 비밀스럽고 로맨틱한 성격을 띠긴 하지만 설명하기 어렵지는 않았다. 어떤 아가씨나 부인이 어두운 방에서 누군가와 밀회를 가지기로 했을 것이고, 그가 오기를 한참 동안 기다리다가 너무 긴장한 나머지 랴보비치를 연인으로 착각했을 것이다. 랴보비치 역시 마침 그녀가 기다리고 있는 어두운 방을 지나면서 잠시 상념에 잠길 요량으로 멈춰 섰기 때문에 무언가를 기다리는 사람처럼 보였을 가능성이 농후했다. 얼떨결에 당한 입맞춤을 그는 이렇게 이해하기로 했다.

'그나저나 그녀는 누구일까?'

그는 여자들의 얼굴을 살펴보면서 생각했다.

'늙은 여자들은 데이트하러 다니질 않으니 분명 젊은 여자일 거야. 그리고 드레스의 사각사각하는 소리나 향수 냄새나 목소리로 보아 인텔리겐치아 같았어.'

그의 시선은 연보라색 드레스의 아가씨에게 닿았고 그는 그녀가 무척 마음에 들었다. 그녀는 어깨와 팔이 예뻤고, 지적인 얼굴에 목소리도 고왔다. 그녀를 보면서 랴보비치는 어두운 방에서 만난 사람이 바로 그녀였길 간절히 바랐다. 그 순간 그녀가 다소 인위적으로 웃으며 인상을 써서 코에 주름을 잡는 바람에 어쩐지 나이들어 보였다. 그는 검은 드레스를 입은 금발 머리 아가씨에게로 시선을 옮겼다. 이 여자는 조금 전 그녀보다 더 젊고 더 소탈하며, 가식도 거의 없으며, 관자놀이도 정말 예쁘고 술도 참 예쁘게 마셨다. 이제 랴보비치는 그녀가 그 낯선 여자이길 원했다. 하지만 곧 그는 그녀의 얼굴이 너무 밋밋하다는 것을 깨닫고 그녀 옆에 있는 여자에게 시선을 돌렸다.

'알아맞추기가 쉽지 않군.'

그는 여전히 설레는 마음을 갖고 생각했다.

'연보라색 드레스를 입은 여자의 두 어깨와 두 손, 금발 머리 아가씨의 관자놀이와 로비트코 옆에 앉은 여자의 눈을 합치면….'

그가 머릿속으로 이 모든 것을 조합하자 그에게 입맞춤한 여자이길 바라는 여자의 모습이 만들어졌지만, 식탁 앞에는 그런 모습의 여자는 없었다.

저녁 식사 후 배부르고 술취한 손님들이 하나둘 작별 인사를 하며 초대에 대해 감사를 표했다. 주인 내외는 다시 한번 그들에게 방을 내주지 못하는 것에 대해 양해를 구했다.

"정말이지 무척 반가웠습니다, 여러분!"

중장이 말했고, 이번만큼은 진심이 느껴졌다. (사람들은 보통 손님을 맞이할 때보다 손님을 배웅할 때 더 진심을 드러내고 선해지기 때문인지도 모른다)

"정말 반가웠습니다! 조심해서 돌아가세요! 격식 차리지 마시고 자유롭게 돌아들 가세요! 아니 어디로 가시는 겁니까? 위로 올라가시려고요? 그러지 마시고 숲을 지나서 내리막길로 가세요. 그러는 편이 더 가깝습니다."

장교들이 정원으로 나갔다. 저택의 밝은 조명과 소란스러웠던 분위기를 뒤로하자, 정원이 무척 어둡고 조용한 것처럼 느껴졌다. 그들은 쪽문까지 말없이 걸었다. 적당히 술에 취했고, 기분도 좋고 만족스러웠지만 어둡고 조용한 길을 걸은 탓에 모두가 상념에 빠지게 되었다. 랴보비치가 그러하듯 그들 모두 같은 생각을 하고 있을지도 모른다. 언젠가 그들 역시 라베크 중장처럼 큰 저택과 가족, 정원을 갖게 될 날이 올지, 그들 역시 가식적이나마 사람들을 친절하게 대하고 손님들이 만족스러울 정도로 술과 음식을 대접할 날이 올까 싶은 생각 말이다.

쪽문 밖으로 나오자, 그들은 마치 약속이라도 한 것처럼 대화를 시작하더니, 아무런 이유도 없이 큰 소리로 웃었다. 이제 그들은 강쪽으로 난 내리막길인 오솔길을 따라갔고, 오솔길은 강 바로 앞까지 이어졌다. 강가에 있는 관목과 도랑과 강물 위에 가지를 늘어뜨린 분버들을 지나자 어느새 강가와 오솔길은 거의 보이지 않았고, 건너편 강가는 칠흑 같은 어둠 속으로 사라졌다. 어두운 강물 위에 군데군데 별들이 빛났고, 강물 위에 비친 별들이 몸을 떨며 흘러가는 것으로 보아 물살이 빠르다는 것을 알 수 있었다. 사방은 고요했다. 강 건너편에 졸린 물떼새들이 신음하고 있었고, 이쪽 강가의 관목 중 하나에서 나이팅게일 한 마리가 장교들 무리 따위는 아랑곳하지 않고 큰 소리로 울었다. 장교들이 관목 옆에 멈추어 관목을 흔들어도 새는 노래를 멈추지 않았다.

"이야!"

장교들이 감탄하듯 내뱉는 말이 들렸다.

"우리가 바로 옆에 서 있는데도 눈 하나 깜짝 안 하네! 이 녀석 물건이네!"

길이 끝나갈 때 즈음 오르막이 나왔고, 교회 담장 부근에서 오솔길은 큰길로 이어졌다. 언덕길을 오르느라 지친 장교들은 잠시 앉아서 담배를 피웠다. 건너편 강가에 빨갛고 뿌연 불빛이 보였다. 그들은 무료함을 달랠 겸 이것이 모닥불이나 창밖으로 새어 나온 불빛, 혹은 또 다른 것이냐를 두고 한참 동안 얘기를 했다…. 랴보비치 역시 불빛을 응시했고 문득 이 불빛이 마치 그 입맞춤에 대해 알고 있는 것처럼 그에게 미소를 짓고 윙크하는 것 같다는 생각이 들었다.

숙소에 오기가 무섭게 랴보비치는 서둘러 옷을 벗고 누웠다. 로비트코와 메르즐랴코프 중위가 그와 같은 농가에서 묵었다. 메르즐랴코프는 말수가 적고 덩치도 작으며, 자신을 지인들 중에서도 교양 있는 장교라고 여겼다. 그는 틈만 나면 늘 지니고 다니는 '유럽 월보[5]'를 읽었다. 로비트코는 옷을 벗고 무언가 불만 있는 사람처럼 한참 동안 농가 안을 왔다 갔다 하다가 사병에게 맥주 심부름을 시켰다. 메르즐랴코프는 누웠고, 머리맡에 양초를 세워놓고는 '유럽 월보' 독서에 빠져들었다.

"도대체 누구였을까?"

랴보비치는 연기에 그을린 천장[6]을 보며 생각했다.

여전히 목에는 기름칠이 돼 있고, 입 주위는 마치 허브수를 뿌린 것처럼 서늘한 느낌이 났다. 그의 상상 속에서 연보라색 드레스 아가씨의 어깨와 손, 검은 드레스의 금발 아가씨의 관자놀이, 진심 어린 눈빛, 허리들, 드레스들, 브로치들이 뒤섞였다. 그는 이들의 모습에 집중하고 싶었지만, 그것들은 뒤죽박죽 섞여 흐릿해지다가 깜빡거렸다. 눈을 감으면 보이는 넓고 검은 배경에서 그것들이 완전히 사라지면, 다시 서두르는 발걸음 소리, 드레스가 사각거리는 소리, 입 맞추는 소리가 들렸고, 그는 아무런 이유 없이 강렬한 기쁨에 사로잡

5 1866년부터 1918년까지 매달 발행된 월간지로 러시아 문학과 정치에 대한 글이 실렸다.
6 과거 농가에는 굴뚝이 없었고, 난로를 때면 집에 연기가 가득 차서 천장이 그을었다.

히는 것이었다. 그가 기쁨을 만끽할 때 사병이 돌아와 맥주가 없다고 보고하는 소리를 들었다. 로비트코는 화가 잔뜩 나서 또다시 농가 안을 서성이기 시작했다.

"바보 아니야?"

그는 랴보비치와 메르즐랴코프 앞에 번갈아 가면서 멈춰 서서 말했다.

"맥주 하나 못 찾는 바보 멍청이가 있다니! 응? 수작 부리는 거 아니야?"

"여기에 맥주가 있을 리가 없지."

메르즐랴코프가 '유럽 월보'에서 눈을 떼지 않은 채 말했다.

"정말 그럴까? 다들 그렇게 생각하는 거요?"

로비트코가 물고 늘어졌다.

"이런, 맙소사, 난 달나라에 가더라도 맥주와 여자를 찾아줄 수 있다, 이거야! 지금 가서 바로 찾아오지…. 내가 만약 실패하면 나를 비열한이라고 불러!"

로비트코는 한참동안 옷을 입고, 부츠를 신은 후에 말없이 담배 한 개비를 피우곤 출발했다.

"라베크, 그라베크, 라베크"

그는 농가 입구에 멈춰서서 중얼거렸다.

"젠장, 혼자 가기 싫은데. 랴보비치, 바람 쐬러 가자? 응?"

대답을 듣지 못한 그는 돌아와서 천천히 옷을 벗고 누웠다. 메르즐랴코프는 한숨을 쉬고 '유럽 월보'를 한쪽으로 치우곤 초를 껐다.

"음…. 알았다고…."

로비트코는 어둠 속에서 담배 한 개비에 불을 붙이면서 중얼거렸다.

랴보비치는 이불을 머리까지 뒤집어쓰고 몸을 웅크린 채 눈앞에 아른거리는 여자들의 모습을 모아 하나로 합쳐 보았다. 하지만 잘 되지 않았다. 그러다 그는 이내 잠이 들었고, 자기 직전에 든 마지막 생각은 다음과 같았다. 누군가 그를 다정하게 대했고 행복하게 해주었으며, 자신의 인생에서 무언가 어리석지만 특별한, 굉장히 기쁘고 좋은 일이 생겼다는 것. 그는 꿈속에서도 이 생각에서 벗어나지 못했다.

다음 날 잠에서 깼을 때, 목에 발린 듯한 기름이나 입술 주위의 시원한 허브 향은 더 이상 느껴지지 않았지만, 가슴 속에는 여전한 기쁨이 파도처럼 밀려왔다. 그는 환희로 가득 차 떠오르는 태양 때문에 황금빛을 띤 창틀을 쳐다보았고, 밖에서 들려오는 소리에 귀를 기울였다. 누군가가 창문 바로 옆에서 큰 소리로 대화하고 있었다. 랴보비치가 속한 포병 여단의 지휘관인 레베데츠키가 방금 여단을 따라잡고는, 작게 말하는 것이 익숙하지 않아 굉장히 큰 소리로 자기 부하인 부사관과 대화를 나누고 있었다.

"또 뭐지?"

지휘관은 소리를 질렀다.

"여단장님, 어제 편자를 다시 박을 때 말의 발의 살 부분을 건드려서 말이 다쳤습니다. 그래서 수의사가 진흙에 식초를 섞어서 그 부분에 덧대주었답니다. 이제 그 말에 고삐를 매서 끌고 간다고 합니다.

그리고 어제 기술병 아르테미예프가 술에 취해서 중위가 그를 대포 카트의 앞부분에 앉히라고 명령했답니다."

부사관은 또 카르포프가 야전 텐트의 파이프에 연결할 밧줄과 말뚝을 두고 왔으며, 장교들이 어제저녁을 폰 라베크 중장 댁에서 보냈다는 보고도 했다. 대화하는 중에 창밖으로 주황색 턱수염을 기른 레베데츠키의 머리가 보였다. 근시를 앓고 있는 그는 실눈을 지어 잠이 묻은 장교들의 얼굴을 보며 인사했다.

"이상 없는가?"

그가 물었다.

"말 한마리가 새 가슴걸이 때문에 등성마루에 상처가 났습니다."

그러자 지휘관은 한숨을 쉬고 잠시 생각한 후에 큰 소리로 말했다.

"나는 알렉산드라 예브그라포브나 댁에 들를까 하네. 뵙고 가야 해서. 그럼, 여기에서 헤어지세. 저녁 무렵에 자네들을 따라잡겠네."

여단은 15분 후에 출발했다. 여단이 지주의 광 옆을 지날 때 랴보비치는 오른쪽에 있는 저택을 바라봤다. 창문 블라인드가 쳐져 있었다. 모두 잠든 것 같았다. 어제 랴보비치에게 입맞춤한 그녀 역시 자고 있으리라. 그는 그녀가 자는 모습을 상상했다. 침실 창문은 활짝 열려 있고, 창문을 통해 침실에 머리를 내민 초록잎으로 가득한 나뭇가지들, 상쾌한 아침 공기, 사시나무, 라일락, 장미꽃 향기, 침대, 의자 위에 놓여있을 어제의 사각거리던 그 드레스, 구두, 테이블 위에 놓인 시계까지 이 모든 것을 그는 생생하고 또렷하게 상상할 수 있었다. 하지만 가장 중요한 것, 그녀의 얼굴선이나 잠이 묻은 사랑스러운 미소는 마치 손가락 사이로 흘러내리는 수은처럼 잡히지 않았다.

말을 타고 반 베르스타를 간 후 그는 뒤를 돌아보았다. 노란색 교회, 저택, 강, 정원은 빛으로 가득 차 있었고, 짙은 녹음을 끼고 있는, 파란 하늘이 투영된 강은 군데군데 햇볕을 받아 무척 아름답게 은빛으로 반짝였다. 랴보비치가 마지막으로 메스테치키 마을을 바라보자 굉장히 가깝고 친밀한 것과 헤어지는 것처럼 슬픈 마음이 들었다.

이동하는 동안 그는 너무 익숙해서 따분한 풍경들을 마주했다. 왼쪽과 오른쪽 모두 떼까마귀들이 날아다니는 푸른 호밀밭과 메밀밭이 펼쳐져 있었고, 앞쪽은 먼지와 뒤통수가 보이고, 뒤를 돌아봐도 먼지와 군인들 얼굴뿐이었다…. 맨 앞에서 군도를 차고 걷는 네 사람이 선봉대였다. 군가를 부르는 군인들이 그 뒤를 따르고, 나팔수들이 말을 타고 그들을 뒤따르고 있었다. 선봉대와 군가를 부르는 군인들은 장례 행렬에서 횃불을 든 자들처럼 종종 적당한 대열을 맞추고 걸어야 한다는 것을 잊고 지나치게 앞서가기도 한다. 랴보비치는 포병 여단 제5 포대의 첫 번째 대포 옆에 있다. 선두에 서서 걷고 있는 4개 포대가 모두 그의 시야 안에 있다. 민간인이 보면 움직이는 여단이 만드는 길고 무거운 교자 제조기 같은 행렬은 이해할 수 없는 수수께끼처럼 보일 것이다. 이를테면 왜 한 대의 대포 옆에 그렇게도 많은 사람이 있으며, 이상한 마구로 칭칭 감은 여러 필의 말이 대포를 옮기는 건지 그 이유가 궁금할 것이다. 대포는 실제로 무시무시하며 무겁다. 랴보비치의 경우는 이유를 다 알고 있으므로 아무런 흥미를 느끼지 못한다. 그는 이미 오래전부터 모든 포병 포대 선두 장교 옆에 믿음직한 상사가 말을 타고 함께 가는 이유와 왜 그를 선두마라 부르는지 알고 있다. 이 상사의 등 뒤로 대포 수송 마차에 연결된 말들의 첫 번째 멍에와 중간 멍에가 보이기 때문이다. 또한 랴보비치는 그들이 타고 있는 왼쪽 말들을 승마용 말이라 부르며, 오른쪽 말들은 보조용 말이라 부른다는 것 역시 알고 있지만 이 또한 전혀 흥미롭지 않다. 준마 뒤에는 마차에 비끄러맨 짐말 두 필이 따라간다. 이 두 마리 중 한 마리의 등에는 어제 묻은 먼지가 남아있고 오른쪽 다리가 있던 자리에 굉장히 우스꽝스러운 나뭇조각을 달고 있는 군인 한 명이 타고 있다. 랴보비치는 이 나뭇조각의 역할을 알고 있으므로 그 모습이 우습다고 생각하지 않는다. 말을 조종하는 사병들 모두 기계적으로 가죽 채찍을 흔들며 이따금 소리지른다. 대포 자체는 아름답지 않다. 수송 마차 앞부분에는 귀리가 들어있는 주머니 여러 개를 방수포로 덮어놓았고, 대포 전체는 여러 개의 주전자와 군인들의 가방과 주머니들로 가려져 있어서 작고 순한 동물의 모습을 띤 까닭에 무슨 이유로 이것이 사람들과 말 여러 필에 에워싸여 있는지 알 수 없다. 바람이 통하는 수송 마차의 양쪽에는 군사 전령 6명이 두 팔을 힘차게 흔들며 걷고 있다. 대포 뒤에는 또다시 새로운 선두마들, 준마 뒤에는 마차에 비끄러맨 짐말이 따라가고, 그 뒤에는 새로운 대포가 있고 그 대포 역시 앞서 본 대포처럼 예쁘지 않고 아담하다. 두 번째 대포 뒤에는 세 번째 대포가 있고, 세 번째 뒤에는 네 번째 대포가 있으며, 네 번째 대포 옆에는 장교가 있는 식이다. 여단 안에 총 6개의 포병 포대가 있고, 포대마다 대포는 네 개씩 있다. 구멍이 여러 개 뚫린 만두틀 모양의 행렬은 반 베르스타 길이로 뻗어 있다. 행렬이 끝나는 곳 옆에는 고개를 숙이고 귀를 길게 늘어뜨린 꽤 잘생긴 마가르라는 당나귀가 생각에 잠겨 걸어오는데 이 당나귀는 한 포병 대장이 튀르키예에서 가져온 것이다.

랴보비치가 덤덤한 표정으로 전면을 응시하자 군인들의 뒤통수가 보였고, 뒤를 돌아보자, 그들의 얼굴이 보였다. 다른 때 같으면 꾸벅꾸벅 졸았겠지만, 지금은 새롭고 유쾌한 생각에 빠져들었다. 처음에 여단이 막 출발했을 때만 하더라도 입맞춤을 당한 일은 짧고 은밀한 모험으로서만 흥미로우며, 이 일 자체는 본질적으로 무의미하고, 이 일에 대해 생각하는 것은 어리석은 일이라 결론을 내리려 했지만, 곧 그는 논리적 사고를 관두고 감상적 상상에 빠져들었다. 그는 라베크 장군의 응접실에 있던 연보라색 드레스의 아가씨와 비슷한 아가씨 옆 혹은 검은 드레스의 금발 아가씨 옆에 있는 자신을 상상하는가 하면, 눈을 감고 한 번도 본 적이 없는 낯선 여자와 같이 있는 자신을 상상했다. 상상 속 그녀의 얼굴선은 굉장히 모호했고, 그는 이야기를 하고, 상대를 다정하게 대했으며, 그녀의 한쪽 어깨에 고개를 떨구고, 다툼과 이별, 그 후의 재회, 아내와의 저녁 식사, 자식들 등을 상상했다….

“마구를 붙잡아!”

언덕에서 내려갈 때마다 명령이 들렸다.

그 역시 ‘마구를 붙잡아!’라고 소리질렀지만, 이로 인해 그는 상상이 중단되고 현실로 소환될까 두려워졌다….

랴보비치는 말을 타고 어떤 지주의 영지를 지나면서 낮은 울타리 너머의 정원을 봤다. 긴 자처럼 길고 곧은 가로수길이 그의 눈에 들어왔는데 길 위는 노란 모래로 덮여 있었고, 어린 자작나무들이 심겨 있었다…. 상상이 너무 지나친 탓에 그는 노란 모래 위로 걸어가는 자그마한 여성의 다리를 상상했고, 갑자기 그의 상상 속에서 그가 어제 저녁 식사 내내 떠올린 그녀, 그에게 입맞춤한 여자의 모습이 또렷하게 떠올랐다. 그 모습은 그의 뇌리에 남아서 떠나지 않았다.

정오에 그의 뒤에 있는 수송 마차 근처에서 구령 소리가 들렸다.

"차렷! 시선은 좌로! 장교 여러분!"

연대장 장군이 흰말 두 필이 끄는 쌍두마차를 타고 지나갔다. 그는 제2포병 포대 앞에 멈춰 서더니 아무도 알아들을 수 없는 말을 큰 소리로 외쳤다. 랴보비치를 포함해서 몇 명의 장교가 말을 탄 채로 그에게 달려갔다.

"자, 어떤가? 상황은?"

장군은 충혈된 눈을 깜빡거리면서 물었다.

"환자는 없나?"

비쩍 마른 데다 왜소한 장군은 대답을 들은 후에 잠시 우물거리더니 장교 중 한 명에게 말했다.

"자네 중대의 세 번째 대포의 수송 마차의 말을 부리는 군인이 무릎 보호대를 벗어서 고약하게도 마차 앞부분에 걸어뒀더군. 그를 문책하게."

그는 랴보비치를 향해 눈을 치켜뜨고 이어서 말했다.

"중위 말의 등띠는 지나치게 길군…."

장군은 따분한 지적을 몇 가지 더 한 후에 로비트코를 보고 조소하듯 말했다.

"로비트코 중위, 자네는 오늘 표정이 굉장히 어둡군. 로푸호바가 보고 싶은가 보지? 그런가? 장병들, 중위는 로푸호바가 그리운가 보네!"

로푸호바는 몸집이 비대한 데다 키가 굉장히 큰 부인이었는데 이미 오래전에 마흔을 넘겼다. 나이를 막론하고 큰 여자라면 사족을 못 쓰는 장군은 자기 부하 장교들 역시 그럴지도 모른다고 생각했다. 장교들은 존경심이 묻은 미소를 지었다. 자신이 무언가 굉장히 우스우면서도 뼈가 있는 말을 했다는 사실에 굉장히 흡족한 장군은 큰 소리로 웃더니 마부의 등을 건드리고 경례를 했다. 그러자 마차가 출발했다….

'지금 내가 꿈꾸는 것들, 이 땅에서 일어날 수 없는 모든 불가능해 보이는 일이 본질적으로는 얼마든지 일어날 수 있는 일이야. 이 모든 것은 지극히 평범하며 누구나 겪을 수 있는 일이야. 이를테면 조금 전 장군도 한때 사랑을 했고, 이제는 결혼해서 자식도 있단 말이야. 바흐테르 대위의 경우 뒤통수가 붉은 데다 굉장히 추하며, 허리도 없지만 결혼해서 가족의 사랑을 받고 있단 말이지…. 살마노프는 무례한 데다 전형적인 타타르인이지만 연애해서 결혼을 했어…. 나 역시 그들과 같은 사람이며 언젠가는 모두가 겪는 일을 겪게 될 거야….'

랴보비치는 장군이 탄 마차가 일으키는 먼지구름을 보면서 생각했다.

자신이 평범하며 자기 삶도 평범하단 생각을 하자 그는 기뻤고, 동시에 힘이 났다. 이제 그는 머릿속으로 과감하게 그녀와 자신의 행복을 그렸고, 자유로이 상상의 나래를 펼쳤다.

저녁에 여단은 야영지에 도착했고 장교들은 텐트 안에서 쉬고 있었다. 랴보비치, 메르즐랴코프, 로비트코는 궤[7]옆에 둘러앉아 저녁 식사를 했다. 메르즐랴코프는 서두르는 기색 없이 음식을 천천히 맛보며 무릎 위에 놓인 '유럽 월보'를 읽었다. 로비트코는 쉴 새 없이 지껄이며 잔에 맥주를 계속 따랐고, 하루 종일 기분 좋은 상상을 하던 랴보비치는 멍하니 앉아 말없이 맥주를 마셨다. 세 잔을 마시자, 취기가 돌아 나른했고, 자신이 처음 겪은 이 감정을 동료들과 나누고 싶은 마음을 주체할 수 없었다.

"라베크씨 저택에서 이상한 일을 겪었어."

그는 최대한 무심하고 자조하는 듯한 톤으로 말하려 노력하면서 이야기를 시작했다.

"당구대가 있는 방으로 갔는데 말야…."

그는 입맞춤과 관련된 이야기를 굉장히 조심스럽게 꺼냈지만 얼마 안 돼서 금세 입을 다물었다. 짧은 시간 동안 이야기는 다 끝났고, 그 일을 이야기하는 데에 이토록 짧은 시간이 걸렸다는 사실에 적지 않게 놀랐다. 이야기하기 전까지는 이 입맞춤에 대해서 이야기하려면 밤을 새야 할 것 같았기 때문이다. 거짓말을 많이 해서 사람을 잘 믿지 않는 로비트코는 그의 이야기를 끝까지 들은 후 의심의 눈초리로 그를 보며 조소했다. 메르즐랴코프는 눈썹을 살짝 움직이더니 시선은 여전히 '유럽 월보'에 둔 채 차분하게 말했다.

"망측한 일도 다 있군! 인기척도 없이 목에 달려들다니…. 정신병자가 틀림없을 거야."

---

7 제정 러시아 시대에는 군인들이 귀중품을 보관하는 크지 않은 궤를 행군을 할 때 지니고 다녔다.

"맞아, 미친 사람 짓이 분명해…."

랴보비치가 그의 말에 동의했다.

"나도 비슷한 일을 겪은 적이 있는데…."

로비트코는 겁에 질린 눈을 하고 말했다.

"작년에 내가 카우나스에 가는데… 2등칸 기차표를 끊었거든…. 객차가 가득 차서 잠을 잘 수가 없었어. 그래서 차장한테 50코페이카를 쥐어줬지…. 그러자 차장이 내 짐을 들고 나를 쿠페[8]로 데리고 가는 거야…. 나는 거기 누워서 머리부터 발끝까지 이불을 덮었어. 그런데 어둠 속에서 말이야, 갑자기 누군가가 나의 한쪽 어깨를 건드리고 내 얼굴에 대고 숨을 쉬는 거야. 그래서 내가 한쪽 손을 이렇게 움직이니까 누군가의 팔꿈치가 만져지는 거지…. 눈을 뜨니까 글쎄, 내 앞에 여자가 있지 뭐야! 검은 눈에 연어처럼 빨간 입술을 가진 그녀가 숨 쉴 때마다 코가 벌렁거렸고 가슴은 또 어찌나 크던지…."

"잠깐만."

메르즐랴코프가 차분한 톤으로 말허리를 잘랐다.

"가슴까지는 이해가 가지만, 어두웠다면서 입술은 어떻게 본 거야?"

로비트코는 뒤돌아서 메르즐랴코프의 어리석음을 비웃기 시작했다. 그러자 랴보비치는 이런 그가 마음에 들지 않았다. 그는 궤에서 몇 걸음 떨어져서 눕고는 앞으로는 절대로 속마음을 내 보이지 않기로 다짐했다.

8 열차 객차 내에 제한된 인원을 위한 객실

야영지 생활이 시작되었다. 똑같은 일상이 반복되었다. 그리고 랴보비치는 늘 사랑에 빠진 사람처럼 느끼고 생각하고 행동했다. 매일 아침에 군사전령이 그에게 세숫물을 준비해 줘서 머리에 찬물을 끼얹을 때마다 그의 삶에 무언가 멋지고 따뜻한 것이 있다는 것을 떠올렸다.

저녁이 되면 동료들은 사랑과 여자에 관한 대화를 시작했고, 그는 그들의 이야기에 귀를 기울이면서 더 가까이 다가가서 자신이 참전한 전투에 관한 이야기를 듣는 군인이 지을 법한 표정을 짓곤 했다. 하지만 위관급 장교들과 술을 마시고 잉글리시 세터 로비트코의 지휘 아래 '그 짓'을 하러 '마을'에 갈 때도 매번 자신이 큰 잘못을 저지르기라도 한 것처럼 죄책감에 시달리며 마음속으로나마 미지의 그녀에게 용서를 구했다. 무료하거나 잠 못 이루는 밤이면 그는 어린 시절, 아버지, 어머니, 고향과 친근한 것을 떠올렸고, 그때마다 꼭 메스테치키 마을, 이상한 말, 라베크 장군, 외제니 황후를 닮은 부인, 어두운 방, 문틈으로 새어 나온 밝은 빛도 함께 떠올렸다.

8월 31일, 그가 야영지에서 돌아갈 때는 자신의 여단 전체가 아니라 포병 2개 포대와 함께 있었다. 그는 돌아가는 내내 마치 고향 집에 돌아가는 것처럼 꿈에 부풀어 있었다. 그는 이상한 말, 교회, 가식적인 라베크 중장의 가족, 어두운 방이 무척 그리웠다. 연인들을 자주 기만하는 '내면의 목소리'는 무슨 연유인지 반드시 그녀를 만날 것이라고 그에게 속삭였다. 그는 궁금해 미칠 지경이었다. 그녀와 어떻게 다시 만나게 될까? 그녀와 만나면 무슨 애기를 해야 할까? 그녀는 그와의 입맞춤을 여전히 기억할까? 최악의 경우, 그 어두운 방

안에서 거닐며 그때 일을 회상하는 것만으로도 기분이 좋을 것 같다는 생각이 들었다.

저녁 무렵에, 지평선에 낯익은 교회와 흰색의 광들이 보였다. 랴보비치의 심장은 뛰기 시작했다. 그는 나란히 말을 탄 장교가 그에게 하는 말을 듣지 않고 있었다. 멀리 반짝이는 강, 저택의 지붕, 지는 햇빛을 받은 비둘기들이 비둘기집을 에워싸는 것을 뚫어지게 바라보았다.

교회에 도착해 설영대 인원들의 보고를 들으며 그는 기수가 담장 밖으로 나와 장교들을 다과회에 초대해주기를 애타게 기다렸지만, 설영대의 보고가 끝나고 장교들 역시 서둘러 숙소로 갈 때까지도 기수의 모습은 보이지 않았다.

'라베크 중장이 곧 사내들로부터 우리가 도착했다는 소식을 전해 듣고 우리를 데려오라고 사람을 보낼 거야.'

랴보비치는 농가로 들어가면서 생각했고, 양초에 불을 붙이는 그의 동료와 사모바르[9]를 끓이는 군사전령의 행동이 야속하기만 했다.

그는 고통스러운 걱정에 휩싸였다. 누웠다가도 다시 일어나 기수가 오지 않을까 창밖을 내다봤다. 기수는 보이지 않았다. 다시 잠자리에 들었지만 30분 후에 다시 일어나 밖으로 나가 교회 쪽으로 걸어갔다. 담장 옆에 있는 광장은 어둡고 텅 비어 있었다. 군인 세 명이 내리막길 옆에 말없이 서 있었다. 그들은 랴보비치를 보더니 소스라치게 놀라 경례를 했다. 그들의 경례를 받은 후 그는 익숙한 오솔길

9 러시아식 차주전자

을 따라 아래로 내려갔다.

건너편 강가의 하늘은 온통 새빨갛게 물들어 있었다. 달이 떠오르고 있었다. 어떤 여자 둘이 큰 소리로 대화를 나누며 텃밭을 따라 양배춧잎을 뜯어내고 있었고, 텃밭 뒤에는 농가 몇 채가 어두운 빛을 띠고 서 있었다 하지만 이쪽 강변은 오솔길, 관목들, 강물 위에 가지를 늘어뜨린 분버들까지 모두 5월과 똑같았다. 다만 용감한 나이팅게일 소리는 들리지 않았고, 사시나무와 어린 풀 냄새는 나지 않았다.

정원에 도착한 랴보비치는 쪽문으로 잠깐 들어갔다. 정원은 어둡고 조용했다…. 가장 가까이 있는 자작나무의 흰 줄기와 가로수길의 일부만 보일 뿐 다른 것은 어두워서 하나도 보이지 않았다. 랴보비치는 작은 소리 하나라도 놓칠세라 모든 소리에 귀를 기울이고 눈을 크게 뜬 채 주위를 살피며 15분 정도 서 있었지만, 아무 소리도 들리지 않고, 불빛 하나 비치지 않았다. 그는 천천히 오던 길로 되돌아갔다

그러곤 강 쪽으로 다가갔다. 앞쪽에는 중장 전용 목재 탈의실과 작은 다리 난간에 널려 있는 흰색 침대 시트가 보였다. 그는 작은 다리 위로 올라가 아무런 이유 없이 침대 시트를 만졌다. 의외로 침대 시트는 거칠고 차가웠다. 그는 아랫쪽 강물을 바라보았다. 강의 유속은 빨랐고, 강물은 탈의실의 나무 기둥 근처에서 들릴 듯 말듯 졸졸거렸다. 붉은달은 왼쪽 강물에 비쳤고, 잔물결이 끊임없이 움직이며 강물에 비친 달을 길게 늘였다가 여러 개로 분할하곤 했다. 마치 달

을 없애고 싶은 것처럼….

'이 얼마나 어리석은가! 얼마나 바보같은 짓이야! 이 모든 것이 얼마나 어리석냔 말이다!'

랴보비치는 빠르게 흘러가는 강물을 보며 생각했다.

더 이상 아무것도 기다리지 않게 된 지금, 입맞춤과 관련된 일화, 자신의 조바심, 불확실한 희망과 실망이 또렷하게 교차했다. 중장이 보낸 기수를 만나지 못한 것도, 자신을 다른 사람으로 오해해 실수로 그에게 입맞춤했던 여인을 못 보는 것도 이제는 더 이상 이상한 일이 아니었다. 어떠면 그녀를 다시 만나는 것이 더 이상한 일이다….

강물은 목적도 목적지도 모른 채 빠르게 흘러갔다. 강은 5월에도 그렇게 흘렀고, 작은 강에서 큰 강으로, 강에서 바다로, 그런 후에는 수증기로 변해 비로 변했고, 어쩌면 바로 그 물이 지금 랴보비치의 눈앞에서 흐르고 있을지도 모른다. 무엇을 향해 흘러간단 말인가? 무슨 목적으로?

온 세상과 그의 삶이 이해할 수도 없고 목적도 없는 농담 같았다. 그는 물에서 시선을 떼고 하늘을 올려다본 후, 운명이 뜻하지 않게 낯선 여인의 얼굴로 다시금 그를 다정하게 대했다는 사실을 떠올렸다. 여름날의 꿈과 장면들을 떠올랐으며, 자신의 삶은 초라하고, 보잘것 없으며, 무료하다고 느꼈다.

그가 자신이 묵는 농가로 돌아왔을 때 동료 모두가 보이지 않았다. 폰트랴킨 장군이 그들 모두를 초대하라고 기수를 보냈고 모두 그 댁으로 갔다고 군사 전령이 보고했다. 순간 랴보비치의 가슴에 기쁨이 일었다. 하지만 그 즉시 그는 기쁨의 불꽃을 끄고 잠자리에 누웠다. 그리고 자신의 운명에 맞서 도발하듯 장군의 집에 가지 않았다.

6호실

1

병원 마당에 숲을 이룬 우엉과 쐐기풀, 삼에 둘러싸인 크지 않은 별채가 하나 있다. 지붕은 녹이 슬었고, 굴뚝은 절반 정도가 내려앉았으며, 별채 입구 계단은 썩은 데다 잡초가 무성하며 석회를 발랐던 흔적만 남아있었다. 별채의 정면은 병원을 향하고 뒷면은 들판을 향하는데 들판과 별채 사이를 못 박힌 회색 담장이 가로막고 있다. 뾰족한 부분이 위로 향하도록 꽂혀 있는 못들과 담장, 그리고 별채는 병원이나 감옥에서만 느낄 수 있는 특유의 음산하고 저주받은 건물 같은 분위기를 자아내고 있었다.

만약 여러분이 쐐기풀에 찔리는 것이 두렵지 않다면 별채로 향하는 좁은 오솔길을 따라가서 안에서 무슨 일이 일어나고 있는지 들여다보자. 첫 번째 문을 열면 창고가 하나 나온다. 벽과 난로 주위에는 병원 쓰레기가 산더미 같이 쌓여 있다. 매트리스, 낡고 찢어진 가운들, 바지들, 파란색의 세로줄이 나 있는 셔츠들, 오래 신어서 너덜너덜해진 신발들이 잔뜩 구겨진 채로 산더미처럼 쌓이고 엉켜서 곰팡이가 슨 채 악취를 풍기고 있었다.

쓰레기 더미 위에는 수위 니키타가 늘 담배 파이프를 문채 누워있다. 그는 빛바랜 계급장이 달린 군복을 입고 다니는 퇴역 군인이었다. 험상궂은 인상, 술꾼 특유의 얼굴과 처진 눈썹은 코카시안 오브차카[1]를 연상케 한다. 코는 빨갛고 키는 크지 않으며, 깡마르고 힘줄이 여기저기 불거져 있지만 자세에 흐트러짐이 없고 주먹이 단단해 보이는 사내였다. 그는 순박하고 긍정적이며, 성실하고 멍청하지만, 무엇보다도 질서를 가장 사랑해서 환자란 자고로 때려야 한다고 확신하는 사람 중 한 명이다. 그는 환자들의 얼굴, 가슴, 등등을 닥치는 대로 구타했고, 그것을 통해서만 질서를 유지할 수 있다고 믿었다.

다음으로 여러분은 크고 넓은 방에 들어가게 될 것이다. 이 방은 현관 앞에 있는 창고를 제외하면 사실상 별채 전체를 차지하는 방이다. 벽은 지저분한 회색빛이 도는 하늘색 페인트로 칠했고, 천장은 굴뚝이 없는 농가처럼 시커멓게 그을려있다. 분명 겨울에 난로를 때면 천장까지 시커먼 연기가 치솟을 때가 있을 것이다. 창문 안쪽은 쇠창살로 인해 흉측했다. 바닥은 회색이고 표면은 거칠다. 시큼한 양배추와 양초 심지 타는 냄새, 빈대, 암모니아 냄새 때문에 처음에는 여러분이 야생 동물 우리에 온 것 같은 착각이 들 수 있다.

이 방에는 바닥에 못으로 고정해 놓은 침대가 여러 개 있다. 침대

---

1 양떼들을 침략자로부터 보호해온 초대형 경비견이며, 원산지는 러시아이다.

위에는 파란 병원 가운을 입고 유행이 한참 지난 고깔 모자를 쓰고 있는 사람들이 앉아있거나 누워있다. 이들은 미친 사람들이다.

이 방에는 총 다섯 명이 있다. 이중에 귀족은 한 명 밖에 없고, 나머지는 모두 소시민들이다. 문에서 제일 가까운 곳에 있는 첫 번째 환자는 키가 크고 비쩍 마른 데다 붉고 윤이 나는 콧수염을 기른 사내다. 그는 많이 울어서 눈이 퉁퉁 부어 있고, 머리는 한쪽으로 기댄 채 앉아서 한 곳을 응시하고 있다. 남자는 밤낮으로 슬퍼하고 한숨을 쉬면서 이따금 머리를 흔들며, 씁쓸한 미소를 지었는데, 대화에 참여하는 일도 드물고 질문을 해도 보통 대답하지 않는다. 음식이나 마실 것이 나오면 기계적으로 먹고 마신다. 고통스럽게 기침하는 데다 비쩍 마르고 볼이 발그스레한 걸로 보아 결핵 초기인 것 같다.

다음 사내는 턱수염 끝은 뾰족하고 흑인처럼 검고 곱슬거리는 머리카락을 한 작고 활동적인 노인이다. 낮에는 병실 창문에서 멀어졌다가 가까워지는 것을 반복하거나 양반다리를 하고 자기 침대 위에 앉아서 멋쟁이 새처럼 휘파람을 불며 조용히 노래하고 키드득거린다. 어린아이 같은 특유의 명랑함과 활동적인 모습은 밤까지 이어져 그는 하느님께 기도하기 위해 일어나는데, 이 기도라는 것은 주먹으로 자기 가슴을 치거나 문을 손톱으로 긁는 행위를 뜻한다. 그는 유대인 모이세이카라는 사람으로 20년쯤 전에 그의 모자 공방이 불탄 후에 이곳에 들어온 백치다.

그는 6호실에 있는 모든 환자 중 별채 밖을 넘어서 병원 마당을 지나 거리로 나갈 수 있는 유일한 환자이기도 하다. 병원 환자 중 고참인 데다 온순한 백치이며, 오래전부터 거리에서 사내아이들과 개들에 둘러싸인 모습으로 자주 발견되던 도시의 광대였기 때문에 이러한 특권을 누리고 있는 것 같다. 우스꽝스러운 고깔모자를 쓰고 가운을 걸치며 구두를 신을 때도 있지만 가끔은 맨발로 판탈룬즈[2]도 입지 않은 채로 거리를 활보하다가 대문이나 작은 가게 앞에 멈춰서 구걸을 한다. 그에게 크바스[3]를 주는 곳도 있고, 빵을 주거나 1코페이카[4]를 주는 사람도 있어서 배가 부르거나 부자가 되어 별채로 돌아온다. 하지만 그가 가져오는 것은 전부 니키타가 압수한다. 이 퇴역 군인은 잔뜩 화가 나 거칠게 주머니를 뒤진다. 그러면서 앞으로는 이 유대인이 절대 밖으로 못 나가도록 막을 것이니 하느님께서 증인이 돼 달라며, 자신이 규칙을 어기는 행위를 세상에서 제일 싫어하는 것을 하느님도 아실 거라 말한다.

모이세이카는 봉사하는 것을 좋아한다. 그는 동지들에게 물을 건네고 잠든 그들을 이불로 덮어주고, 나갔다 올 때마다 그들 모두에게 1코페이카씩 갖다주거나 새 모자를 하나씩 만들어주겠다고 약속하며, 왼편에 누워있는 전신마비 환자에게 숟가락으로 음식을 먹이기도 한다. 동정심이 있다거나 인도주의에 입각해서 이 일을 자신이 해야 되겠다고 생각했다기보다는 자기 오른쪽에 있는 그로모프를 모방하다가 자신도 모르게 그에게 복종하게 된 것이었다.

이반 드미트리치 그로모프는 귀족 가문 출신에 현의 서기관으로 법원에서 형을 강제 집행하는 일을 했던 33살 가량의 남자인데, 피

2 허리에서 무릎까지 오는 타이트한 바지
3 러시아식 전통 음료로 호밀을 발효시켜서 만들며 알코올은 거의 없다.
4 러시아 통화인 루블의 1/100에 해당하는 러시아 화폐이다.

해망상으로 괴로워한다. 그는 몸을 동그랗게 만 채 침대에 누워있거나 건강을 위해 산책이라도 하듯 이 구석 저 구석을 걸어다녀서 한 자리에 앉아있는 경우는 굉장히 드물다. 그는 늘 흥분 상태이고, 무언가 알 수 없는 것을 대비하며 긴장한다. 현관 앞에 있는 창고에서 바스락거리는 소리가 나거나 마당에서 비명소리라도 들리면 고개를 들고 누가 그를 납치하러 온 것은 아닌지 귀를 기울이는 것이다. 그를 찾는 것은 아닐까 하고 말이다. 이런 순간이면 그의 얼굴에는 엄청난 불안과 적대감이 묻어난다.

나는 광대뼈가 툭 튀어나온 그의 큰 얼굴을 좋아한다. 창백하고 어두운 표정에는 오랜 시간 동안 투쟁하고 지속적으로 공포를 느낀 그의 마음이 거울 속을 들여다보듯이 나타나 있다. 찡그린 그의 표정은 기이하고 병적이지만, 깊은 고뇌가 서린 섬세한 얼굴선은 이지적인 분위기를 자아내며, 눈은 선하고 건강하게 반짝였다. 예의 바르고 봉사정신이 투철하며, 니키타를 제외한 모든 사람을 깍듯이 대하는 그를 나는 좋아한다. 누구든 단추나 숟가락을 떨어트리면 그는 재빨리 침대에서 일어나 떨어진 것을 주워준다. 그는 매일 아침 동료들에게 인사를 하고, 잠자리에 들 때는 잘 자라고 인사한다.

늘 긴장을 하고 인상을 찌푸리는 것 외에도 그의 정신질환적 증세는 또 있다. 이따금 그는 가운의 옷깃을 여미고 몸을 덜덜 떨면서 이빨을 부딪치며 병실 침대 사이 구석구석을 빠르게 걷기 시작한다. 마치 고열에 시달리는 사람처럼. 그러던 그가 갑자기 멈춰 서서 동료들의 얼굴을 쳐다본다. 하지만 중요한 것을 말해 본들 동료들은 그의 말을 듣지 않거나 이해하지 못할 거라 생각했는지 신경질적으로 고개를 흔들며 계속해서 병실 안을 왔다 갔다 하는 것이다. 하지만 곧 말하고 싶은 욕구가 말하면 안 된다는 이성적 판단을 압도하면 그는 열정적으로 하고 싶은 말을 한다. 그의 말은 두서가 없어 헛소리에 가깝고 충동적이며 종종 이해가 안 가지만, 그의 말이나 그가 내뱉은 단어, 그의 목소리에는 무언가 굉장한 것이 깃들어 있는 듯 느껴진다. 그가 말을 하는 순간, 당신은 그에게서 미친 사람과 정상인 모두 공존한다는 사실을 느낄 것이다. 비정상적인 그의 말투를 글로 표현하는 것은 어렵다. 그는 인간의 뻔뻔함, 진실을 짓밟는 폭력, 아름다운 삶에 대해 말하고, 미래엔 어떤 삶이 펼쳐질지에 대해서 말하기도 하며, 매 순간 그에게 폭압자들의 멍청함과 잔인함을 상기시키는 철창에 대해서도 말한다. 그것은 마치 옛날 노래이지만 부른 적이 없는 노래로 만든 혼성곡 같다.

2

12년에서 15년 전쯤 도시 중심가에 부자이며 명망 높은 공무원 그로모프가 살고 있었다. 아들도 둘 있었는데, 둘의 이름은 세르게이와 이반이었다. 세르게이는 대학교 4학년에 재학중일 때 급성 폐결핵에 걸려서 죽었고 이 죽음은 앞으로 그로모프 가족에게 들이닥칠 불행의 시작이었다. 세르게이의 장례를 치르고 일주일이 지나서 늙은 아버지는 문서 위조와 공금 횡령 혐의를 받아 재판을 받게 되었고, 얼마 후에 장티푸스에 걸려서 감옥에 있는 병원에서 죽었다. 집과 모든 부동산 재산은 경매에 넘어갔고 이반 드미트리치는 돈 한 푼 없이 어머니와 함께 살던 집을 나와야 했다.

과거에 아버지가 살아계실 때만 하더라도 그는 페테르부르크에 있는 대학교에 다니면서 한 달 용돈으로 6,70루블씩 받았기 때문에 결핍이라는 것이 무엇인지 전혀 몰랐지만 아버지가 돌아가신 후에는 과거의 풍요롭던 삶을 완전히 잊어야 했다. 이제 그는 아침부터 밤까지 푼돈을 받으며 과외를 하고 필경사로 일을 했지만 번 돈을 전부 식비 명목으로 어머니에게 보냈기 때문에 여전히 허기를 면하기 힘들었다. 유감스럽게도 이반 드미트리치는 이런 생활을 견디지 못하고 절망했으며, 몸도 약해져서 대학교를 자퇴하고 어머니가 계신 집으로 떠났다. 그리곤 어머니 집이 있는 작은 도시에서 지인의 도움을 받아서 학교에 선생 자리를 하나 얻었지만 학교 선생들과 어울리지 못했고 제자들도 그를 싫어해서 얼마 안 가 학교 일도 그만 두었다. 그 무렵에 어머니도 돌아가셨다. 그 후로 반년 정도를 정처 없이 떠돌고 물과 빵으로만 끼니를 때우다가 법원에서 형을 강제 집행하는 일을 하게 되었다. 그는 이 일을 몸이 아파서 그만둘 때까지 했다.

그는 대학 시절부터 단 한 번도 건강한 인상을 풍기지 않았으며, 늘 약해 보였다. 창백하고 말랐으며 감기에도 잘 걸리고, 많이 먹지도 못했고 늘 불면증에 시달렸다. 와인 한 잔만 마셔도 머리가 어지러웠고 히스테리를 부렸다. 사람들을 좋아했지만 신경질적이며 소심한 탓에 그 누구와도 가깝게 지내지 못해서 친구가 없었다. 도시에 사는 사람들에 대해선 무지하고 따분한 그들의 동물적인 삶이 역겹고 혐오스럽다고 비난했다. 그는 테너처럼 고음으로 언성을 높였고, 환희에 차거나 놀랄 때에도 늘 진지했다. 그와 무슨 얘기를 하든지 결론은 늘 똑같았다. 도시에 사는 것은 답답하고 지루하며, 사람들은 고차원적인 것에 관심이 없고 따분하고 무의미한 삶 속에 폭력과 타락과 위선이 난무하며, 비열한 인간들은 호의호식하는데 정직한 사람들은 간신히 끼니를 연명한다는 것이다. 그는 학교가 필요하며, 정직한 기사가 실린 지역 신문, 극장, 문학 작품 낭독 행사와 지식인들의 연합이 있어야 하며, 사회 구성원들이 자신들의 끔찍한 모습을 자각해야 한다고 말했다. 사람들에 대해 말할 때 그는 다른 평가 기준은 배제한 채 흑과 백이라는 대비가 뚜렷한 색으로만 나눠서 이야기했다. 인간의 경우는 두 부류, 즉, 정직한 인간들과 비열한 인간들로만 나뉘며, 중간은 존재하지 않는다는 것이다. 늘 정열적으로 환희에 차서 여자나 사랑에 관해 말했지만, 한 번도 사랑에 빠진 적은 없었다.

극단적이며 신경질적임에도 불구하고 도시 사람들은 그를 좋아했고, 자기들끼리 있을 때면 그를 다정하게 바냐라고 불렀다. 타고난 배려심, 봉사 정신, 고귀함, 도덕적으로 깨끗한 삶, 낡은 프록코트와 병색이 있는 얼굴 외에도 불행한 그의 가족사는 긍정적이고 따뜻한 연민을 불러일으켰다. 게다가 그는 교양 있는 사람이었고, 책도 많이 읽었다. 도시 사람들은 그를 걸어 다니는 백과사전이라고 생각했다.

그는 책을 굉장히 많이 읽었다. 이따금 클럽에 앉아서 신경질적으로 턱수염을 잡아당기며 잡지를 넘기거나 책장을 넘기는 그의 얼굴을 보면 책을 읽는 것이 아니라 거의 씹지도 않고 삼키는 것 같았다. 손에 집히는 것이 무엇이든 간에 탐욕스럽게 읽는 것으로 미루어 볼 때 독서는 그의 병적인 습관 중 하나였다. 작년 신문이나 달력도 예외는 아니었다. 집에 있을 때는 늘 누워서 책을 읽었다.

3

어느 가을 아침에 이반 드미트리치는 외투 깃을 세우고 질퍽거리는 이 골목 저 골목을 철버덕거리며 걷고 있었다. 그는 강제 집행 영장을 집행할 목적으로 어떤 소시민의 집으로 향했다. 그날 아침에도 늘 그렇듯 기분은 우울했다. 그러다가 한 골목에서 그는 손목과 발목에 가쇄를 한 죄수 두 명과 소총으로 무장하고 그들을 호송하는 네 명의 호송병과 마주쳤다. 전에도 이반 드미트리치는 죄수들과 마주치는 일이 잦았으며 그들을 볼 때마다 동정심을 느꼈지만, 이번 만남은 무언가 특별하고 이상한 인상을 주었다. 그는 갑자기 자신도 가쇄를 차고 그들처럼 진흙길을 따라 감옥으로 끌려갈지도 모른다는 생각을 했다. 소시민의 집에 들렀다가 돌아가는 길에 우체국 근처에서 아는 경찰관을 만났는데 경찰관은 그와 인사를 하고 몇 발자국을 함께 걸었고, 그는 무슨 연유인지 이 점이 마음에 걸렸다. 집에 와서도 하루 종일 죄수들과 소총을 든 군인들의 모습이 머릿속에서 떠나지 않았고, 알 수 없는 두려움으로 인해 독서에 집중할 수가 없었다. 그는 경찰이 그를 체포하고 가쇄를 채우고 감옥에 집어넣을지도 모른다는 생각으로 불도 켜지 않은 채 밤을 지새웠다. 사실 그는 어떤 죄도 짓지 않았고, 앞으로도 살인이나 방화나 절도를 결코 하지 않으리라고 장담할 수 있지만, 의지와는 무관하게 우연히 죄를 짓거나 무고로 감옥에 갈 수도 있고, 법원의 실수로 범죄자가 될 수도 있지 않은가? '가난과 감옥은 그 누구도 장담 못한다.'라는 속담을 봐도 그렇다. 게다가 재판 절차를 보면 법원의 오류는 얼마든지 일어날 수 있다. 판사나 경찰, 의사들 같은 타인의 고통과 관련된 일을 하는 사람들은 시간이 지남에 따라 자신의 일에 익숙해지고, 어느새 고객들을 형식적으로 무덤덤하게 대하게 된다. 뒷마당에서 양이나 송아지를 잡고 피를 봐도 눈 하나 깜빡이지 않는 사내들과 다를 바가 없어지는 것이다. 판사가 사람을 아무런 감정 없이 형식적으로 대하게 되면 무고한 사람에게서 모든 권리를 빼앗고 강제 노역을 보내기 위해 필요한 것은 결국 시간뿐이다. 판사가 봉급을 받는 이유가 되는 형식적인 일들을 이행할 시간만 지나면 모든 것이 끝나는 것이다. 그 후에 철도에서 무려 200베르스타나 떨어진 작고 더러운 도시에서 정의나 보호를 찾은들 무슨 소용이 있단 말인가! 그렇다면 온갖 종류의 폭력 행위도 이성적이고 합리적인 필요에 의해 반드시 존재해야 한다고 여겨지고, 무죄 선고 같이 선처하는 행위가 불만 가득한 복수심을 불러일으킨다면 정의에 대해 생각하는 것 자체가 의미가 있을까?

다음날 아침 침대에서 일어났을 때 이반 드리트리치는 이마에 식은땀을 흘렸고, 자신이 곧 체포될 거라 확신하며 공포에 떨었다. 어제 했던 괴로운 생각이 이토록 오랫동안 머릿속에 맴돈다면 그만한 이유가 있을 거라는 생각도 들었다. 아무런 이유 없이 그런 생각이 그의 머릿속에 들어왔을 리가 없지 않은가.

경찰관 한 명이 천천히 창문 옆을 지나쳤는데 이 또한 이유가 있어 보였다. 두 사람이 집 앞에 멈춰서 아무 말도 안 하는 모습도 보았다. 이들은 또 무슨 이유로 침묵하는 것일까?

이반 드미트리치는 밤낮으로 괴로운 날을 보냈다. 그의 집 창문 옆을 지나거나 마당에 들어온 사람들이 전부 스파이나 형사 같았다. 정오에는 늘 그렇듯 지역 경찰 서장이 자기 집이 있는 도시 근교에서 말 두 필이 끄는 마차를 타고 경찰서로 향할 뿐이었는데도 이반 드미트리치는 매번 그의 마차가 지나치게 빨리 지나간다거나 서장의 표정이 평소와 다른 것 같다고 생각했다. 결국 굉장히 중요한 범죄자가 도시에 나타났다는 사실을 서둘러 알리려고 하는 것 같다는 확신을 하게 되는 것이다. 그는 벨 소리나 누군가가 대문을 두드리는 소리가 들릴 때마다 소스라쳤고, 집주인 여자의 집에 온 낯선 사람을 보면 괴로워했으며, 경찰이나 군사 경찰과 마주치면 자신은 그들과 아무런 상관이 없다는 것을 보여주려고 미소를 짓거나 휘파람을 불었다. 그는 자신이 체포될까봐 계속 잠을 못 잤지만 여주인에게 잠든 것처럼 보이도록 큰 소리로 코를 골거나 잠이 든 것처럼 숨을 쉬었다. 만약 잠을 자지 않는다면 양심의 가책에 시달린다는 것이고, 이것이야말로 범죄의 증거가 된다! 논리적으로 생각했을 때 이 모든 공포는 불필요한 정신질환적 증상이며, 체포를 당하거나 감옥에 가는 것도 양심에 거리낄 것만 없다면 전혀 두려워할 일도 아니겠지만, 이성적이며 논리적으로 생각할수록 그의 마음속 불안감은 더 강하고 고통스러워졌다. 이것은 마치 한 은둔자가 개간되지 않은 숲에서 나무를 베어 자기가 있을 곳을 마련하고자 도끼를 휘두르면 휘두를수록 숲이 더 무성해지는 것과 비슷했다. 결국 이반 드미트리치는 고민으로 문제가 해결되지 않는다는 것을 깨닫고 생각을 멈춘 채 절망과 공포에 자신을 온전히 맡기기로 했다.

그는 점점 혼자 있거나 사람들을 피했다. 전부터 싫어하던 출근하는 일은 이젠 참을 수 없는 지경에 이르렀다. 이제 그는 누군가가 그를 곤경에 빠뜨리거나, 모르는 누군가가 그의 주머니에 뇌물을 넣어서 증거로 발견되거나, 그것도 아니면 우연히 공문서 위조로 보일만한 실수를 스스로 저지르거나 타인의 돈을 잃어버릴까 두려웠다. 매일 자유와 명예를 지키기 위한 수천 가지 다양한 상황들을 지어내고 있는 지금의 자신이 그 어느 때보다 유연하고 창의적이라는 사실은 이상했다. 하지만 책에 대한 관심은 현저히 떨어졌으며 기억력이 심하게 감퇴하기 시작했다.

눈이 내린 어느 봄날 묘지 근처에 있는 골짜기에서 반쯤 부패한 시신 두 구가 발견되었다. 노파와 사내아이의 시신이었고, 폭행의 흔적이 있었기 때문에 타살이 의심되는 상황이었다. 도시에서는 온통 이 시신들과 신원을 알 수 없는 살인자들에 관한 이야기뿐이었다. 이반 드미트리치는 살인범이라고 의심받지 않기 위해 길에서 사람들과 마주치면 미소를 지었고, 아는 사람들과 마주치면 얼굴이 창백해졌다가 붉게 변했으며, 무방비 상태의 약자들을 죽이는 행위보다 더 끔찍한 범죄는 없다고 말하기 시작했다. 하지만 가식적인 행동에 지칠

때쯤 잠시 숙고한 끝에 그는 이 상황에서 주인집 음식 창고에 숨는 것이 가장 좋겠다는 결론을 내렸다. 결국 그는 창고에서 하루를 보낸 후 다음 날까지 머물렀고, 너무 추워서 날이 어두워지길 기다렸다가 도둑처럼 몰래 자기 방에 들어갔다. 미동도 하지 않고 귀를 기울인 채 그는 다음 날 아침까지 방 한가운데에 서있었다. 다음 날 새벽에 난로 설치 기술자들이 집주인을 찾아왔다. 이반 드미트리치는 그들이 부엌에 있는 난로를 옮기기 위해서 온 것이라는 것을 잘 알고 있었지만 공포는 그에게 그들이 난로 설치기사로 위장한 경찰관들이라고 속삭였다. 그는 겁에 질려서 모자도 쓰지 않고 프록코트도 걸치지 않은 채로 그 길로 집을 나와 거리를 따라 뛰기 시작했다. 그의 뒤를 개들이 짖으며 쫓았고, 뒤에서 한 사내가 귀가 울리도록 소리를 질렀다 이반 드미트리치는 전 세계의 폭력 세력이 그의 등 뒤에 몰려와 그를 쫓고 있는 것만 같았다.

사람들은 그를 잡아서 집으로 데리고 왔고, 집주인한테는 가서 의사를 데리고 오라고 했다. 나중에 나올 안드레이 예피미치라는 의사는 환자의 이마에 물 묻은 수건을 올리고 체리 월계수액을 처방한 후 우울하게 고개를 저으며 그가 정신질환에 걸려서 더 이상 원래대로 돌아오지 못할 거라고 주인 여자에게 말했다. 집에 머물며 치료할 돈은 없었기 때문에 결국 이반 드미트리치는 병원으로 보내져서 성병 환자들이 있는 병실에 배정되었다. 그는 밤에 잠도 안 자고 고집을 부리며 다른 환자들을 힘들게 했다. 안드레이 예피미치는 얼마 후 그를 6호실로 보냈다.

1년이 지나자 도시 사람들은 이반 드미트리치에 대해 까맣게 잊었고, 집주인이 현관 처마 밑에 아무렇게나 던져둔 그의 책들은 사내 아이들이 다 가져가버렸다.

4

이반 드미트리치 왼쪽에는 내가 이미 말했듯 유대인 모이세이카가 있고, 오른쪽에는 살이 흘러내릴 정도로 뚱뚱하고 몸이 둥글며 멍청하고 맹한 표정의 사내가 있다. 그는 동작이 굼뜨고 식탐이 심하며 잘 씻지도 않는 짐승 같은 사내이며 사고하고 느낄 수 있는 능력을 상실한 지 오래다. 그는 늘 숨쉬기 힘들 정도의 고약한 악취를 풍긴다.

그의 배설물을 치우는 니키타는 주먹으로 있는 힘껏 그를 때린다. 무서운 것은 그를 때린다는 사실 자체가 아니다. 그런 건 익숙해지면 아무렇지도 않기 때문이다. 문제는 그가 바보처럼 소리도 지르지 않고 미동도 없으며, 심지어 눈동자에도 변화가 없고 무거운 오크통처럼 몸이 살짝 흔들리기만 한다는 사실이다.

6호실의 마지막이자 다섯 번째 환자는 언젠가 우체국에서 우편물을 분류하던 소시민이다. 그는 키가 작고 마른 금발머리 사내인데 선하면서 조금은 교활해 보이는 얼굴을 갖고 있다. 맑은 눈망울로 명랑하게 전면을 응시하는 똑똑하고 차분한 눈매를 보면, 어떤 꿍꿍이가 있거나 무언가 굉장히 중요하면서 멋진 비밀을 갖고 있는 것 같다. 그의 베개와 매트리스 밑에는 지금껏 아무한테도 보여주지 않은 무언가가 있는데, 그걸 빼앗기거나 도난당할지도 모른다는 두려움보다는 수줍음때문에 보여주지 않는 것 같다. 이따금 창가로 다가와서 동료들 쪽으로 등을 대고 서서 가슴에 무언가를 달고 고개 숙여 응시하는데, 만약 이때 그에게 다가가면 그는 당황해서 가슴에 달고 있던 무언가를 떼어낼 것이다. 그 비밀이란 것은 어렵지 않게 알아낼 수 있다.

"나를 축하해 줘요."

그는 자주 이반 드미트리치에게 이렇게 말한다.

"스타니슬라프 훈장 2등급을 받게 되었어요. 별 달린 2등급 훈장은 외국인에게만 주는데 무슨 이유인지는 모르겠지만 나한테만 예외적으로 준대요. 솔직히 너무 뜻밖이라!"

그가 이해할 수 없다는 듯 어깨를 들썩이며 웃으면서 말한다.

"나는 그런 쪽은 전혀 모릅니다."

이반 드미트리치가 침울한 표정을 지으면서 말한다.

"제가 언젠가는 이뤄내고 싶은 게 뭔 지 아십니까?"

과거에 우편물을 분리하던 자가 교활하게 실눈을 뜨면서 계속 말한다.

"저는 꼭 스웨덴 북극성 훈장을 받고 말 겁니다. 그런 훈장을 위해선 그에 걸맞은 노력을 해야죠. 흰색 십자가와 검은색 띠가 있는 훈장이죠. 정말 아름답거든요."

이곳 별채처럼 단조로운 삶은 세상 어디에서도 보기 힘들 것이다. 사지에 마비가 온 사람과 뚱뚱한 사내만 빼고 아침이 되면 모든 환자들이 현관 앞 창고에서 양쪽에 손잡이가 달린 물통에 물을 채워서 세수를 하고 가운의 끝자락으로 얼굴을 닦는다. 그런 후에는 니키타가 본관에서 가져오는 차를 주석 컵에 따라서 마신다. 차는 한 잔씩 마실 수 있다. 정오에는 삭힌 양배추를 넣어서 만든 '시'라는 수프와 죽이 나오고 저녁에는 점심때 남은 죽을 먹는다. 끼니 사이에 환자들은 누워있거나 잠을 자거나 창밖을 보고 병실 안을 왔다 갔다 한다. 매일 이런 식의 일과가 반복되는 것이다. 우체국에서 우편물을 분류했던 환자가 늘 훈장 얘기를 하는 것도 똑같다.

6호실에서는 새로운 사람들을 보는 일도 드물다. 의사가 새로운 환자를 안 받은 지도 오래됐고, 정신병동을 방문하는 것을 좋아하는 사람은 많지 않기 때문이다. 두 달에 한 번 꼴로 별채에 이발사 세묜 라자리치란 자가 오긴 한다. 그가 어떻게 정신질환자들의 머리를 깎아주는지, 니키타가 어떤 식으로 그를 도와주는지, 술에 취해 미소 짓는 이발사가 병실에 모습을 드러낼 때마다 환자들이 겪는 공포에 대해서는 말하지 않는 것이 좋겠다.

이발사 외에 이 별채에 잠깐이라도 들르는 사람은 없다. 그러니 환자들이 매일 보는 병실 밖 사람은 니키타가 유일하다.

그건 그렇고 얼마 전부터 병원 내에 상당히 이상한 소문이 돌기 시작했다. 의사가 6호실을 방문하기 시작했다는 소문이었다.

5

정말 이상한 소문이었다!

의사 안드레이 예피미치 라긴은 훌륭한 사람이라고 볼 수 있다. 어릴 때는 신앙심이 두터워서 성직자가 되기 위해 1863년에 김나지움 졸업 후 신학 대학에 입학하려 했다고 한다. 외과 의사였던 그의 아버지는 신랄하게 비웃으며 결사 반대했고, 그가 신부가 된다면 그를 더 이상 아들로 생각하지 않겠다고 말했다고 한다. 사람들의 말이 사실에 얼마나 근접했는지 알 수는 없지만 안드레이 예피미치가 자기 입으로 단 한 번도 의학이나 특정 학문에 관심을 가졌던 적이 없다고 여러 번 인정한 바 있다.

그는 우여곡절 끝에 의대를 졸업했고, 신부가 되기 위해 수도서원을 하지는 않았다. 신심을 드러내지 않았고, 의사 일을 시작하던 시기에도 지금처럼 신심이 있는 사람 같아 보이지는 않았다.

그는 뚱뚱하고 얼굴 선이 거칠며 남자다운 외모를 가졌다. 얼굴이나 턱수염, 곱슬기가 없는 머리카락과 튼튼해 보이지만 굼떠 보이는 체격만 보면 큰길에서 식당을 운영하는 식탐 많고 조심성 없는 고집 센 남자가 연상된다. 험상궂은 얼굴은 파란 혈관으로 뒤덮여 있고, 눈은 작고 코는 빨갛다. 키가 크고 어깨가 넓은 데다 손과 발이 굉장히 커서 주먹에 한 번만 맞아도 즉사할 것 같다. 하지만 그는 실제로는 조심스럽게 조용히 걷고 좁은 복도에서 누군가를 만나면 상대가 지나갈 수 있도록 늘 먼저 멈춰 서는데 예상과 달리 베이스 톤이 아니라 가늘고 부드러운 테너 톤으로 "죄송합니다!"라고 말한다. 그의 목에는 작은 종양이 있어서 풀 먹여 빳빳한 깃이 달린 셔츠 대신 늘 부드러운 캔버스 천이나 캘리코로 된 셔츠만 입고 다닌다. 복장 자체만 보면 의사 같지 않다. 그는 똑같은 옷 두 벌을 10년째 입은 탓에 유대인이 운영하는 옷가게에서 사곤 하는 새 옷도 그가 입으면 오래된 옷처럼 구겨져 보이며, 늘 똑같은 프록코트를 입고 환자를 진료하고 점심을 먹고 초대받은 지인들의 집에 들르는데, 인색해서라기보다는 자신의 겉모습을 단장하는 데에 관심이 전혀 없기 때문이다.

안드레이 예피미치가 근무를 위해 도시에 왔을 때 그가 일할 '자선단체'의 상태는 끔찍했다. 병실과 복도, 병원 마당은 악취로 인해 숨 쉬기도 힘들 정도였다. 병원 남자 직원들과 간병인 그리고 그들의 아이들이 환자들과 같은 병실에서 자고 있었다. 그들은 바퀴벌레와 빈대, 쥐 때문에 살 수가 없다고 불평했다. 외과에서는 다들 단독[5]이라는 질환으로 인해 힘들어하고 있었다. 병원 전체를 통틀어서 수술용 메스는 두 개뿐이고 체온계는 없었으며 욕조에는 감자를 보관하고 있었다. 병원 감독관부터 빨래 담당 직원과 준의사까지 환자들의 물건을 갈취했고, 안드레이 예피미치의 선임 의사는 병원 알코올을 몰래 팔고 간병인과 여성 환자들까지 건드렸다는 소문이 돌았다. 도시 사람들은 이러한 병원 사정을 너무나도 잘 알고 있었고 과장하여 말하면서도 크게 신경쓰지 않았는데, 그들 중 일부는 주어진 환경에 불만을 가질 수 없는 소시민들과 사내들만 병원에 입원하며 그들의 집에서는 주는 대로 먹으라는 식으로 그들을 대하기 때문에 그들이

---

5 피부에 세균이 들어가서 부기와 통증을 일으키는 전염병

병원에서 지내는 것이 집에서 지내는 것보다 훨씬 더 낫다고 생각했다. 현 당국에서 지원을 하지 않으면 도시 재정만으로는 병원을 잘 운영하기가 힘들텐데 이 도시에는 이 정도 병원이라도 있는 것이 어디냐며 변명하듯 자신들의 무관심을 합리화하는 사람들도 있었다. 한편 새로 구성된 현 당국은 도시에 이미 병원이 하나 있다며 도시뿐만 아니라 도시 근교에도 병원을 열어주지 않았다.

병원을 둘러본 후 안드레이 예피미치는 이곳은 부도덕이 만연하며 병원이 지역 주민들의 건강에 굉장히 해롭다는 결론을 내렸다. 이러한 상황에서 내릴 수 있는 가장 현명한 행위는 환자들을 퇴원시키고 병원을 폐원하는 것이다. 하지만 그는 의사 혼자만의 의지로는 힘들고 문제가 해결되지 않을거라 생각했다. 육체적 정신적 더러움은 그곳에서 몰아내어도 다른 곳으로 갈 것이기 때문이다. 그는 문제가 스스로 해결될 때를 기다려야 한다고 판단했다. 게다가 병원의 부조리를 보고도 참는다는 건 사람들이 병원을 필요로 한다는 것이다. 편견과 온갖 종류의 끔찍하고 역겨운 실상 역시 필요하며 시간이 지나면서 이 모든 것들이 체르노젬에 가축 분뇨를 섞을 때처럼 무언가 유익한 것으로 변할지도 모른다. 세상에 존재하는 모든 좋은 것들도 처음에는 늘 끔찍한 형태를 가지고 있기 마련이니까.

안드레이 예피미치도 병원에 부임하고 병원 내에서 일어나는 부조리한 상황들에 상당히 무심한 것처럼 보였다. 다만 그는 병원 남자 직원들과 간병인들에게 병실에서 자지 말아 달라고 부탁하고, 캐비닛 두 개를 갖다 놓고 각종 도구를 넣어 두었다. 감독관과 빨래 담당 직원, 준의사, 단독이라는 급성 질환은 그냥 두었다.

안드레이 예피미치는 지성과 정직함을 무척 좋아하지만 자기 주변의 삶이 그렇게 되도록 하기엔 의지도 약하고 자기 자신이 그럴 자격이 있는지 확신하지 못했다. 그는 누구에게 명령을 내리거나 무언가를 금지하거나 다른 사람에게 무언가 강요하는 것을 전혀 못 하는 사람이었다. 절대로 언성을 높이지 않고 명령법을 사용하지 않겠다고 맹세라도 한 것 같았다. "줘" 라거나 "가져와"라는 말도 하지 못해서 무언가를 먹고 싶으면 소심하게 헛기침을 하며 요리사에게 "차 좀 갖다 주면 좋겠는데요"라거나, "점심을 좀 먹었으면 하는데"라고 말한다. 감독관에게 도둑질을 멈추라고 말하거나 그를 쫓아낼 수도 없지만 불필요하고 기생충 같은 직책을 아예 없앨 능력은 더더욱 안 됐다. 직원들이 안드레이 예피미치를 속이거나 그에게 아첨하거나 명백하게 허위로 작성된 지출내역서를 내밀면 그는 가재처럼 얼굴을 붉히며 죄책감을 느끼지만 결국 지출내역서에 서명하고, 환자들이 그에게 배곯는 상황이나 무례한 간병인들 때문에 힘들다고 하소연하면 당황하고 미안한 듯 이렇게 중얼거린다.

"알았어요, 알았어. 나중에 내가 해결을…. 뭔가 착오가 있나 본데…."

처음에는 안드레이 예피미치도 굉장히 열심히 일했다. 매일 오전에는 환자들을 진료했고, 수술도 하고 심지어 조산사 실습도 했다. 부인들은 그가 섬세하고 병명도 아주 정확하게 맞추며 부인병과 소아 질환을 특히 잘 본다고들 했다. 하지만 시간이 지나자 그는 단조로운 일상으로 인해 따분함을 느꼈고, 열심히 노력해도 결과는 늘 똑같다는 것을 깨달았다. 오늘 30명의 환자를 진료하면 내일은 35

명이 오고, 모레는 40명이 올 수도 있는, 이런 하루가 매년 그리고 매일 똑같이 이어지지만 사망률은 줄지 않고 환자들은 여전히 병원을 찾는다. 오전에 그에게 진찰을 받으러 오는 40명의 환자들 모두를 성실히 치료하는 것은 물리적으로 불가능했기 때문에 어쩔 수 없이 속이게 된다. 결과적으로 1년 동안 진료하는 만 2천 명의 환자들을 속이는 셈이다. 위중한 환자들을 입원시키고 학문이 정한 규칙에 맞춰 그들을 돌보는 것 역시 불가능한데 규칙은 있지만 학문은 없기 때문이다. 철학적으로 생각하지 않고 다른 의사들처럼 철저하게 규칙을 따르려면 우선 청결과 환기창이 확보되어야 하지만, 이곳은 더러우며, 좋은 음식은커녕 썩은 내 나는 양배추가 들어간 수프에 훌륭한 조수가 아닌 도둑놈들만 득실거린다.

게다가 모든 사람이 죽음을 통해 정상적이고 합법적으로 생을 마감한다면 사람들이 죽는 것을 방해할 이유가 무엇이란 말인가? 어떤 장사꾼이나 공무원의 수명을 5년이나 10년쯤 연장시켜 주는 게 무슨 의미가 있단 말인가? 의학의 목적이 약을 이용해서 사람들의 고통을 덜어주는 것이라면 뭐 하러 그런 짓을 하는지 묻고 싶어 진다. 첫째, 고통 덕분에 인간은 완전해지며, 둘째, 인류가 정말로 알약이나 물약으로 고통을 더는 방법을 터득한다면 지금껏 온갖 다양한 고난으로부터 지켜주고 행복을 찾게 해준 종교나 철학을 완전히 버릴 것이다. 죽기 직전에 푸시킨은 엄청나게 고통스러워했고, 불쌍한 하이네도 몸에 마비가 와서 몇 년 동안 누워서 지냈는데 고통이 없었다면 무의미하고 텅 빈 아메바 같은 삶을 살았을 법한 안드레이 예피미치나 마트료나 사비시나 같은 인간이 아프지 말아야 할 이유가 무엇이란 말인가?

이런 생각들에 사로잡힌 안드레이 예피미치는 의욕을 상실했고, 더 이상 병원에 매일 오지 않았다.

6

그의 하루 일과는 보통 이렇다. 아침 여덟 시에 일어나서 옷을 입고 차를 마신다. 그런 후에 자기 서재에 앉아서 책을 읽거나 병원에 출근한다. 병원에 도착하면 외래 환자들이 좁고 어두운 복도에 있는 의자에 앉아서 진료를 기다린다. 사내들과 간병인들이 벽돌로 만든 복도 바닥을 부츠를 신고 뛰어가며 비쩍 마른 환자들이 가운을 입고 지나가고, 병원 직원들이 시체와 더러운 그릇을 나르는가 하면, 아이들은 울고 틈새바람이 분다. 안드레이 예피미치는 오한이 있거나 결핵 환자들을 포함한 예후가 좋지 않은 환자들에게 이런 환경은 고통스럽다는 것을 알지만 달리 방도가 있는가? 한편 그의 진료를 돕는 준의사 세르게이 세르게이치가 진료실에서 그를 기다리고 있었다. 그는 키가 작고 뚱뚱하며 면도를 한 데다 깨끗하게 세수한 통통한 얼굴에 동작은 부드럽고 여유가 있으며, 새로 산 품이 넓은 양복을 입고 있어서 준의사보다는 상원 의원처럼 보였다. 그는 수많은 환자를 진료했고, 하얀 넥타이를 매고 다니며, 환자를 진료한 경험이 전무한 의사보다 자기 실력이 더 낫다고 생각한다. 진료실 한쪽 구석에는 무거운 등잔이 달린 성상갑 안에 든 대형 이콘이 있고, 그 앞에는 백색 보로 덮은 커다란 촛대가 있는데 있는데, 벽에는 주교들의 초상화들과, 스뱌토고르스키 수도원의 풍경화 그리고 건조된 센토레아로 만든 화환들이 걸려있다. 세르게이 세르게이치는 하느님을 믿으며 웅장하고 화려한 것을 좋아한다. 이콘은 그가 사비로 사서 세워 둔 것이고, 매주 일요일마다 진료실에서는 그의 지시에 따라 환자 중 한 명이 소리를 내어 기립찬양을 봉독했고, 봉독 후에는 세르게이 세르게이치가 향로를 든 채 모든 병실을 돌아다니면서 향을 피웠다.

환자는 많고 시간은 없기 때문에 진료할 때 짧은 질문을 한 후에 환자는 휘발성이 있는 연고나 피마자유 같은 것을 받는다. 이때 안드레이 예피미치는 주먹으로 한쪽 볼을 괴고 사색에 잠겨서 기계적으로 질문을 한다. 세르게이 세르게이치 역시 앉아서 양 손을 문지르고 이따금 끼어든다.

그가 말한다.

“아프고 궁핍한 것은 자비로운 하느님께 기도를 잘 안 해서죠. 그렇죠?”

진료를 하는 동안 안드레이 예피미치는 그 어떤 수술도 하지 않는다. 수술을 하지 않은지 오래되기도 했고 피를 보는 것이 힘들었기 때문이다. 그런 그가 아이의 입 속을 보기 위해 입을 크게 벌려야 할 때면 아이는 소리를 지르고 두 팔로 저항하기 일쑤이다. 그러면 귀가 울리고 현기증이 나며 눈물이 고인다. 그는 서둘러 약을 처방하고 아이 엄마에게 어서 아이를 데리고 나가라는 뜻으로 두 팔을 내젓는다.

환자들의 소심함과 멍청함, 훌륭한 세르게이 세르게이치의 친근함, 그리고 벽에 걸린 초상화들과 그가 벌써 20년 이상 변함없이 던지는 질문들 때문에 그는 금세 권태를 느낀다. 그래서 대여섯명의 환자를 진료하곤 진료실을 나간다. 나머지 환자는 준의사 혼자서 진료한다.

왕진은 안 다닌지 오래됐고, 그를 힘들게 하는 사람도 없다는 기분 좋은 생각을 하면서 안드레이 예피미치는 귀가하자마자 서재 책상 앞에 앉아 책을 읽기 시작한다. 그는 책을 아주 많이 읽기도 하지만 책 읽는 것을 굉장히 좋아한다. 월급의 절반은 도서를 구매하는데 쓰며 그의 집에 있는 여섯개의 방 중 세개의 방에는 책과 오래된 잡지가 쌓여 있다. 그중에서도 그는 역사와 철학 관련 서적을 좋아한다. 의학 관련해서는 '의사'라는 잡지만 구독하는데 이 잡지를 그는 늘 끝에서부터 읽는다. 책을 한 번 읽기 시작하면 몇 시간씩 쉬지 않고 읽지만 지치지 않는다. 이반 드미트리치가 한때 그랬던 것처럼 빨리 열정적으로 읽는 것이 아니라 천천히 의미를 생각하면서 마음에 들거나 이해가 안 가는 부분이 나오면 책장을 넘기지 않고 머문다. 책 옆에는 늘 물이 든 카라페[6]와 소금에 절인 오이나 사과 절임이 접시에 담기지 않은 채로 책상을 덮는 브로드클로스 바로 위에 놓여있다. 그는 30분마다 책에서 눈을 떼지 않고 술잔에 보드카를 따라 마시고 그런 후에는 여전히 책을 보면서 손으로 더듬어 오이를

6 식탁, 침실, 연단에 두는 유리 물병이다.

찾아 한 입 베어 문다.

세 시가 되면 그는 조심스럽게 부엌문으로 다가가서 헛기침을 하고 말한다.

"다류시카, 점심은 어떻게 해야 하나…."

맛도 형편없고 지저분하게 차려진 점심 식사를 끝낸 후 안드레이 예피미치는 팔짱을 끼고 자기 집에 있는 이 방 저 방을 옮겨 다니면서 사색에 잠긴다. 괘종시계가 네 시를 알리고 다섯 시를 알려도 여전히 방을 옮겨 다니며 생각한다. 이따금 부엌 문이 삐거덕거리고 부엌에서 잠이 덜 깬 다류시카가 문을 빼꼼 열고 홍조 띤 얼굴을 내민다. 그리곤 걱정 섞인 투로 묻는다.

"안드레이 예피미치, 혹시 맥주 마실 시간 안 되셨나요?"

그러면 그가 대답한다.

"아니, 아직 아니야…. 조금 있다가…. 조금만 더 있다가…."

저녁 무렵에는 보통 우체국장인 미하일 아베리야니치씨가 그의 집에 오는데 그는 도시 전체를 통틀어서 의사와 유일하게 마음이 맞는 사람이다. 미하일 아베리야니치는 과거에 굉장히 부유한 지주이자 기병이었지만 파산하고 돈이 떨어지자 노년에 우체국에서 일하기 시작했다. 그는 씩씩하고 건강하며, 흰색의 멋진 구레나룻을 기르고 있고, 가정교육을 잘 받아서 매너가 좋은데다 목소리는 크고 듣기 좋았다. 그는 선하고 감성적이지만 다혈질이다. 우체국에 온 손님 중 누군가가 항의를 하거나 반대하거나 자기 의견을 얘기하려고만 해도 얼굴을 붉히고 온몸을 떨며 천둥처럼 큰 소리로 "입 다물어!"라고 소리지르기 때문에 우체국에 가면 행동을 조심해야 한다는 소문이 났을 정도이다. 그는 교양 있고 고귀한 성품의 안드레이 예피미치를 존경하고 좋아하지만 도시에 사는 다른 사람들은 마치 자기 부하 직원 다루듯 하대한다.

그가 서재에 들어오면서 말한다.

"제가 왔습니다! 안녕하세요, 존경하는 선생님! 설마 저에게 질린 건 아니죠?"

"그럴 리가요, 너무 반갑습니다. 선생님은 언제 봬도 좋아요."

의사가 그에게 대답한다.

두 친구는 서재 소파에 앉아서 잠시 말없이 담배를 피운다.

"다류시카, 우리 맥주 좀 갖다 주면 좋겠는데!"

안드레이 예피미치가 말한다.

첫 번째 병을 따고도 말없이 맥주를 마시는데 의사는 사색에 잠겨 있고, 미하일 아베리야니치는 무언가 굉장히 재미있는 이야깃거리를 갖고 있는 사람처럼 생기 있고 명랑한 표정을 짓고 있다. 이럴 때면 늘 의사가 먼저 침묵을 깨고 대화를 시작한다.

"아주 유감이에요."

그는 천천히 작은 목소리로 고개를 가로저으며 상대방의 눈을 보지도 않고 (그는 상대방의 눈을 보는 법이 없다) 말한다.

"존경하는 미하일 아베리야니치, 우리 도시에 깊이 있고 재미있는 대화를 할 줄 알고 좋아하는 사람이 전혀 없다는 사실이 전 너무 애석해요. 엄청난 손실이죠. 지성인들조차 저속한 사람들과 다르지 않고 그들의 지식수준은 하층민과 거의 비슷하다니까요."

"전적으로 옳은 말씀이죠. 나도 동의합니다."

"선생님도 아시다시피"

의사는 조용히 문장을 끊어서 계속 말한다.

"인간 이성의 고차원적인 출현이 없다면 모든 것은 하찮고 지루하죠. 이성은 동물과 사람을 구별하는 확실한 기준이고 인간에게 신성이 있다는 증거고 심지어 이 세상에 존재하지 않는 영생을 일부 대신하기도 합니다. 따라서 이성은 인생에서 유일한 행복의 원천이라고 볼 수 있겠죠. 하지만 우리는 주변에서 이성을 보지도 듣지도 못하기 때문에 우리 삶에는 행복감이 결여돼 있어요. 책이 있긴 하지만 책이 직접적인 교재와 대화를 대신할 수는 없잖아요. 비유가 적절한지는 모르겠지만, 책이 악보라면 대화는 노래겠죠."

"전적으로 동의합니다."

그리고 잠시 침묵이 흐른다. 이때 다류시카가 부엌에서 나와서 턱을 주먹으로 괴고는 슬픈 듯 멍청한 표정을 지으며 그들의 대화를 듣기 위해 문지방에 멈춰 서있다.

"에휴! 요즘 사람들이 이성을 갖고 있다면 좋겠는데 말입니다."

미하일 아베리야니치가 한숨을 쉬면서 말한다.

그리고 그는 과거에는 얼마나 멋지고 즐겁고 흥미로운 삶을 살았는지, 과거에는 인텔리겐치아들이 얼마나 똑똑했으며, 그들이 정직함과 우정이란 개념을 얼마나 높이 평가했는지 이야기한다. 약속 어음 없이도 돈을 빌려주었고 도움을 필요로 하는 사람에게 팔을 뻗어 도와주지 않는 것을 수치스럽게 생각하던 시절이 있었다는 둥, 원정과 모험, 전투도 지금과 달랐고, 남자들과 여자들도 지금과 너무 달랐다고도 했다. 캅카스는 또 얼마나 멋진 곳이었는지! 한 보병대 지휘관의 부인은 이상한 여자였는데 장교복을 입고 겁도 없이 혼자서 저녁마다 산에 갔다는 둥, 캅카스 마을에 있는 어떤 공후와 눈이 맞았다는 소문 얘기도 했다.

"오, 맙소사!"

다류시카가 한숨을 쉬면서 말한다.

"술은 또 얼마나 마셨다고요! 음식은 또 어땠고요! 자유주의자들은 또 얼마나 끔찍했다고요!"

안드레이 예피미치는 그의 말을 듣는 둥 마는 둥 하며 머릿속으로 딴생각을 하며 맥주를 홀짝거렸다.

"나는 똑똑한 사람들과 대화를 나누는 꿈을 자주 꿉니다."

그가 미하일 아베리야니치의 말을 중간에 끊고 말한다.

"제 아버지는 제가 훌륭한 교육을 받을 수 있도록 해주셨고 60년대 사상의 영향으로 나에게 의사가 되라고 강요하셨어요. 그때 아버지 말씀을 안 들었다면 지금쯤 나는 지식인 운동을 열정적으로 하고 있었을 겁니다. 아마도 대학의 학부에서 한 자리 정도는 차지했을 거예요. 물론 이성 역시 영원하지 않고 오래가지 않겠지만 제가 왜 이성에 연연하는지 이해하실 겁니다. 인생은 덫과 같아요. 생각하는 사람이 성인이 돼서 인지 능력 역시 무르익게 되면 그는 자기도 모르는 새에 자신이 출구도 없는 덫에 걸려든 것 같은 기분을 느끼게 되죠. 실제로 그의 의지에 반하여 우연히 죽을 고비를 넘기고 살게 되는데…. 그의 삶의 목적은 무엇일까요? 자기 존재의 의미와 목적을 알고 싶어 하면 대답을 듣지 못하거나 그가 알고 싶은 것과 전혀 다른 대답을 듣게 됩니다. 그러니까 그가 문을 두드리면 문이 열리는 것이 아니라 그의 의지에 반하여 죽음이 그를 찾아오죠. 감옥에 있는 사람들은 하나같이 불행하지만 함께 모여 있을 때는 편안함을 느낍니다. 인생 역시 마찬가지라 분석하고 결론을 내리거나 함께 만나서 중요하고 자유로운 생각을 나누며 함께 시간을 보낼 때는 덫을 신경쓰지 않게 됩니다. 이런 의미에서 이성은 대체가 불가능할 만큼 소중한 것이겠죠."

"전적으로 옳은 말씀입니다."

안드레이 예피미치는 상대방의 눈을 보지 않고 조용히 휴지를 두며 똑똑한 사람들이나 그들과의 대화에 대해 계속 말하고 미하일 아베리야니치는 그의 말을 경청하며 "전적으로 옳은 말씀입니다"라며 그의 말에 공감한다.

"선생님은 혹시 영생을 믿으십니까?"

우체국장이 갑자기 그에게 묻는다.

"아니요, 존경하는 미하일 아베리야니치 국장님, 전 영생을 믿지 않고 믿을 근거도 없다고 생각합니다."

"솔직히는 나도 의심스럽긴 마찬가지입니다. 그런데도 나는 절대로 안 죽을 것 같다는 생각이 든단 말입니다. '이런, 내가 빨리 죽어야지!'라고 생각할라치면 마음속에서 어떤 목소리가 '믿지 마, 넌 안 죽을 거야!'라고 속삭인단 말이죠…."

저녁 아홉 시가 넘어서야 미하일 아베리야니치는 그 집을 나온다. 현관에서 그는 모피 코트를 입으면서 한숨을 섞어 말한다.

"그나저나 하늘도 무심하시지, 어떻게 우리를 이런 벽촌에 처박아 놓을 수가 있느냐 말입니까? 가장 화가 나는 건 결국 이곳에서 죽음을 맞이하게 될 거란 사실이죠. 에휴…!"

7

지인을 배웅한 후 안드레이 예피미치는 책상 앞에 앉아서 다시 책을 읽기 시작한다. 밤은 고요했고, 방해하는 그 어떤 소리도 없으며, 독서에 열중하는 동안에는 시간이 멈춘 것 같다. 이 순간만큼은 책과 초록색 갓이 달린 램프만 존재하는 듯하다. 얼굴 선이 거칠어 남자답게 생긴 의사의 얼굴은 서서히 사랑스러운 인간 이성의 활동으로 인해 환희에 찬 미소를 지으며 생기를 띤다. 그는 생각한다. 아, 인간은 왜 영생하지 못할까? 뇌와 뇌이랑은 왜 필요하며, 시력과, 언어, 감각, 천재성은 왜 필요하지? 결국 이 모든 것은 흙으로 돌아가서 지구의 지각과 함께 차가워지고 그다음에는 수백만 년 동안 아무 의미도 목적도 없이 태양 주위를 지구와 함께 돌게 될 텐데. 차갑게 식은 육체가 지구와 함께 태양 주위를 공전하도록 하기 위해 거의 신의 이성에 가까울 정도로 고차원적인 이성을 가진 인간을 무(無)에서 끌어낸 후에 조롱하듯이 다시 흙으로 돌아가게 만들 필요는 없지 않나?

물질의 순환! 하지만 이 말로 영생을 대체할 수 있다고 위로하는 것은 얼마나 비겁한가! 자연 속에서 무의식 중에 발생하는 과정들은 인간이 저지르는 어리석은 행위보다 더 저급하다. 인간의 어리석은 행위에는 자기 의지와 의식이라는 것이 있지만 자연 속에서 발생하는 과정 속에는 아무것도 없기 때문이다. 죽기 직전에 자신의 몸이 시간이 지나면 풀과 바위, 그리고 두꺼비 등의 몸속에서 남아서 살게 될 거라고 스스로를 위로하는 자는 자존감보다 공포를 더 많이 갖고 있는 겁쟁이일 따름이다. 물질대사에서 자신의 영생을 보는 것은 마치 부서져서 더 이상 쓸모없게 된 바이올린 케이스의 밝은 미래를 예언하는 것만큼이나 기이하다.

괘종시계가 시간을 알리자 안드레이 예피미치는 소파 등받이에 허리를 젖히고 잠시 생각할 요량으로 눈을 감는다. 그리고 우연히 책에서 알게 된 멋진 지식을 바탕으로 자신의 과거와 현재에 대해 생각하기 시작한다. 과거는 끔찍해서 떠올리지 않는 편이 낫다. 현재 역시 과거와 마찬가지이다. 그의 생각이 태양 주위에서 차갑게 식은 땅과 함께 유영하는 동안 그의 아파트 주위나 병원의 본관 건물에 있는 사람들은 질병에 걸려서 힘들어하거나 씻지 못해 괴로워하고, 잠 못 이루며 해충을 박멸하려고 애쓰는가 하면, 단독에 걸렸거나 붕대를 너무 세게 감아서 신음할 수도 있다. 물론 간병인들과 카드놀이를 하거나 보드카를 마시는 환자도 있을 수 있다. 해마다 만 2천 명이 속고, 병원 상황은 20년 전이나 지금이나 똑같아서 도둑질, 말다툼, 헛소문, 낙하산 인사와 자격도 없는 자가 의료 행위를 하고 있다. 병원은 여전히 부도덕하고 지역 주민들의 건강에 엄청난 해를 끼치고 있다. 그는 6호실 안에서 니키타가 환자들을 구타하고 모이세이카가 매일 병원에서 나와서 도시를 돌아다니면서 구걸을 한다는 것을 알고 있다.

또한 그는 지난 25년 동안 의학계에는 엄청난 변화가 있었다는 것 역시 너무나 잘 알고 있었다. 그가 대학교에 다닐 때는 머지않아 연금술이나 형이상학 분야에서 의학을 연구할 것 같았지만 밤마다 책을 읽는 지금 의학은 그의 마음을 움직이고 놀라움을 넘어선 환희가 차오르게 만든다. 이것은 실로 혁명에 가까운 엄청난 발전이다. 소독약 덕분에, 저 위대한 피로고프[7]가 미래에도 못 할 것으로 생각했던 수술을 하고 있다. 지방 자치회에 속한 의사가 무릎 관절 절단 수술을 하고 개복술을 하면 백 명 중 한 명 꼴로 죽고 담석은 대수롭지 않게 생각되고 그것에 대한 내용은 신문에 나오지도 않는다. 매독은 완치가 가능하다. 염색체설, 최면술, 로베르트 코흐와 파스퇴르의 발견, 보건 통계학이 발전하는 동안 러시아 지방자치회의 의학은 어떠한가? 정신과의 경우 질병 분류나 진단 및 치료 방법이 과거와 비교하면 눈부신 발전을 이뤘다. 이제는 정신질환자들의 머리에 찬물을 붓지도 않고 강압복을 입히지도 않으며 정신 병원 내에서도 그들을 인격적으로 대해 그들을 위해 연극도 하고 무도회를 연다는 신문 기사가 있을 정도이다. 안드레이 예피미치는 6호실과 같은 병실은 너무 끔찍해서 철도에서 200베르스타는 떨어져 있는 작은 도시에서나 가능하다는 것을 알고 있다. 시장을 비롯한 모든 지방자치회 회원들이 문맹에 가까운 소시민들이어서 의사를 이교도 제사장 정도로 생각해 주석을 녹여 그들의 목에 붓는다 해도 아무런 비판 없이 그대로 받아들이는 그런 도시 말이다. 다른 도시였다면 바스티유

---

7 니콜라이 이바노비치 피로고프 (1844-1930): 제정 러시아 시대에 명성을 떨친 뛰어난 외과 의사

감옥의 축소판과 같은 이런 곳을 사람들과 신문이 이미 오래전에 절단냈을 테지만 말이다.

'그래서? 결론이 무엇인가?'

안드레이 예피미치는 눈을 뜨며 스스로에게 묻는다.

'소독약, 코흐, 파스퇴르가 있다 해도 일의 본질은 전혀 달라지지 않았어. 발병률과 사망률은 예나 지금이나 똑같지. 정신질환자들을 위해 무도회도 열어주고 연극도 상연한다지만 그들은 여전히 병원에 갇혀 있어. 그러니까 이 모든 것은 무의미하고 조건이 더 나은 오스트리아 빈의 정신병원과 내가 근무하는 병원은 본질적으로는 같은 거야.'

슬픔과 질투심에 가까운 감정 때문에 차분하게 생각하기 힘들다. 피로 때문인지도 모른다. 무거운 머리가 떨궈져서 팔을 책상 위에 얹고 그 위에 얼굴을 대고 엎드리고는 생각에 잠긴다.

'나는 해로운 일을 하고 사람들을 속이면서 월급을 받고 있으니 정직하지 않지. 하지만 나 자신은 아무런 힘이 없고 불필요한 사회악의 작은 입자에 불과해. 다른 모든 공무원들도 해롭고 별로 하는 일도 없이 월급을 받고 있어. 그렇다면 내가 정직하지 않은 잘못은 나에게 있는 것이 아니라 이 시대에 있는 것이군…. 내가 만약 200년만 더 늦게 태어났어도 나는 지금의 나와는 다른 사람이었을 텐데.'

괘종시계가 세 시를 알리자, 그는 램프를 끄고 침실로 간다. 하지만 그대로 자고 싶지는 않다.

8

2년 전쯤 지방자치회는 지방자치회 병원이 개원하기 전까지 도시 병원에 있는 병원 직원 수를 늘릴 요량으로 매년 300루블이라는 큰 돈을 보조금으로 지급하기로 결정했고, 안드레이 예피미치와 함께 일할 의사 예브게니 표도리치 호보토프도 배정해 주었다. 이 사람은 서른 살도 채 안된 젊은 의사였는데 장신의 흑발인데다 넓은 광대뼈와 작은 눈의 외모 때문에 외국인 선조를 둔 것처럼 보였다. 그는 돈 한 푼 없이 작은 여행가방 하나만 들고 하녀라고 소개한 젊지만 예쁘지 않은 여자와 함께 도시에 왔다. 여자는 젖먹이 아이를 데리고 있었다. 예브게니 표도리치는 챙이 달린 모자를 쓰고 롱부츠를 신고 다니는데 겨울에는 허리까지 오는 털코트를 입고 다닌다. 그는 준의사인 세르게이 세르게예비치와 회계 담당자와는 친해졌지만 다른 공무원들은 무슨 이유에서인지 그를 귀족이라 부르며 거리를 두고 있다. 그의 집 전체를 통틀어서 책은 한 권 밖에 없는데 책 제목은 『1881년 빈 병원의 최신 처방전들』이다. 병원에 갈 때는 늘 이 책도 지참한다. 저녁마다 클럽에 가서 당구는 치지만, 카드놀이는 싫어한다. 게다가 그는 대화를 할 때 '따분해'라거나 '지나치게 감성적이라니까', 혹은 '눈속임이지' 같은 표현을 즐겨 사용한다.

병원에는 일주일에 두어 번 가서 회진을 돌고 환자들을 진료한다. 소독약이 전혀 없는 상황이나 부황기들의 상태를 보면 화가 나지만, 안드레이 예피미치의 기분을 상하게 하기 싫어서 이런 상황을 애써 바꾸려 하지 않는다. 그는 자신의 동료인 안드레이 예피미치를 늙고 교활한 사기꾼이라 여기며 한편으로는 그가 부유할거라 생각하면서 남몰래 그를 부러워한다. 그는 기회만 생긴다면 기꺼이 안드레이 예피미치의 자리를 차지할 것이다.

9

3월 말 어느 봄밤에 땅을 덮었던 눈도 녹고 병원 정원에서 찌르레기가 노래할 때 의사는 자신의 벗인 우체국장을 배웅하기 위해 병원 밖으로 나왔다. 마침 이때 유대인 모이세이카가 병원 밖에서 구걸을 하다가 병원 마당으로 들어오고 있었다. 모자도 쓰지 않고 맨발에 덧신만 신고 양손에는 구걸해서 얻은 것들이 들어있는 자그마한 주머니를 들고 있었다.

"1코페이카만 줘!"

그는 추워서 몸을 덜덜 떨면서도 미소를 지은 채 의사에게 말했다.

살면서 거절이라는 것을 단 한 번도 한 적이 없는 안드레이 예피미치는 그에게 10코페이카 동전을 줬다.

그리고 복사뼈가 빨갛게 변한 그의 맨발을 보며 생각했다.

'정말 끔찍하군. 발이 젖었잖아.'

연민과 혐오감 비슷한 감정을 동시에 느끼면서 그는 유대인의 벗어진 이마와 복사뼈를 번갈아 보며 그를 따라 별채로 향했다.

의사가 별채에 들어서자 쓰레기 더미 위에 앉아있던 니키타가 벌떡 일어나서 몸을 꼿꼿하게 폈다.

"안녕하세요, 니키타."

그런 그에게 안드레이 예피미치가 부드러운 목소리로 말했다.

"이 유대인이 이렇게 다니다간 감기에 걸릴 것 같아서 부츠를 좀 줬으면 하는데."

"네, 선생님, 그렇게 하겠습니다. 병원 감독관에게 보고하도록 하겠습니다."

"그렇게 해주세요. 부탁 좀 할게요. 제가 부탁한 거라고 말해주세요."

현관 쪽에 있는 창고와 연결된 병실 문이 열렸다. 이반 드미트리치는 침대에 누운 채로 팔꿈치를 괴고 몸을 조금 일으키고는 두려운 마음으로 그들의 목소리에 귀를 기울이다가 갑자기 의사를 알아봤다. 그 즉시 자기 화에 못 이겨 몸을 부르르 떨고는 자리에서 벌떡 일어나더니 울그락불그락 달아오른 얼굴에 눈을 동그랗게 뜨고는 병실 한가운데로 뛰어나갔다.

"의사 선생님이 오셨군요!"

그는 큰 소리로 이렇게 말하곤 웃기 시작했다.

"드디어! 여러분, 의사 선생님이 친히 우리를 방문해 주셨어요! 망할 의사 놈!"

그는 극도로 흥분해서 소리를 지르며 발을 굴렀는데 지금껏 그 누구도 병실에서 하지 않은 행동이었다.

"망할 의사 놈을 죽여야 해! 아니, 그걸론 부족하지! 변소에 빠져 죽게 해야 해!"

이 말을 들은 안드레이 예피미치는 병실 안으로 고개를 빼꼼히 내밀고 조심스럽게 물었다.

"내가 뭘 잘못했나요?"

"뭘 잘못했냐고요?"

이반 드미트리치는 험상궂은 표정을 지으며 그에게 다가가면서 신경질적으로 가운 매무새를 고치면서 소리를 질렀다.

"뭘 잘못했냐고 했죠? 도둑! 돌팔이! 망나니!"

그는 혐오감을 숨기지 않으며 마치 침이라도 뱉으려는 듯이 입술을 벌리곤 말했다.

"진정하세요."

안드레이 예피미치는 겸연쩍은 미소를 지으며 말했다.

"나는 남의 물건을 훔친 적이 없습니다. 아무래도 지나친 일반화를 하시는 것이 아닌가 싶습니다. 나한테 화가 나신 것 같은데. 진정하시고 차분하게 말씀하시면 좋겠습니다. 나한테 왜 화가 나신 걸까요?"

"선생님은 왜 나를 여기에 가두시는 겁니까?"

"아프시니까요."

"네, 아픈 건 맞습니다. 하지만 선생님이 무지해서 건강한 사람과 아픈 사람을 구별하지 못하는 바람에 수십, 수백 명의 정신질환자들은 버젓이 거리를 활보하고 다닙니다. 그런데 왜 나와 여기 있는 불쌍한 사람들은 모두를 대신하는 희생양처럼 이곳에 있어야 하죠? 선생님과 준의사, 그리고 감독관과 이곳에서 근무하는 모든 인간들은 쓰레기 같아서 도덕적인 측면에서 보면 우리보다 현저하게 질이 떨어지는데 왜 우리는 병원에 있고 당신들은 자유롭죠? 이게 과연 논리적으로 납득이 되는 상황인가요?"

"도덕과 논리는 별개의 문제예요. 이 모든 것은 우연의 일치일 뿐이죠. 입원한 사람은 병원에 있는 것이고, 입원을 안 시켰다면 자유로이 거리를 활보하는 것뿐입니다. 나는 의사이고, 당신은 환자인 것 역시 도덕이나 논리와 아무런 연관이 없고, 우연의 일치일 뿐이예요."

"쓸데없는 소리 그만하시고요…."

이반 드미트리치는 우물거리듯 말하고는 자기 침대에 앉았다.

한편 니키타가 의사 때문에 모이세이카를 수색하기 불편해하는 사이, 그는 자기 침대 위에 빵 조각과 종이, 뼈다귀들을 펼쳐 놓고 여전히 추위에 떨며 무언가 빠른 속도로 노래하듯 히브리어로 말하기 시작했다. 자기가 작은 가게를 열었다고 상상하는 것 같았다.

"나를 풀어줘요."

이반 드미트리치가 떨리는 목소리로 말했다.

"그럴 수 없습니다."

"왜죠? 왜 안된다는 거죠?"

"내 권한 밖이기 때문이죠. 그리고 내가 당신을 풀어주면 당신한테 어떤 이득이 있는지 한 번 생각해 보십시오. 당신이 병원 밖으로 나간다 해도 주민이나 경찰이 당신을 잡아서 다시 병원으로 데리고 올 겁니다."

"네, 네, 그렇죠…."

이반 드미트리치는 이 말을 하고 이마를 문질렀다.

"끔찍해요! 난 어쩌면 좋을까요? 방법이 없을까요?"

안드레이 예피미치는 이반 드미트리치의 목소리와 인상을 쓰고 있는 똑똑한 그의 얼굴이 마음에 들었다. 그는 다정한 말로 젊은이를 위로하고 싶었다. 의사는 그의 옆에 앉아서 잠시 생각한 후에 말했다.

"할 수 있는 일이 뭐냐고 물었죠? 지금 당신 상황에서 가장 좋은 해결책은 이곳에서 도망치는 겁니다. 하지만 그런다고 해도 해결될 문제는 아니죠. 잡힐 테니까요. 사회가 범죄자나 정신질환자를 포함하여 같이 있기 불편한 사람들을 사회로부터 격리시키기로 마음먹으면 벗어날 방법이 없어요. 그러니 당신은 이곳에 반드시 있어야 하는 사람이라는 생각을 하며 진정하는 수밖에 없겠죠."

"이곳에 반드시 있어야 할 사람이란 없어요."

"감옥이나 정신병원이 존재한다면 누군가는 그곳에 수감되거나 입원해야 해요. 당신이 아니면 내가, 내가 아니라면 또 다른 누군가가 들어가야겠죠. 먼 미래에 감옥이나 정신병원이 존재하지 않게 되면 철창도 병원 가운도 없을 테니 그때까지만 기다려요. 그런 날은 언젠간 반드시 올 겁니다."

이반 드미트리치가 조소하며 말했다.

"농담도 잘하시네."

그는 실눈 뜨고 말했다.

"선생님이나 선생님 조수 니키타 같은 사람들은 그런 미래를 기다릴 필요가 없겠지만 자비로운 나으리, 좋은 때는 반드시 올 겁니다! 내 표현이 진부해서 비웃으실 지도 모르지만 새 삶을 알리는 광명이 비출 것이고, 정의가 이기면 우리가 사는 거리에서도 축제가 열리겠죠. 나는 그전에 뒈지겠지만 누군가의 증손자들은 그런 날을 보게 되겠죠. 그들의 밝은 미래를 격하게 환영하며 나 대신 그런 날을 보게 될 그들로 인해 기뻐요, 너무 기뻐! 앞으로 전진하길! 이보게들, 부디 성공하길!"

이반 드미트리치는 눈을 반짝이며 자리에서 일어났고, 창문을 향해 두 손을 뻗으며 격앙된 목소리로 하던 말을 계속했다.

"이 철창 밖에 있는 여러분을 축복합니다! 정의는 실현될 겁니다! 밝은 미래를 생각하니 기쁘군요!"

"나는 특별히 기뻐할 이유를 모르겠군요."

안드레이 예피미치는 이렇게 말했지만 연극배우의 동작처럼 과장된 이반 드미트리치의 동작은 무척 마음에 들었다.

"감옥이나 정신병원은 사라질지도 모르고 당신 표현대로 정의가 거짓을 이길 수도 있지만, 본질은 변하지 않을 것이며 자연의 법칙 역시 그대로일 겁니다. 미래에도 사람들은 아플 것이며, 늙고 죽을 겁니다. 그 어떤 황홀한 빛이 당신의 삶을 비춘다 하더라도 결국 당신을 관에 넣고 못을 박아 구덩이에 던진다는 사실은 변하지 않아요."

"영생은요?"

"이제 그만하시죠!"

"선생님은 못 믿으실지 몰라도 난 믿어요. 도스토옙스키나 볼테르 중 한 명이 말하길 신이 없다면 사람들이 지어냈을 거라고 했어요. 영생이 없다면 인간의 위대한 이성이 언젠가는 발명할 거라 믿어요."

"좋은 말이군요."

안드레이 예피미치는 흡족한 미소를 지으며 말했다.

"영생을 믿는다는 것은 좋은 일이죠. 그런 믿음을 갖고 있으면 벽 속에 갇혀도 즐겁게 살 수 있으니까. 혹시 공부는 어디에서 하셨나요?"

"실은 대학을 다니긴 했는데 졸업은 못 했어요."

"당신은 논리적인 사고를 할 줄 알고 생각이 깊어요. 어떤 상황에서도 당신은 자기 안에서 평안을 찾을 수 있는 사람이에요. 삶을 이해하고자 자유롭고 깊이 있게 생각하며 세상 사람들이 추구하는 어리석은 것을 완전히 경멸하는 건 인간이 아는 것 중 가장 고차원의 덕목이죠. 당신이라면 삼중 철창에 갇혀 살아도 이러한 덕이 있겠죠. 시노페의 디오게네스는 통 속에 살았지만 이 땅의 그 어떤 왕보다 더 행복했어요."

"선생님의 디오게네스는 바보 멍청이입니다."

이반 드미트리치가 풀죽은 목소리로 말했다.

"디오게네스나 삶에 대해 이해는 하고 말씀하시는 겁니까?"

그는 갑자기 화를 내며 자리에서 벌떡 일어났다.

"나는 삶을 단순히 사랑하는 정도에 그치지 않고 열정적으로 사랑해요! 나는 피해망상이 있어서 늘 고통스러운 공포에 시달리지만 살고 싶은 강렬한 욕구가 생기는 순간에는 미칠까 봐 두려워요. 살고 싶어서 미치겠단 말입니다!"

그는 흥분해서 병실 안에서 몇 발자국 걷다가 목소리를 낮추고 말했다.

"꿈을 꿀 땐 유령들이 날 찾아와요. 누군가 나를 찾아와 나는 목소리와 음악 소리를 듣고 마치 숲 속이나 바닷가를 산책하는 것 같은 생각이 들죠. 그럴 때면 일상의 고민이나 염려같은 걸 하고 싶어지는 겁니다. 말해줘요. 내가 모르는 새로운 소식은 없는지? 내가 놓친 소식은 없나요?"

이반 드미트리치가 물었다.

"도시에 대해 알고 싶어요? 아니면 이 세상 전반에 걸쳐서 일어나는 일을 알고 싶은 건가요?"

"먼저 도시 얘기를 해줘요, 그런 다음에는 세상에서 일어나는 일에 대해서 이야기해줘요."

"그러죠. 도시는 고통스러울 정도로 권태로워요…. 대화할 사람도 없고 괜찮은 이야기를 해줄 사람도 없어요. 사람들은 늘 똑같아요. 참, 얼마 전에 호보토프라는 젊은 의사가 오긴 했죠."

"그가 온 건 나도 알아요. 성격은 어때요, 무례한가요?"

"네, 교양 있는 사람은 아니에요. 그게 그러니까, 좀 이상해요…. 모든 정황상 우리나라의 대도시들에는 지성이 살아 움직이는데, 그렇다면 거기엔 제대로 된 사람들이 있어야 하지 않나요? 무슨 연유인지 매번 우리 도시에 오는 사람마다 이상한 사람들뿐이에요. 참 딱한 도시죠!"

"네, 딱한 도시죠."

이반 드미트리치가 한숨을 쉬며 웃었다.

"세상 전반은 어때요? 신문과 잡지엔 관련 소식이 있나요?"

병실 안은 벌써 어두워졌다. 의사는 침대에서 일어나서 선 채로 해외와 러시아에서 발간하는 신문과 잡지에 실리는 내용들과 어떤 사상이 유행하는지 등에 대해 이야기하기 시작했다. 이반 드미트리치는 경청하며 질문을 했다. 그러다 갑자기 무언가 끔찍한 것이 떠오른 것처럼 머리를 움켜쥐고는 의사 쪽으로 등을 돌리고 침대에 누웠다.

"왜 그러세요?"

안드레이 예피미치가 물었다.

"난 이제 선생님과 한 마디도 안 할 겁니다!"

이반 드미트리는 퉁명스럽게 말했다.

"날 내버려 두세요!"

"왜 그러시냐니깐요!"

"날 내버려 두라니깐요! 다 부질없단 말입니다!"

안드레이 예피미치는 어깨를 으쓱하고 한숨을 쉬고 병실에서 나갔다. 그리곤 현관을 지나면서 말했다.

"니키타, 여기 좀 치워야겠는데…. 악취 때문에 숨을 쉴 수가 없어!"

"네, 선생님, 여부가 있겠습니까?"

안드레이 예피미치는 집에 가면서 생각했다.

'참 괜찮은 젊은이야! 내가 이곳에 온 이래로 처음으로 대화가 통하는 사람을 만난 것 같아. 그는 비판적 사고를 할 줄 알고 꼭 필요한 것에만 관심을 갖고 있어.'

책을 읽고 잠자리에 들면서도 그는 이반 드미트리치에 대해 생각했고, 다음 날 아침에 일어나서도 어제 똑똑하고 재미있는 대화 상대를 만났다는 사실을 떠올렸으며, 가능한 빨리 그에게 한 번 더 찾아가기로 마음먹었다.

10

이반 드미트리치는 머리를 두 손으로 움켜쥐고 두 다리를 가슴에 붙인 어제와 같은 자세로 누워있었다. 얼굴은 보이지 않았다.

"친구, 안녕하시오! 잠을 못 잤나요?"

안드레이 예피미치가 물었다.

"첫째, 나는 선생님 친구가 아니고요."

이반 드미트리치는 베개에 얼굴을 파묻고 말했다.

"둘째, 지금 헛수고하시는 겁니다. 이렇게 한다고 해도 저는 한 마디도 안 할 거니까요."

"이상하군요…."

안드레이 예피미치는 당혹감을 감추지 않고 중얼거렸다.

"어제 서로 편안하게 대화를 잘하다가 당신은 갑자기 무슨 이유에서인지 화를 내고는 대화를 중단했잖아요. 내가 듣기 거북한 말을 했거나 당신 생각과 상반되는 의견을 말했나 보군요…."

"선생님 말을 믿을 줄 알았나 보죠!"

이반 드미트리치는 몸을 조금 일으키면서 조소와 불안감이 섞인 눈으로 의사를 봤는데 눈이 붉게 충혈되어 있었다.

"다른 곳에서야 스파이 짓을 하든 고문을 하든 내 알바 아니지만 이곳은 건드리지 마시오. 선생님이 이곳에 온 이유를 어제 깨달았으니까."

"별 이상한 상상을 다 하는군요!"

의사가 실소하며 말했다.

"그러니까 내가 스파이라고 생각하는 겁니까?"

"네, 그렇게 생각합니다만…. 나를 시험하려고 의사로 위장한 스파이라도 상관없어요."

"이런, 정말이지 당신은, 이런 표현은 좀 그렇지만, 괴짜군요!"

의사는 침대 옆에 있는 등받이 없는 의자에 앉아서 환자를 나무라듯 고개를 흔들었다.

"당신 말이 맞다고 칩시다. 내가 당신이 하는 말을 꼬투리 잡아서 경찰에 넘기려고 한다 칩시다. 그러면 당신은 체포돼서 재판에 넘겨질 겁니다. 하지만 재판을 받고 감옥에 수감되는 것이 여기있는 것보다 더 끔찍한가요? 유배를 가거나 강제노역을 하는 것이 여기에서 지내는 것보다 더 끔찍하단 말인가요? 난 그렇게 생각하지 않는데…. 그렇다면 두려워할 이유가 없는 것 같은데요?"

의사가 한 이 말이 설득력이 있었는지 이반 드미트리치는 얌전히 자리에 앉았다.

때는 오후 다섯 시였고, 집에 있었다면 안드레이 예피미치는 이 방 저 방을 돌아다니고 다류시카는 그에게 맥주를 마실 때가 되지 않았느냐고 물어봤을 것이다. 바깥 날씨는 구름 한 점 없이 맑았다.

"나는 점심을 먹고 산책을 나왔다가 보시다시피 당신을 보러 들른 겁니다. 밖은 봄이 한창입니다."

의사가 말했다.

"지금이 몇 월이죠? 3월?"

이반 드미트리치가 물었다.

"네, 3월 말입니다."

"마당이 지저분하죠?"

"아니요, 그렇게 지저분하지는 않습니다. 정원에는 벌써 눈이 녹아서 오솔길들이 보이더군요."

"마차를 타고 교외로 나가면 참 좋겠네요."

이반 드미트리치는 마치 잠이 덜 깬 듯 붉게 충혈된 눈을 비비며 말했다.

"그런 후에는 따뜻하고 쾌적한 서재로 돌아오고… 훌륭한 의사한테 가서 두통을 치료해도 좋겠죠…. 인간답게 못 산지 오래됐어요. 이곳은 끔찍해요! 견디기 힘들 만큼 끔찍해요!"

그는 어제 흥분한 후로 피곤한 기색이 역력했고, 생기도 잃었으며 말도 하기 싫어했다. 두 손이 떨렸고 혈색을 보니 심한 두통이 있는 것 같았다.

"따뜻하고 쾌적한 서재는 이 병실과 전혀 다르지 않아요. 사람의 평안과 만족은 밖에 있는 것이 아니라 그의 안에 있는 것이니까요."

안드레이 예피미치가 말했다.

"그게 무슨 뜻이죠?"

"평범한 사람은 좋은 것이나 나쁜 것을 마차나 서재처럼 자기 밖에서 찾기 마련이지만, 지성인은 자기 자신에게서 찾는다는 뜻입니다."

"그런 식의 철학은 이곳 말고 따뜻하고 오렌지 향이 가득한 그리스 같은 나라나 가서 전파하세요. 어제 나와 디오게네스에 대해 말한 사람이 누구인가요? 선생님이 아니던가요?"

"네, 나와 얘기했어요."

"디오게네스에게는 서재도 따뜻한 방도 필요 없었습니다. 그게 없이도 더웠으니까 말입니다. 통 속에 누워서 오렌지나 올리브 열매나 먹으면 되니까요. 그가 만약 러시아에 살았다면 12월이 아니라 5월만 돼도 방에 들어가게 해달라고 졸랐겠죠. 게다가 추워서 몸을 잔뜩 웅크렸을 거고요."

"아니오. 온갖 종류의 통증과 마찬가지로 추위 역시 초월할 수 있어요. 마르쿠스 아우렐리우스는 '통증은 통증에 대한 생생한 생각이니 강한 의지로 이러한 생각을 떨쳐버리고 불평하는 것을 멈추라. 그러면 통증도 사라질 것이다.'라고 말했습니다. 이것은 옳아요. 현자가 아니라 깊이 사유하는 사람만 되어도 일반인과 달리 고통을 멸시해서 늘 현재에 만족하며 그 어떤 상황에도 놀라지 않죠."

"그러니까 괴로워하고, 삶에 불만을 품고 있고, 다른 사람이 비열한 짓을 하면 놀라는 내가 바보란 말이군."

"그런 뜻이 아니죠. 당신이 더 자주 곰곰이 생각하면 당신은 당신을 괴롭히는 외적인 모든 것이 아무 의미 없다는 것을 알게 될 거예요. 삶의 의미를 이해하려고 노력해야해요. 그 안에 진정한 행복이 있으니까요."

"이해라…."

이 말을 하면서 이반 드미트리치는 인상을 찌푸렸다.

"난 내적이니 외적이니 이런 건 잘 몰라요. 내가 아는 건."

그는 일어나면서 의사를 노려보고 말했다.

"신은 나를 피가 끓고 신경이 살아있는 사람으로 창조했다는 겁니다! 그리고 인체 조직은 모든 불편한 자극에 반응을 하도록 돼 있어요. 난 그걸 따르는 것뿐이고요! 아프면 눈물을 흘리고 비명을 지르며 누군가 나에게 비열한 짓을 하면 화를 내고 고약한 짓을 하면 혐오하죠. 내 생각에는 이런 것을 삶이라 부르는 것 같아요. 인체의 기능이 떨어질수록 자극에 덜 민감하고 약하지만 인체의 기능이 향상될수록 현실에 대해 더 수용적이고 활기가 넘치죠. 설마 내가 이걸 모를 거라고 생각했나요? 의사 선생님이 돼서 이렇게 쉬운 것도 모르시다니! 고통을 경멸하고 매사에 만족하며 그 어떤 일을 당해도 놀라지 않기 위해서는 바로 이런 상태에 도달해야 해요."

이 말을 하면서 이반 드미트리치는 뒤룩뒤룩 살찐 뚱뚱한 사내를 가리켰다.

"아니면 그 어떤 자극에도 반응하지 않을 정도로 자신을 단련시키는 것, 즉, 숨이 끊어진 상태에 도달해야 하죠. 미안하지만 난 현자도 철학자도 아니에요."

이반 드미트리치는 화를 숨기지 않은 채 계속 말을 이어갔다.

"그래서 난 선생님 말씀을 이해 못 해요. 그러니 내 의견을 낸다거나 결론을 내릴 주제도 못되고요."

"오히려 그 반대 아닌가요? 당신은 자신의 생각을 논리적으로 아주 잘 표현해요."

"선생님이 지금 모방한 스토아학파 철학자들은 훌륭한 사람들이지만 그들의 가르침은 이미 2천 년 전에 멈춰있고 한 발자국도 전진하지 않았으며 앞으로도 그럴 겁니다. 왜냐하면 그들의 가르침은 실용적이지도 않고 인생에 큰 도움도 되지 않으니까요. 그들의 사상은 평생 공부만 하고 온갖 사상에 탐닉하던 소수만 좋아했고, 대다수는 이해하지 못했죠. 부유함이나 삶의 편리함에 무심하라거나, 고통과 죽음을 경멸하라는 가르침을 대다수의 사람들은 전혀 이해하지 못해요. 왜냐하면 그들은 평생 부유함과 편리함과는 거리가 먼 삶을 살았고, 고통을 경멸하는 것은 그들의 삶 자체를 경멸하라는 소리니까요. 본질적으로 인간의 삶은 허기, 추위, 부당함, 상실과 죽음 직전의 햄릿이 겪은 것과 같은 공포로 이루어져 있죠. 인간은 평생 이런 감정 속에서 살아가죠. 이로 인해 괴로워하거나 그것을 미워하기도 하지만 경멸할 수는 없어요. 다시 한번 말씀드리지만 스토아학파 학자들의 가르침에는 미래가 있을 수 없고 보시다시피 사람들은 세기가 시작한 시점부터 지금까지 통증에 맞서 싸우고 느끼며 자극에 반응하는 능력을 발전시켜오고 있습니다만…."

이반 드미트리치는 갑자기 사고의 흐름을 상실해서 하던 말을 멈추고 이마를 신경질적으로 문질렀다.

"무언가 중요한 얘기를 하고 싶었는데 잊어버렸어요."

그가 말했다.

"내가 무슨 얘기를 하려고 했더라? 생각났어요! 스토아학파를 추종하는 어떤 사람이 후에 자기 자신에게 소중한 누군가를 풀어주기 위해 몸값을 대신 치르고 스스로 노예가 됩니다. 그러니까 스토아학파를 추종하는 사람도 자극에 반응을 했단 말입니다. 왜냐하면 가까운 이를 위해 자기 스스로를 희생하는 일 같은 헌신을 하기 위해서는 부당한 일에 분노하거나 그로 인해 고통받는 마음이 필요하니까요. 감옥 같은 이곳에 갇혀 지낸 탓에 이전에 배운 것을 모두 잊어버려서 아쉽네요. 그리스도 얘기도 해볼까요? 그리스도는 현실에 대해 울고 미소 짓고, 슬퍼하고 화내거나 그리워하셨어요. 고통을 향해 다가갈 때 미소 짓지 않았고, 죽음을 경멸하지도 않았고 겟세마네 동산에서 이 잔을 거두어 달라고 기도하셨습니다."

이반 드미트리치는 웃으면서 앉았다.

"그러니까 인간의 평안과 만족이 그의 밖에 있는 것이 아니라 그의 안에 있다고 칩시다."

그는 계속했다.

"그래서 고통을 경멸하고 어떤 일이 일어나도 놀라지 않아야 한다고 칩시다. 하지만 선생님은 무슨 근거로 이런 말을 하시는 겁니까? 선생님은 현자입니까? 아니면 철학자입니까?"

"아니요, 나는 철학자는 아니지만 모든 사람에게 이런 생각을 전파해야 한다고 봐요. 이것이 합리적인 것이니까요."

"나는 선생님이 인생을 이해하고 고통을 경멸하는 것과 같은 일에 대해 스스로 잘 안다고 생각하는 근거를 알고 싶습니다. 살면서 고통을 당한 적이 있어요? 혹은 고통이 무엇인지 알기는 하십니까? 어렸을 때 혹시 맞은 적 있나요?"

"아니요, 부모님은 체벌을 혐오하셨습니다."

"우리 아버지는 잔인하게 저를 때렸습니다. 아버지는 고집도 세고 공무원 생활을 지겹도록 오래 한 끔찍한 사람인데 코는 길고 목은 노란 사람이었죠. 아버지 얘기는 이만 하고 이제 선생님 얘기를 하죠. 평생 그 누구도 선생님을 건드리지 않았고, 그 누구도 겁을 주지도 않고 때리지도 않아서 선생님은 황소처럼 건강하단 말입니다. 아버지의 보호 하에 자라서 부모님 돈으로 공부도 하고 졸업과 동시에 좋은 직장을 얻었습니다. 선생님은 20년 이상 무상으로 제공되는 아파트에 살았고, 난방도 전기도 하인도 있는 데다 일도 하고 싶은 만큼 해도 되고, 심지어 하기 싫으면 안 해도 된단 말입니다. 게다가 선생님은 날 때부터 게으르고 의지가 약해서 그 무엇도 선생님을 걱정시키지 못하고 그 어떤 변화도 없도록 노력해 왔습니다. 일은 준의사를 포함한 다른 개새끼들한테 맡기고 따뜻하고 조용한 곳에 앉아서 돈을 모으고 책을 읽으면서 아무 짝에도 쓸데없는 고상한 상념에 빠지거나 (이반 드미트리치는 의사의 빨간 코를 보며 말했다) 술이나 마셨죠. 한 마디로 말해 선생님은 삶을 본 적이 없고 인생을 전혀 모르며, 이론적으로만 현실이라는 것을 접해본 사람이죠. 선생님이 고통을 경멸하고 그 어떤 경우에도 놀라지 않는 이유는 아주 간단합니다. 걱정과 삶, 고통, 죽음에 대해 내외적으로 경멸하는 것이나 삶을 이해하는 것과 진정한 행복과 같은 모든 것이 러시아의 게으름뱅이에게 가장 적합한 철학이기 때문이죠. 예를 들어, 선생님이 남편이 아내를 때리는 상황을 본다 칩시다. 뭣하러 참견한단 말입니까? 어차피 둘 다 언젠가는 죽을 거고 때리는 사람이 실은 아내를 때리면서 자기 스스로를 경멸한다는 걸 알고 있는데요? 술독에 빠져 사는 것은 어리석고 보기 좋지 않지만, 술을 마셔도 죽고 안 마셔도 죽는단 말입니다. 어떤 여편네가 오는데 이가 아프답니다…. 그래서 어쩌라고요? 통증은 통증이 있다는 생각 때문에 느끼는 것이고, 누구나 살면서 병에 걸리기 마련인 데다 우리 모두는 결국 뒈지는데요. 그러니 여편네한테 내가 사색에 잠겨서 보드카 마시는 걸 방해 놓을 생각 말고 꺼지라고 말하게 됩니다. 젊은이가 무엇을 해야 할지 어떻게 살아야 할 지 조언을 얻으려고 한다 칩시다. 다른 사람이라면 대답하기 전에 생각을 좀 할 텐데 선생님은 '삶을 이해하려고 노력하라거나 진정한 행복을 찾으라'는 식의 준비된 대답을 해준단 말입니다. 그런데 이 환상적인 '진정한 행복'이라는 것이 무엇이냐 말입니다. 물론 해답은 없습니다. 우리는 이곳 철창에 갇혀서 고통당하는데 이 상황은 아주 좋은 데다 합리적입니다. 그 이유는 이 병실과 따뜻하고 쾌적한 선생님의 서재 사이에 그 어떤 차이도 존재하지 않기 때문입니다. 달리 하는 일도 없고, 양심에 거리낌도 없으며, 자신을 현자라고 느낄 수도 있는 이 얼마나 편리한 철학이란 말입니까…. 아니요, 선생님, 이것은 철학도 사유도, 폭넓은 사고도 아니며 게으름이고 고행 수도이며, 불분명한 의식 그 이상도 그 이하도 아니란 말입니다…. 맞아요, 바로 그거죠!"

이반 드미트리치는 또다시 화를 내며 말했다.

"고통을 경멸한다지만 손가락이 문틈에 끼이면 분명 목청껏 소리를 지를 걸요!"

"그건 겪어봐야 알겠죠."

안드레이 예피미치는 온유한 미소를 지으며 말했다.

"여부가 있겠습니까! 만약 선생님의 몸에 마비가 오거나 어떤 바보나 뻔뻔한 인간이 자신의 사회적 지위와 직위를 이용해서 선생님을 공개적으로 모욕했는데도 그가 처벌을 받지 않는다는 사실을 알게 되면 어떨까요? 그러면 선생님으로부터 인생의 의미를 이해하고 진정한 행복을 찾으라는 조언을 들은 다른 사람들의 심정을 이해하실까요?"

"독특한 발상이군요."

안드레이 예피미치는 흡족한 미소를 띠고 두 손을 문지르면서 말했다.

“당신의 논리적 사고는 감동적이고, 나에 대한 분석 역시 뛰어납니다. 솔직히 나는 당신과 대화를 하는 것이 너무 좋습니다. 자, 지금까지는 내가 당신 얘기를 들었으니 이제는 당신이 내 얘기를 들을 차례인 것 같군요….”

11

이 대화는 대략 한 시간 정도 더 지속되었고 안드레이 예피미치는 깊은 감동을 받은 것 같았다. 그날 이후로 그는 매일 별채에 왔다. 그는 아침마다 그곳에 갔고, 점심을 먹은 후에도 갔으며, 어두운 밤에도 이반 드미트리치와 대화를 나누고 싶어 그곳을 자주 찾았다. 처음에 이반 드미트리치는 그가 나쁜 의도를 갖고 있을지도 모른다고 생각하며 그와의 대화를 꺼리며 적대감을 숨기지 않았지만 얼마간 시간이 지난 후에는 그런 그에게 정이 들었는지 선심 쓰듯 비꼬는 듯한 자세로 그를 대했다.

머지않아 안드레이 예피미치가 6호실에 자주 들락날락거린다는 소문이 병원에 퍼졌다. 준의사, 니키타, 간병인들을 포함하여 그 누구도 그가 그곳에 가서 몇 시간씩 있는 이유를 알지 못했고, 그가 그곳에서 무슨 대화를 나누는지 몰랐으며, 대화를 나눈 후에 처방전을 쓰지 않는 이유 역시 알지 못했다. 그의 행동은 어딘지 이상해 보였다. 언제 가도 집에 있던 그가 집을 비우는 통에 미하일 아베리야니치가 그를 못 만나는 일이 잦았으며, 다류시카는 의사가 더 이상 정해진 시간에 맥주를 마시지도 않고 이따금 점심 식사 시간에도 늦어서 무척 걱정했다.

어느덧 6월 말이 되었고 의사 호보토프가 안드레이 예피미치를 만날 일이 있어서 그의 집에 왔지만 그가 집을 비운 탓에 그를 찾으러 마당으로 향했는데 그곳에 있던 사람들이 그에게 늙은 의사가 정신병자들을 보러 갔다고 말해주었다. 그 말을 들은 호보토프가 별채에 들어가서 현관에 멈춰 섰을 때, 그는 이런 대화를 듣게 되었다.

"절대로 우리 의견이 일치하는 일은 없을 것이며, 내가 선생님 말을 믿는 일도 없을 겁니다."

이반 드미트리치가 퉁명스럽게 말했다.

"선생님은 현실을 전혀 모르고 단 한 번도 고통받은 적이 없고 잎벌레처럼 다른 사람들의 고통으로 먹고살았지만 나는 날 때부터 지금까지 끊임없이 고통당했습니다. 그래서 솔직히 말씀드리면 내가 모든 점에서 선생님보다 우월하고 지식도 뛰어나다고 봅니다. 그러니 나를 가르칠 생각 마십시오."

"당신에게 내 생각을 강요할 생각은 전혀 없습니다."

안드레이 예피미치는 조용히 말했고, 그의 목소리에는 상대방이 그의 말을 이해해주지 않는데 대한 아쉬움이 묻어 있었다.

"친구, 내 말 뜻을 오해했군요. 당신과 달리 내가 살면서 고통을 당하지 못한 것이 본질은 아닙니다. 고통이나 기쁨이란 것은 일시적이니 우리 그 얘기는 하지 맙시다. 중요한 것은 우리 두 사람 모두 사유하는 사람이고, 서로의 모습에서 사유하는 사람들의 모습을 보며, 우리의 견해가 아무리 달라도 이것으로 인해 우리는 동질감을 느낀다는 거예요. 나는 이 사회 전반에 걸친 광기, 재능의 부재, 어리석음에 질렸고, 당신과 대화를 나누는 것이 얼마나 기쁜지 몰라요! 당신은 똑똑한 사람이고 나는 당신과 대화하는 것이 정말 즐거워요."

호보토프가 문을 빼꼼 열고 병실 안을 들여다봤는데 이반 드미트리치는 고깔모자를 쓰고 있고, 의사 안드레이 예피미치는 침대 위 그의 옆에 앉아 있었다. 정신병자는 인상을 찌푸리고 몸을 흠칫거리고 경련을 일으키듯 가운의 옷매무새를 가다듬는 반면에 의사는 고개를 숙이고 미동도 하지 않고 앉아 있었는데 얼굴은 빨갛게 상기돼 있었으며 무력하고 슬퍼 보였다. 호보토프는 어깨를 한 번 들먹이고 조소하듯 피식 웃더니 니키타와 시선을 교환했다. 니키타 역시 어깨를 한 번 들먹였다.

다음 날 호보토프는 준의사와 함께 별채에 갔다. 두 사람 모두 현관에 서서 둘의 대화를 엿들었다.

"영감이 아무래도 잔뜩 주눅이 든 모양이야!"

호보토프가 별채에서 나오면서 말했다.

"주님, 죄 많은 우리에게 자비를 베푸소서!"

기품 있고 잘생긴 준의사 세르게이 세르게이치가 잘 닦아서 윤이 나는 부츠를 더럽히지 않으려고 물 웅덩이들을 잘 피하면서 한숨 쉬며 말했다.

"존경하는 예브게니 표도리치 선생님, 솔직히 저는 이미 오래 전에 일이 이렇게 될 줄 알았습니다."

12

이 일이 있은 후에 안드레이 예피미치는 주변에서 발생하고 있는 무언가 비밀스러운 기운을 알아채기 시작했다. 사내들, 간병인들 그리고 환자들이 그와 마주치면 무언가 질문을 하고 싶은 표정을 지으며 그를 쳐다보곤 귓속말을 했다. 의사는 감독관의 딸인 마샤라는 아이를 병원 정원에서 마주치는 것을 좋아했는데 이제 그가 아이의 머리를 쓰다듬을 요량으로 아이에게 미소를 머금고 다가가면 아이는 무슨 영문인지 그를 피했다. 우체국장인 미하일 아베리야니치도 더 이상 그와 대화를 할 때 "전적으로 옳으십니다."란 말 대신 묘한 톤으로 "네, 네, 네."라고 중얼거리곤 사색에 잠긴 듯 슬픈 듯한 표정을 지으며 그를 쳐다봤고, 무슨 영문인지 의사에게 보드카나 맥주를 그만 마시라고 조언했지만 교양 있는 사람답게 직설적으로 하지 않고 어떤 훌륭한 대대장의 예를 들거나 연대 내 근무하는 점잖은 신부님이 술 때문에 병이 났지만 금주후에는 건강을 완전히 회복했다는 식으로 돌려서 말했다. 동료 호보토프 역시 안드레이 예피미치를 두세 번 찾아와서 술을 끊으라고 조언하고는 뜬금없이 브로민화 칼륨을 복용해 보라고 말했다.

8월에 안드레이 예피미치는 굉장히 중요한 일이 있으니 방문을 해

달라는 시장의 부탁이 적힌 편지를 받았다. 약속 시간에 시청 건물에 도착한 안드레이 예피미치는 그곳에서 군 지휘관, 예비 학교 감독관, 시의원, 호보토프, 그리고 통통한 금발머리 신사를 만났다. 그는 자신이 의사라고 했다. 발음하기 힘든 폴란드 성을 가진 이 의사는 도시에서 30베르스타 떨어진 말 사육장 숙소에 사는데 이 도시에 잠깐 들른 것이었다.

"선생님 계신 곳과 관련된 민원이 있어서요."

모두 인사를 나누고 자리에 앉은 후에 시의원이 안드레이 예피미치에게 말했다.

"예브게니 표도리치 선생님 말씀으로는 본관에 있는 약국이 비좁아서 별채 중 한 곳으로 이전을 했으면 한다고 합니다. 하지만 별채 수리가 선행되어야 합니다."

"네, 수리가 불가피하죠."

안드레이 예피미치는 잠시 생각한 후에 말했다.

"예를 들어 모퉁이에 있는 별채를 약국으로 사용하려 한다면 수리비용으로 최소한 500루블 정도는 들 겁니다. 비생산적인 지출이죠."

다들 잠시 침묵했다.

"나는 이미 10년 전에 이 병원이 그 당시에 이 도시 재정으로는 감당하기 힘든 곳이라고 보고를 드리긴 했습니다."

안드레이 예피미치가 작은 목소리로 이야기를 계속 이어갔다.

"해당 병원은 1840년대에 지어졌고 당시 화폐 가치는 지금과 달랐습니다. 현재 도시는 불필요한 건축물과 불필요한 인력 고용에 지나치게 많은 돈을 낭비하고 있습니다. 운영 방식만 효율적으로 바꾼다면 이 돈으로 모범적인 병원 두 개를 운영할 수 있다고 생각합니다."
"그렇다면 운영 방식을 바꿉시다!"
시의원이 얼굴에 생기를 띠며 말했다.
"나는 이미 이와 관련하여 보고를 드린 바 있으니 해당 문제를 시의 지방자치회에서 맡아주었으면 합니다."
"네, 지방자치회에 돈을 전달하면 자치회에서 그 돈을 횡령할 겁니다."
금발머리 의사가 웃으면서 말했다.
"늘 그런 식이지요."
시의원 역시 그의 말에 동의하면서 웃었다.
그러자 안드레이 예피미치가 풀죽은 표정으로 금발머리 의사를 보며 말했다.
"그리고 공정해야 합니다."
또다시 잠깐동안 침묵이 이어졌다. 잠시 후에 차가 나왔다. 군 지휘관은 무슨 영문인지 굉장히 마음이 불편해 보였고, 테이블 반대편에 앉아있는 안드레이 예피미치의 손을 잡고 말했다.
"의사 선생님, 그나저나 그동안 우리와 왕래가 전혀 없었더군요. 사실 선생님은 수도사처럼 카드 놀이도 안 하고 여자도 싫어하시긴 하지요. 우리와 같이 어울리는 건 지루할 거예요."
그리곤 다들 점잖은 사람은 이 도시에 사는 것이 지루할 것이라는 얘기를 하기 시작했다. 연극도 없고, 음악도 없고, 클럽에서 최근에 있었던 무도회에 여자는 스무 명 정도 왔는데 남자는 단 두 명밖에 없었다. 요즘 젊은 사람들은 춤추지 않고 늘 식당에 모여들거나 카드를 친다고 말했다. 안드레이 예피미치는 누구도 쳐다보지 않은 채 작은 목소리로 천천히 말하기 시작했다. 이 도시 사람들은 자신의 에너지와 감정과 지성을 카드놀이나 헛소문을 퍼뜨리는 데에 사용하며, 흥미로운 대화를 나누거나 책을 읽으면서 시간을 보낼 줄 모르고 보내길 원하지도 않으며 지성을 통해 얻을 수 있는 즐거움을 누리길 원하지 않는다고. 지성만이 흥미롭고 훌륭하며 나머지는 하찮고 저급하다는 것이다. 동료가 하는 말을 경청하던 호보토프가 갑자기 질문했다.

"안드레이 예피미치 선생님, 오늘이 며칠이지요?"

호보토프와 금발의 의사는 대답을 들은 후에 자신 없는 시험관 같은 말투로 안드레이 예피미치에게 오늘이 무슨 요일이며 1년에 며칠이 있으며 6호실에 훌륭한 예언자가 산다고 하는데 사실이냐고 물었다.

마지막 질문에 대해 대답할 때 그는 얼굴을 붉히고 말했다.

"네, 그 사람은 환자지만 재미있는 젊은이입니다."

그러자 더 이상 아무도 그에게 질문하지 않았다.

그가 현관에서 외투를 입을 때 군 지휘관이 그의 한쪽 어깨에 손을 얹고는 한숨을 쉬며 말했다.

"우리 같은 노인네들은 쉬어 줘야 한다니까요!"

시청 건물에서 나올 때 비로소 안드레이 예피미치는 이것이 자신의 정신 감정을 위해 조직된 위원회라는 사실을 깨달았다. 그리고 조금 전에 들었던 질문들을 떠올리며 얼굴을 붉히고 난생처음으로 의학계가 무척 걱정스럽다는 생각을 했다.

'맙소사! 얼마전까지 정신과 수업을 듣고 시험을 본 사람들을 데리고 어떻게 이런 짓을 할 생각을 한 거지? 정신과에 대한 이해 자체가 없는 자들이 아닌가!'

그는 방금 의사들이 그의 대답을 연구하던 것을 떠올리며 생각했다.

그리고 난생 처음으로 모욕감을 느꼈고, 화도 났다.

그날 저녁에 미하일 아베리야니치가 그의 집을 찾아왔다. 우체국장은 인사도 하지 않고 그에게 다가와서 두 손을 잡고 근심 어린 목소리로 말했다.

"이봐요, 선생, 내가 선생을 진심으로 걱정하는 것을 믿고 선생이 나를 친구로 여긴다는 것을 증명해 주세요…. 이봐요, 선생!"

그는 안드레이 예피미치가 말할 틈을 주지 않고 걱정 섞인 투로 하던 말을 이어갔다.

"나는 교양 있고 성품이 좋은 선생이 좋습니다. 그러니까 내 말 좀 들어보세요. 의사들은 직업상 당신에게 진실을 숨겨야 하지만, 나는 군인답게 단도직입으로 말하겠소. 선생은 건강하지 않아요! 미안하지만 이것은 사실이고 주변 사람들도 이미 오래전에 눈치챘어요. 조금 전에 예브게니 표도리치가 선생은 지금 쉬면서 기분 전환을 해야 한다고 하더군요. 전적으로 옳은 말입니다! 아주 좋은 해결책이에요! 마침 내가 곧 휴가를 내고 다른 곳의 공기를 맡으러 떠날 생각입니다. 당신이 정말 나를 친구라고 생각한다는 것을 증명하는 뜻에서 함께 갑시다! 가서 젊은 시절처럼 시간을 보냅시다."

"나는 완전히 정상입니다."

안드레이 예피미치는 잠시 생각한 후에 말했다.

"그러니 함께 갈 수 없습니다. 다른 방식으로 우리의 우정을 증명할 수 있도록 해주세요."

목적도 모르고, 책도, 다류시카도, 맥주도 없이 20년 동안 유지해 온 생활 방식을 완전히 바꾸고 어딘가로 떠나자는 제안을 들은 순간 그는 이 제안이 이상하고 비현실적으로 느껴졌다. 하지만 시청에서 있었던 대화와 집으로 돌아오면서 느꼈던 힘든 마음을 떠올리자 자신을 미친 사람으로 생각하는 사람들이 있는 이 도시를 잠시 떠나는 것도 나쁘지 않겠다는 생각이 들었다.

"그런데 어디로 가실 계획인가요?"

그가 물었다.

"모스크바, 페테르부르크, 바르샤바 등입니다. 바르샤바에서 보낸 5년을 저는 평생 잊지 못할 겁니다. 얼마나 아름다운 도시인지 모릅니다! 선생, 같이 갑시다!"

13

일주일 후에 안드레이 예피미치는 휴식을 취할 것, 즉, 은퇴를 제안받았지만, 정작 그는 무관심했다. 그로부터 일주일이 더 지난 후 그는 미하일 아베리야니치와 함께 사륜마차를 타고 그곳에서 가장 가까운 철도역으로 향했다. 선선하고 맑은 날들이 이어졌고, 하늘은 파랗고 먼 곳까지 시야가 확보되었다. 기차역까지 200베르스타를 이틀 걸려서 가는 동안 역참에서 두 번 묵어야 했다. 역참에서 더러운 컵에 차를 내오거나 말을 마차에 매는 것이 오래 걸리면 미하일 아베리야니치는 얼굴을 붉히고 온몸을 떨면서 소리질렀다.

"입 다물어! 토 달지 마!"

그러다가 사륜마차에 앉으면 그는 잠시도 쉬지 않고 캅카스나 폴란드 왕국으로 여행 갔던 이야기를 했다. 얼마나 많은 모험을 겪었고, 사람들은 또 얼마나 많이 만났던가! 큰 소리로 깜짝 놀란 사람처럼 눈을 동그랗게 뜨고 말해서 그가 거짓말을 하는 것은 아닌가 하는 의구심이 들었다. 게다가 그는 이야기를 할 때 안드레이 예피미치 얼굴에 대고 숨을 쉬었고, 그의 귀에 대고 큰 소리로 웃었다. 의사는 그가 너무 가깝게 얼굴을 들이미는 바람에 몸을 움직이는 것도 불편했고, 생각에 집중하는 것도 힘들었다.

철도에서는 돈을 아낄 요량으로 비흡연자를 위한 3등 칸을 타고 갔다. 사람들 중 절반은 깨끗했다. 미하일 아베리야니치는 같은 칸에 탄 승객들에게 일일이 다가가서 인사를 하고 금세 친해지곤 이 의자 저 의자를 옮겨가며 큰 소리로 이렇게 형편없는 길로는 여행을 다니는 건 아니라는 말을 했다. 사기꾼은 또 얼마나 많은가 말이다! 말을 타고 가는 편이 훨씬 나은데 100베르스타를 하루 만에 가면 몸도 더 건강해진 것 같고 상쾌하기 때문이다. 우리가 사는 곳의 작황이 좋지 않은 이유는 핀스크 습지대의 물을 말려버렸기 때문이다. 상황은 전반적으로 끔찍하다. 그는 흥분해서 큰소리로 말했고 다른 사람들이 말할 틈을 주지 않았다. 끊임없이 떠들어대는 데다 이따금 큰 소리로 웃으며 제스처까지 섞어서 말을 하는 통에 안드레이 예피미치는 피로를 느꼈다.

'우리 두 사람 중 누가 미친 사람일까?'

이런 생각을 하자 그는 기분이 언짢았다.

'승객들이 혹여 나 때문에 불편해할까 조심하는 나인가? 아니면 자기가 여기서 가장 똑똑하고 재미있다고 생각하며 모든 사람을 귀찮게 하는 이 이기주의자인가?'

모스크바에서 미하일 아베리야니치는 견장 없는 군복 재킷과 빨간색 세로 줄이 있는 판탈루스를 입었다. 그는 군용 모자를 쓰고 군용 외투를 입고 거리를 활보했고, 사병들은 그에게 경례했다. 안드레이 예피미치는 그가 과거에 그의 집에 왔었던 모든 지체 높은 사람들 중 한 명이 맞는지 의구심이 들 정도로 그의 행동이 낯설고 마음에 들지 않았다. 미하일 아베리야니치는 사람들이 아무런 이유가 없이도 그를 떠받드는 것이 좋았다. 그의 앞에 성냥이 놓여있어도 자기한테 성냥을 갖다 달라고 소리질렀고, 하인은 노인이라도 하대했으며, 화가 나면 그들을 바보 멍청이라고 불렀다. 안드레이 예피미치가 봤을 때 이것은 귀족다운 행동이었으나 추한 것이었다

가장 먼저 미하일 아베리야니치는 의사를 이비론 성모 이콘[8] 앞으로 데리고 갔다. 그는 이마가 땅에 닿도록 숙이고 눈물을 흘리며 열심히 기도했고, 기도를 끝낸 후에는 숨을 깊게 내쉬고는 말했다.

"믿으실지는 모르겠지만 나는 기도를 하면 마음이 더 편안해지는

---

8 모스크바 시내에 있는 이비론 성모 이콘 경당에 있다.

것 같아요. 경외하는 마음으로 이콘에 입맞추세요."

안드레이 예피미치는 당황했지만 이콘에 입맞추었고, 미하일 아베리야니치는 입술을 내밀고 고개를 흔들며 작은 목소리로 기도를 했으며, 그러자 그의 눈가에 또다시 눈물이 맺혔다. 그런 후에 그들은 크레믈린으로 가서 황제의 대포와 종을 봤고, 심지어 그것들을 손으로 만지고 자모스크보레치예[9] 풍경을 감상하고 모스크바 구세주 성당에도 가보고 루먄체프 박물관에도 갔다.

그들은 테스토프씨의 호텔[10] 레스토랑에서 식사를 했다. 미하일 아베리야니치는 자신의 구레나룻을 잡아당기면서 메뉴판을 한참 동안 보더니 레스토랑을 집처럼 편안하게 생각하는 식도락가 같은 톤으로 말했다.

"오늘은 어떤 요리가 나올지 한 번 볼까요?"

14

의사는 이곳저곳을 돌아다니면서, 많은 것을 보았고, 먹고 마시는 내내 미하일 아베리야니치에게 화가 나있었다. 그는 친구로부터 벗

---

9 모스크바 크레믈린 맞은편 모스크바 강 건너편에 있는 지역을 뜻하며, '자모스크보레치예'는 '모스크바강 뒤에'라는 의미를 갖고 있다.

10 19세기 후반에 모스크바에서 가장 인기있는 호텔 중 한 곳이며, 상인인 이반 야코블레비치 테스토프가 운영했다.

어나 몸을 숨기고 쉬고 싶었지만 정작 상대는 의사 곁에서 최대한 그를 즐겁게 해주는 것을 자신의 의무로 여기고 있었다. 더 이상 보여줄 것이 없자 그는 이러저러한 대화로 의사를 즐겁게 해 주려고 애썼다. 예피미치는 이틀은 참았지만 삼일째 되는 날에는 자신의 친구에게 몸이 안 좋아서 호텔에 있고 싶다고 말했다. 그러자 상대는 그렇다면 자기도 남겠다고 했다. 안 그래도 이렇게 돌아다니다간 두 다리가 남아나지 않을 것이고 쉴 때가 되었다고 말이다. 안드레이 예피미치는 소파에 누워서 등받이 쪽으로 고개를 돌린 채로 이를 악물고 자신의 친구가 잔뜩 흥분해서 프랑스는 언젠가는 꼭 독일을 정복할 것이며 모스크바에는 사기꾼이 너무 많다거나 말을 겉모습만 보고 판단하면 안 된다고 하는 이야기를 들었다. 귓속이 울리고 심장 박동이 빨라지는 지경에 이르렀지만 자신의 친구에게 자기를 좀 내버려 두라든지 그만 말해달라고 말할 결심은 서지 않았다. 다행히 호텔방에 있는 것이 지겨워진 미하일 아베리야니치가 점심 식사 후 산책을 하러 나갔다.

호텔 방에 혼자 있게 되자 안드레이 예피미치는 마음 놓고 휴식을 취했다. 소파에 움직이지 않고 누워서 오롯이 혼자만의 시간을 갖는 것만큼 행복한 일이 또 있을까! 진정한 행복에는 꼭 고독이 동반되어야 한다. 타락한 천사도 어쩌면 다른 천사들은 알 수 없는 고독감을 느껴보고 싶어서 하느님을 배신했는지도 모른다. 이때 안드레이 예피미치는 그가 요 며칠 동안 보고 들은 것에 대해 생각하고 싶었지만 미하일 아베리야니치가 한 이야기들이 그의 머릿속을 가득 채우고 있었다.

'사실 그는 좋은 마음에서 휴가를 내고 나와 함께 우정 여행을 떠나기로 마음먹었다.'

이런 생각을 하자 그는 화가 났다.

'우정을 빙자한 이런 식의 돌봄만큼 끔찍한 것은 없어. 언뜻 보면 선하고 관대하며, 명랑한 것 같지만 그는 지루한 사람이야. 참기 힘들만큼 말야. 늘 현학적이고 좋은 말을 하지만 실상은 멍청한 사람인 것 같다는 인상을 지울 수 없는 사람들이 있는데 그가 바로 그런 사람이야.'

그 뒤로 며칠 동안 안드레이 예피미치는 몸이 안 좋다고 말하고는 호텔 객실 밖으로 나가지 않았다. 친구가 그를 이런 저런 이야기로 즐겁게 해주려고 할 때면 그는 고개를 소파 등받이 쪽으로 돌리고 누워서 괴로워했고, 친구가 없을 땐 쉬었다. 그는 친구의 제안을 받아들인 자기 자신에게 화가 났고, 하루가 다르게 점점 더 수다스럽고 그를 스스럼없이 대하는 상대방에게도 화가 났으며, 고차원적인 생각에는 도무지 집중할 수가 없었다.

'이반 드미트리치가 말했던 현실에 대한 생각 때문에 그런 걸 거야.'

그는 사소한 일에 신경 쓰는 자기 자신에게도 화나 있었다.

'별일 아닐 거야…. 집에 돌아가면 모든 것이 예전으로 돌아갈 거야.'

페테르부르크에서도 그는 여전히 몇 날 며칠 동안 호텔 객실에서 나오지 않고 소파에 누워서 맥주를 마실 때만 몸을 일으켰다.

미하일 아베리야니치는 내내 바르샤바에 갈 생각으로 마음이 분주했다.

"국장님, 내가 왜 거길 가야 하죠? 거기엔 혼자 가시고 저는 집에 가게 해 주세요. 제발 부탁입니다!"

안드레이 예피미치가 사정했다.

"절대 안 될 일입니다!"

미하일 아베리야니치가 반대 의사를 밝혔다.

"그곳은 정말 멋진 도시예요. 그곳에서 보낸 5년은 내 인생 최고의 시간이었어요!"

안드레이 예피미치는 마음이 여려서 마지못해 바르샤바로 함께 떠났다. 그곳에 가서도 그는 호텔방에서 나오지 않고 소파에 누워서 자기 자신과 친구와 러시아어로 하는 그의 말을 못 알아듣는 척하는 하인들에게 화가 났다. 그러나 미하일 아베리야니치는 평소대로 건강하고 씩씩하고 명랑해서 아침부터 밤까지 도시 이곳저곳을 돌아다니고 자신의 옛 지인들을 수소문했다. 며칠 외박까지 했다. 알 수 없는 곳에서 하룻밤을 보낸 후에 빗질도 하지 않고 잔뜩 흥분해서 빨갛게 상기된 얼굴로 이른 아침에 호텔로 돌아왔다. 그리곤 한참 동안 혼잣말을 하며 호텔 객실 안을 왔다 갔다 하더니 갑자기 멈춰 서서 말했다.

"이대론 불명예스러워서 안 되겠어요!"

그는 잠시 방 안을 걷더니 머리를 움켜쥐고는 비통한 목소리로 말했다.

"네, 이대론 불명예스러워서 안 되겠어요! 이 바빌론에 오겠다는 생각을 한 그 순간을 저주합니다! 선생, 나를 경멸하세요! 카드놀이에서 돈을 잃었어요! 5백 루블 좀 주세요!"

그가 의사에게 말했다.

안드레이 예피미치는 5백 루블을 세서 그 돈을 조용히 자신의 친구에게 줬다. 상대는 창피하고 화가 나서 여전히 낯을 붉히며 맹세 같은 말을 중얼거리며 모자를 쓰고는 밖으로 나갔다. 두 시간쯤 후에 돌아와서 그는 안락의자에 털썩 주저앉아 큰 소리로 한숨 쉬면서 말했다.

"덕분에 명예는 지켰소! 벗이여, 함께 떠납시다! 어서 속히 이 저주받은 도시를 떠나고 싶어요. 사기꾼들 같으니! 오스트리아의 스파이들 같으니!"

두 사람이 집으로 돌아왔을 때는 이미 11월이었고, 밖에 눈이 많이 쌓여 있었다. 안드레이 예피미치의 자리는 호보토프 의사가 차지하고 있었다. 그는 안드레이 예피미치가 돌아와서 숙소를 비워주길 기다리며 여전히 자신이 살던 아파트에서 거주하고 있었다. 그가 하녀라고 소개한 못생긴 여자는 벌써 여러 별채 중 한 곳을 차지하고 있었다.

병원에 대한 새로운 소문이 도시에 떠돌았다. 이 못생긴 여자가 감독관과 다퉜는데 감독관이란 자가 그녀에게 용서를 구하며 무릎을 꿇었다는 것이다.

안드레이 예피미치는 집에 돌아온 첫날부터 자기가 살 집을 구해야 했다.

"선생, 이런 질문을 해서 죄송하지만, 가진 돈이 얼마나 있나요?"

우체국장이 조심스럽게 물었다.

안드레이 예피미치는 말없이 돈을 센 후에 말했다.

"86루블입니다."

"그런 뜻이 아닙니다. 전 재산이 얼마나 있는지 물은 겁니다."

의사가 하는 말의 뜻을 이해하지 못한 미하일 아베리야니치가 당황하며 말했다.

"말씀드렸다시피 86루블입니다…. 이게 제 전 재산입니다."

미하일 아베리야니치는 의사가 정직하고 고결한 사람이라 여겼지만 그래도 그에게 최소한 2만 루블 정도는 있을 거라 생각했다. 하지만 안드레이 예피미치가 빈털털이라는 것을 알게 되자 그는 무슨 연유인지 울면서 자신의 친구를 포옹했다.

15

안드레이 예피미치는 창문이 세 개 있는 소시민 벨로바야의 집에서 살게 되었다. 이 집에는 부엌을 제외하면 방이 세 개밖에 없었다. 그중 창문이 거리 쪽으로 나 있는 방 두 칸을 의사가 썼고, 나머지 방 한 칸과 부엌을 다류시카와 소시민 여자가 세 아이와 함께 썼다. 이따금 술 취한 주인 여자의 애인이 하룻밤 묵으려고 찾아와서 밤에 소란을 피우는 통에 다류시카와 아이들이 무척 괴로워했다. 그가 그 집 부엌에 앉아 보드카를 요구하기 시작할 때면 모두 무척 힘들어했고, 의사는 우는 아이들이 딱해서 그들을 자기 방바닥에 재웠으며, 이렇게 아이들과 함께 자는 것이 굉장히 좋았다.

그는 여전히 아침 여덟 시에 일어나서 차를 마신 후에 가지고 있는 책과 잡지를 읽으려고 책상 앞에 앉았다. 책이나 잡지를 새로 살 돈은 없었다. 책이 낡았기 때문인지, 환경이 바뀐 탓인지 알 수는 없지만 더 이상 독서에 집중할 수 없었고 책이나 잡지를 읽으면 피로가 몰려왔다. 뭐라도 해야 해서 자신이 갖고 있는 책의 목록을 작성하고 해진 책등에 다 쓴 승차권들을 붙였는데 기계적이지만 많은 시간과 집중력을 요하는 이 작업이 독서보다 더 재미있었다. 단조로우면서 섬세한 이 작업을 하면 무슨 연유에서인지 마음이 편안해져서 그는 아무 생각 없이 작업을 했고, 시간도 빨리 갔다. 부엌에 앉아서 다류시카와 함께 감자를 깎거나 메밀에 묻은 먼지를 골라내는 일조차 재미있게 느껴졌다. 매주 토요일과 일요일에는 교회에 갔다. 그는 교회 벽 옆에 서서 두 눈을 꼭 감고 찬양 소리를 들으면서 아버지나 어머니, 대학교와 여러 종교에 대해 생각했고 그러면 마음이 편안하면서 슬퍼졌으며, 예배 후에 교회에서 나갈 때는 예배가 너무 일찍 끝난 것 같아서 아쉬웠다.

그는 이반 드미트리치와 얘기를 좀 하고 싶어서 병원에 두 번 다녀왔다. 하지만 두 번 다 이반 드미트리치가 흥분하고 화난 상태였다. 그는 자기를 좀 내버려 두라고 부탁했는데, 아무런 소득이 없는 수다는 이미 오래전에 질렸기 때문이고 저주받아 마땅한 뻔뻔한 사람들이 그를 괴롭히면 제발 그를 독방에 가두는 상을 달라고 말했다. 설마 이런 부탁까지 거절할까 싶었다. 안드레이 예피미치가 그렇게 그와 두 번 만난 후에 헤어질 때 상대방에게 평안한 밤이 되길 빌었지만 상대는 두 번 모두 퉁명스럽게 말했다.

"지옥에나 떨어져!"

안드레이 예피미치는 그에게 한 번 더 가도 될지 확신이 서지 않았다. 가고 싶기는 했다.

전에 안드레이 예피미치는 점심 식사 후에 방 안을 왔다 갔다 하면서 생각을 했지만 이제는 점심 식사를 하고 저녁에 차를 마시기 전까지 얼굴을 등받이 쪽으로 향한 채로 소파에 누워서 떨쳐낼 수 없는 쓸데없는 생각에 빠져들었다. 20년 넘게 의사로 근무를 했는데 연금은 고사하고 일회성의 지원금도 못 받았다는 사실이 뼈아팠다. 솔직히 성실하게 근무했다고는 할 수는 없지만 연금은 성실하든 성실하지 않든 모든 공무원이 받는다. 현 시대의 공정함은 직책이나 훈장 혹은 연금은 도덕성이나 재능과 상관없이 일 자체를 했느냐에 따라 주는 것에 있다. 그렇다면 도대체 왜 자신만 예외가 되어야 하는가? 그는 무일푼이었다. 가게 옆을 지나면서 가게 주인의 얼굴만 빤히 쳐다보는 자신이 창피했다. 맥주를 마시려면 이제 32루블을 내야 했다. 소시민 벨로바야한테도 방세를 내야 한다. 다류시카는 의사 몰래 자신의 낡은 옷이나 책을 팔고 주인 여자한테는 의사가 곧 큰돈을 받게 될 거라고 거짓말을 했다.

그는 모아둔 천 루블을 여행에 모두 탕진한 자기 자신에게 화가 났다. 그 천 루블이 지금 있었다면 얼마나 요긴하게 쓰였을까! 그는 사람들이 그를 가만히 내버려 두지 않는 것도 화가 났다. 호보토프는 가끔 건강이 안 좋은 자신의 동료의 집에 오는 것을 자신의 의무라고 여겼다. 안드레이 예피미치는 통통한 그의 얼굴부터 자신을 무시하는 듯한 말투와 '동료'라는 단어, 롱부츠까지 그의 모든 것이 마음에 안 들었는데 그중에서도 가장 거슬렸던 것은 그가 안드레이 예피미치를 치료할 의무가 있고 실제로 치료를 하고 있다고 생각하는 것이었다. 그는 방문할 때마다 브로민화 칼륨이 든 병과 대황 성분이 들어간 알약을 가져왔다.

미하일 아베리야니치 역시 자신의 친구의 집에 와서 그를 즐겁게 해줘야 할 의무가 있다고 생각했다. 그는 매번 안드레이 예피미치의 방에 들어올 때면 과장되게 친한 척 행동해서 억지로 큰 소리로 웃고 그가 오늘 아주 잘생겨 보이며 다행히도 자기 일이 잘 풀리기 시작했다고 설득하기 시작했는데 이로 인해 의사는 오히려 친구의 상황이 절망적이라는 결론을 내렸다. 그는 아직 바르샤바에서 진 빚을 갚지 못했고, 자신의 잘못된 행동으로 인해 굉장히 괴로워했으며 어색해서 일부러 더 크게 웃고 더 우습게 이야기하려고 노력했다. 그가 말하는 일화나 이야기들은 끝이 없어 보였고, 말하는 사람이나 듣는 사람 모두를 괴롭게 했다.

그와 함께 있을 때 안드레이 예피미치는 보통 얼굴을 벽 쪽으로 향한 채로 소파에 누워서 이를 악물고 그가 하는 말을 들었는데, 마음에 끓는 수프의 거품 같은 것이 켜켜이 쌓이곤 했다. 친구가 가고 나면 이 거품은 점점 더 많아지고 높아져서 그의 목까지 차오를 것만 같았다.

그는 서둘러 잡생각을 떨쳐내기 위해서 자신을 포함해서 호보토프나 미하일 아베리야니치까지 언젠가는 그 어떤 흔적도 남기지 않고 죽을 것이라는 생각을 했다. 백만 년 후에 지구 옆을 어떤 영혼이 날아서 지나간다면, 그때 그 영혼은 진흙과 헐벗은 절벽만 볼 것이다. 문화와 도덕법을 포함하여 모든 것이 사라지고 우엉조차 자라지 않을 것이다. 구멍가게 앞에서 겪은 수치나 보잘것없는 호보토프 같은 자나 미하일 아베리야니치와의 괴로운 우정이 무슨 의미가 있겠는가? 모두 헛되고 무의미하다.

하지만 더 이상 이런 생각은 도움이 되지 않았다. 그가 백만 년 후의 지구를 상상하기가 무섭게 바위 절벽에서 롱부츠를 신은 호보토프나 애써 큰 소리로 웃는 미하일 아베리야니치의 모습이 떠올랐고, 심지어 그가 미안해하며 들릴 듯 말 듯 작은 목소리로 하는 말이 들리는 것 같았다.

"바르샤바에서 진 빚은, 선생, 조만간 갚으리다…. 꼭 갚겠소."

16

한 번은 안드레이 예피미치가 점심 식사 후에 소파에 누워있을 때 미하일 아베리야니치가 그를 찾아왔다. 마침 이때 호보토프도 브로민화 칼륨을 가지고 의사를 보러 왔다. 안드레이 예피미치는 힘들게 몸을 일으켜서 소파에 앉아서 두 손으로 소파를 짚었다.

"선생, 오늘은 말이오, 혈색이 어제보다 훨씬 좋네요. 한결 젊어졌어요! 정말이에요!"

미하일 아베리야니치가 먼저 대화를 시작했다.

"선생님, 이제 건강을 회복하실 때도 됐죠."

호보토프가 하품을 하면서 말했다.

"선생님도 이런 생활이 따분하실 것 같은데요."

"건강을 회복하실 겁니다! 앞으로 100년은 더 살아야죠! 그렇게 될 겁니다!"

"100년까지는 아니라도 앞으로 20년은 더 살 겁니다. 선생님, 슬퍼할 필요 없습니다…. 이 분이 선생님 삶을 지루하지 않게 만들어 줄 테니까요."

"우리 능력을 더 보여줍시다!"

미하일 아베리야니치는 크게 웃으면서 친구의 무릎을 툭 치면서 말했다.

"우리 능력을 더 보여주자고요! 내년 여름에 기회가 되면 캅카스로 가서 말을 타고 그곳을 누빕시다. 이랴! 이랴! 이랴! 그리고 캅카스에서 돌아오면 결혼식에 가서 신나게 놀자고요."

미하일 아베리야니치가 은밀한 사인을 주듯 한쪽 눈을 윙크하면서 말한다.

"사랑스러운 내 친구 의사 선생을 장가보낼 겁니다…. 네, 장가보내야죠…."

안드레이 예피미치는 불순물 섞인 거품이 목구멍까지 차오르는 것 같은 기분이 들었다. 갑자기 심장박동이 빨라졌다.

"저급해! 두 분은 정말로 두 분이 저속한 이야기를 하고 있다는 사실을 모르겠죠?"

그는 자리에서 벌떡 일어나서 창가로 다가가면서 말했다.

그는 부드럽고 예의 바르게 말하고 싶었지만 의지와는 달리 두 주먹을 불끈 주고 주먹을 머리 위로 들어 올렸다.

"나를 좀 내버려둬요! 모두 꺼지세요! 꺼지라구!"

그는 평소와 달리 얼굴을 붉히고 온몸을 부르르 떨면서 소리질렀다.

미하일 아베리야니치와 호보토프는 일어나서 처음에는 그를 노려봤고, 잠시 후에는 그런 그가 무서웠다.

"두 사람 모두 꺼지세요! 멍청한 인간들! 멍청한 사람들 같으니라고! 나는 우정도, 바보 같은 당신이 가져다주는 약도 필요 없어! 저급해! 역겹다고!"

호보토프와 미하일 아베리야니치는 당혹스러워하며 서로 시선을 교환하면서, 뒷걸음질 쳐서 문 쪽으로 간 후에 현관으로 나갔다. 안드레이 예피미치는 브로민화 칼륨이 들어있는 병을 낚아채서 그들의 등 뒤로 던졌고 그러자 약병은 문지방에 부딪혀서 요란한 소리를 내면서 산산조각 났다.

"지옥에나 떨어져 버려!"

그는 현관으로 뛰어나가면서 울먹이는 목소리로 말했다.

"지옥에나 가 버려!"

손님들이 떠나자 안드레이 예피미치는 열병에 걸린 사람처럼 몸을 덜덜 떨면서 소파에 누워서 한동안 똑같은 말만 반복했다.

"멍청한 인간들! 어리석은 인간들!"

마음이 좀 진정되자 그는 불쌍한 미하일 아베리야니치가 굉장히 수치스러워하고 마음이 괴로울 것이며 이 모든 것이 끔찍하다는 생각이 제일 먼저 들었다. 한 번도 일어난 적이 없는 일이 일어난 것이다. 지성과 분별력은 도대체 어디에 있단 말인가? 지혜와 삶을 바라보는 냉철한 철학적 사유는 어디에 있단 말인가?

의사는 자기 스스로에게 화가 나고 부끄러워서 밤새 잠을 못 이루고 아침 열 시경에 우체국으로 가서 우체국장에게 어제 일에 대해 사과했다.

"지난 일은 다시 떠올리지 맙시다."

미하일 아베리야니치는 의사가 안쓰러워 그의 한 손에 힘을 주고 악수하면서 한숨을 쉬며 말했다.

"지난 일을 들춰내서 복수하는 것은 어리석은 일이라 하지 않습니까? 류바프킨!"

그가 갑자기 큰 소리로 소리를 지르는 통에 모든 우체국 직원들과 방문객들이 어깨를 들썩일 정도였다.

"의자 좀 갖다 줘. 당신은 좀 기다리고!"

그는 쇠창살 너머로 그에게 등기로 보낼 편지를 내민 여자에게 소리를 지르듯이 말했다.

"제가 지금 바쁜 거 안 보입니까? 지난 일은 잊자고요."

그는 안드레이 예피미치를 보며 부드럽게 말했다.

"선생, 여기 좀 앉아주세요."

그는 잠시 말없이 자기 무릎을 쓰다듬더니 말했다.

"선생의 기분을 상하게 할 생각은 추호도 없었습니다. 병 때문에 그런 것이라는 것도 압니다. 의사 선생과 저는 선생의 발작을 보며 겁이 났고 나중에 둘이서 한참 동안 얘기를 했습니다. 선생, 병을 왜 치료하지 않습니까? 그래도 되는 겁니까? 벗으로서 허심탄회하게 하는 말이니 기분 나빴다면 미안합니다."

미하일 아베리야니치는 귓속말로 말했다.

"선생의 상황은 지금 이보다 더 나쁠 수 없을 정도로 좋지 않습니다. 집은 좁고 더럽고 선생을 돌봐 주는 사람도 없는 데다 병을 치료할 돈도 없습니다…. 선생, 진심으로 부탁합니다. 우리말대로 병원에 입원하세요! 거기는 건강식도 나오고 선생을 돌봐 줄 사람도 있는데다 치료도 받을 수 있어요. 우리끼리 있으니까 말인데, 솔직히 호보토프가 교양은 부족하지만 이 분야 전문가니 믿어도 될 겁니다. 그가 선생을 치료하겠다고 나한테 약속했어요."

안드레이 예피미치는 자신을 걱정해 주는 우체국장의 진심과 그의 볼을 따라 흐르는 눈물을 보고 감동받았다.

"존경하는 국장님, 그 말을 믿지 마세요!"

그는 가슴에 손을 얹고 귓속말로 말했다.

"그 말을 믿지 마세요! 거짓말이에요! 내가 환자라고 판단하는 근거는 20년 만에 처음으로 도시 전체를 통틀어서 단 한 명의 똑똑한 사람을 찾았는데 그 자가 미친 사람이라는 것 말고는 없어요. 그러니까 난 절대로 환자가 아니며 단지 출구 없는 마법에 걸린 덫에 갇힌 것뿐입니다. 나는 이제 어떻게 되도 상관없고, 그 어떤 시련도 견뎌낼 준비가 돼있습니다."

"선생, 병원에 입원하세요."

"나를 구덩이에 쳐 넣는다 해도 끄떡하지 않을 겁니다."

"선생, 예브게니 표도리치 호보토프 선생이 하라는 대로 다 한다고 약속해주세요."

“네, 약속하겠습니다. 하지만 국장님, 다시 한 번 말씀드리지만 나는 덫에 걸려든 겁니다. 그래서 내 친구들의 진심 어린 염려마저도 오직 내 죽음만을 가리키고 있군요. 나는 죽어가지만 그 사실을 인정할 용기는 잃지 않았습니다.”

“선생, 선생은 건강을 회복할 겁니다.”

“그런 말이 무슨 소용이란 말입니까?”

안드레이 예피미치는 퉁명스럽게 말했다.

“말년에 내가 지금 겪고 있는 것과 같은 일을 겪지 않는 사람은 드뭅니다. 신장이 안 좋다거나 심장이 부었다면 치료를 받을 수 있지만, 사람들로부터 정신병자나 범죄자라는 말을 들을 때는 그러니까 갑자기 사람들의 관심을 받으면 마법에 걸린 출구 없는 덫에 걸렸다는 것을 기억하세요. 그곳에서 빠져나오려고 하면 할수록 더 깊숙이 길을 잃게 됩니다. 그 어떤 노력도 소용이 없을 테니 포기하는 편이 좋습니다. 나는 그렇게 생각합니다.”

그때 우체국에 사람들이 몰려들었다. 안드레이 예피미치는 그들을 방해하지 않기 위해 일어나서 우체국장과 작별 인사를 하기 시작했다. 미하일 아베리야니치는 그로부터 한 번 더 약속을 받아내고는 그를 현관까지 배웅했다.

그날 저녁 무렵에 안드레이 예피미치의 집에 예고도 없이 호보토프가 모피로 만든 반코트를 입고 롱부츠를 신고 나타나서 마치 어제 아무 일도 없었다는 투로 말했다.

“선생, 일이 있어서 왔습니다. 환자 정신 감정 회의가 있는데 나와 같이 가지 않으시겠습니까?”

안드레이 예피미치는 호보토프가 기분전환을 시켜주거나 일할 기회를 줄 요량으로 부른 거라 생각하고 옷을 입고 그와 함께 밖으로 나갔다. 그는 어제 잘못을 만회하고 화해할 기회도 얻었다는 생각을 하자 기뻤고, 어제 일에 대해 전혀 언급하지 않는 호보토프에게는 고마웠다. 어제 일은 용서한 것 같았다. 호보토프처럼 교양 없는 사람한테서 좀처럼 기대하기 힘든 배려였다.

"그런데 선생의 환자는 어디에 있는 거죠?"

안드레이 예피미치가 물었다.

"병원에 있습니다. 예전부터 선생님께 보여드리고 싶었는데…. 정말 흥미로운 환자입니다."

두 사람은 병원 마당과 본관 건물을 지나서 정신병자들이 있는 별채로 향했다. 그리고 무슨 연유에서인지 두 사람은 걷는 내내 말이 없었다. 별채로 들어가자 늘 그렇듯 니키타는 자리에서 벌떡 일어나서 스트레칭을 했다.

"이곳에 있는 환자 중 한 분이 폐질환 후 합병증을 앓고 계십니다." 호보토프는 안드레이 예피미치와 함께 병실에 들어가면서 작은 목소리로 말했다.

"금방 올테니 여기서 잠깐 기다리세요. 청진기만 갖고 금방 올게요."

이 말을 남기고 호보토프는 병실을 나갔다.

17

날이 벌써 어두워지고 있었다. 이반 드미트리치는 베개로 얼굴을 가린 채 자기 침대에 누워있었고, 마비환자는 미동도 하지 않고 가만히 앉아 입을 삐죽대며 조용히 울고 있었다. 뚱뚱한 사내와 우편물을 분류하던 남자는 자고 있었다. 사방은 고요했다.

안드레이 예피미치는 이반 드미트리치의 침대에 앉아서 기다렸다. 하지만 30분쯤 지났을 때 가운과 누군가의 속옷과 구두를 품에 안은 채로 병실에 들어온 사람은 호보토프가 아니라 니키타였다.

"선생님, 어서 입으시지요."

그가 작은 목소리로 말했다.

"여기가 선생님 침대이니, 이리로 오시지요."

그는 얼마 전에 새로 들여온 것 같은 비어 있는 침대를 가리키며 덧붙였다.

"곧 건강을 회복하실 테니 염려 마세요."

그제야 안드레이 예피미치는 사태를 파악했다. 그는 한 마디도 하지 않고 니키타가 가리킨 침대로 가서 앉았고, 그가 옷을 홀딱 벗기를 서서 기다리는 니키타를 보고서 수치심을 느꼈다. 갈아입은 바지는 너무 짧았고, 셔츠는 길었으며 가운에서는 훈제 생선 냄새가 났다.

"곧 건강을 회복하실 겁니다."

니키타가 다시 한번 말했다.

그는 안드레이 예피미치가 입고 있던 겉옷을 가슴에 품고 나가면서 문을 닫았다.

'상관없어….'

안드레이 예피미치는 수치심을 느끼면서 가운 매무새를 가다듬으며 병원복을 입고 있는 자신이 죄수 같다고 느꼈다.

'상관없어…. 연미복인들 군복 재킷인들 가운을 입든 무슨 상관이란 말인가….'

하지만 시계는 어쩐다? 바지 주머니에 있는 수첩은? 담배는? 니키타는 내 겉옷을 어디로 가져간 것일까? 이제 죽을 때까지 바지도 조끼도 부츠도 없이 살게 될 것이다. 아직은 이 모든 것이 어색하고 이해할 수도 없다. 안드레이 예피미치는 이제 소시민 벨로바야가 살던 집과 6호실 사이에는 그 어떤 차이도 없으며 이 세상에 있는 모든 것이 헛되다는 확신을 가졌지만, 이반 드미트리치가 일어나서 그가 가운을 입고 병실에 있는 모습을 보게 될 거라는 생각을 하자 두려움으로 손이 떨리고 다리에 한기를 느꼈다. 그는 침대에서 일어나 잠시 몇 발자국을 걸은 후 다시 앉았다.

그렇게 또다시 30분이 지나고 한 시간이 지나자 그는 앉아 있는 것이 지루했다. 병실에 있는 모든 환자들이 이곳에서 하루나 일주일, 혹은 몇 년 동안 지낼 수 있다는 것이 믿기지 않았다. 그래서 그는 다시 자리에서 일어나서 몇 발자국 서성인 후에 또다시 앉았다. 할 수 있는 일이라곤 창가로 가서 또다시 병실 안을 왔다 갔다 하는 것뿐이었기 때문이다. 그런 다음은? 동상처럼 늘 이렇게 앉아서 생각만 한단 말인가? 아니, 이런 식으로 오래 버티기는 힘들 것이다.

잠시 누웠다가 금세 일어나서 이마에 맺힌 식은땀을 옷소매로 훔

치자, 얼굴 전체에서 훈제 생선 비린내가 나는 것 같은 기분이 들었다. 그는 또다시 일어나서 잠시 걸었다.

"착오가 있는 게 분명해…. 알아봐야겠어."

그는 이해할 수 없다는 듯 어깨를 으쓱하며 중얼거렸다.

이때 이반 드미트리치가 잠에서 깼다. 그는 앉아서 주먹으로 턱을 괴었다. 그리곤 침을 뱉었다. 그런 후에 그는 천천히 의사를 쳐다보았는데 처음에는 무슨 영문인지 이해하지 못한 듯하다가 금세 잠에 취한 그의 얼굴이 조소하는 듯한 사악한 표정을 지었다.

"이런, 선생도 여기 들어왔군요!"

그는 잠이 덜 깨서 허스키한 목소리로 한쪽 눈을 찡그리며 말했다.

"아주 기뻐요. 전에는 사람들 피를 빨아먹고 살더니 이제는 자기 피를 빨아먹히게 생겼군요. 아주 좋아요!"

"무슨 착오가 있는 것 같아요…."

안드레이 예피미치는 이반 드미트리치의 말에 겁먹은 채 어깨를 한 번 들썩이며 다시 말했다.

"무슨 착오가 있어요…."

이반 드미트리치는 다시 한 번 침을 뱉고는 자리에 누웠다.

"망할 놈의 인생 같으니라고!"

그가 불만 섞인 투로 중얼거렸다.

"슬프고 억울한 건 이 삶이 고통에 대한 상을 받거나 오페라처럼 신격화를 끝으로 끝나는 것이 아니라 결국 이렇게 죽고 만다는 겁니다. 사내들이 와서 시체의 팔과 다리를 잡고 지하실로 질질 끌고 가겠죠. 퉤! 뭐 그래도 괜찮아요. 대신 저 세상에서는 우리를 위한 잔치가 있을테니…. 저 세상으로 간 후에 그림자처럼 이곳에 와서 이 망할 놈의 인간들을 겁줄 겁니다. 그들은 내 덕에 흰머리가 좀 늘겠죠."

이때 모이세이카가 병실로 돌아와서 의사를 보곤 한 손을 내밀고 말했다.

"1코페이카만 줘요!"

18

안드레이 예피미치는 창가로 다가가서 들판을 봤다. 날이 벌써 어두워지고 있었고 지평선 오른편에는 차갑고 붉은 달이 떠오르고 있었다. 병원 담장에서 100사젠[11] 정도 떨어져 있는 곳에 돌로 된 벽에 에워싸인 흰색의 높은 건물이 보였다. 감옥이었다.

'이것이 실체였어!'

안드레이 예피미치가 이런 생각을 하자 두려웠다.

달, 감옥, 담장에 박힌 못과 멀리 화장터에서 보이는 불꽃 모두 무서웠다. 뒤에서 한숨소리가 들렸다. 안드레이 예피미치가 뒤를 돌아보자 반짝이는 별과 각종 훈장을 가슴에 달고 미소를 띠며 교활하게 윙크하는 사람이 보였다. 이 사람 역시 무섭게 느껴졌다.

안드레이 예피미치는 달도 감옥도 전혀 특별하지 않으며 정신적

11 2.13 미터에 해당하는 옛날 러시아 길이 단위

으로 건강한 사람도 훈장을 달고 다니며 때가 되면 모든 것이 썩어서 흙으로 돌아간다고 생각하려고 노력했지만, 갑자기 절망감에 휩싸여서 두 손으로 철창을 잡고 있는 힘껏 흔들었다. 하지만 철창은 꿈쩍도 안 했다.

그런 후에 그는 두려움을 떨쳐내기 위해 이반 드미트리치의 침대로 다가가 침대 위에 앉았다.

"이봐요, 난 절망에 빠졌어요."

그는 식은땀을 닦으며 몸을 덜덜 떨면서 중얼거렸다.

"절망적이에요."

"그렇다면 철학하세요."

이반 드미트리치가 조롱하듯 말했다.

"맙소사, 맙소사…. 네, 그래요…. 당신은 러시아에는 철학이 없다고 말했었지만 하찮은 존재까지 포함해서 모든 사람이 철학합니다. 사실 하찮은 존재가 하는 철학은 그 누구에게도 해가 되지 않아요."

안드레이 예피미치는 마치 울음을 터트릴 듯 연민을 불러 일으키는 톤으로 말했다.

"이봐요, 왜 그렇게 사악하게 웃죠? 만약 하찮은 존재가 불만이 있다면 철학하지 않을 이유가 뭔가요? 똑똑하고 교양 있고, 자존감이 있으며 신의 형상대로 만들어진 자유를 갈구하는 저 같은 사람은 지저분하고 멍청한 사람들로 넘쳐나는 도시에서 의사로 일하며 부황, 거머리, 겨자 파스 같은 걸 처방할 도리 밖에는 없단 말입니다! 돌팔이 의사짓, 멍청하고 저속한 인간들까지! 오, 맙소사!"

"바보 같은 소리를, 의사 생활이 역겨우면 장관이 되면 될 것 아니요."

"난 아무 데로도 갈 수가 없어요. 우리 모두는 나약하니까요…. 과거엔 그런 것에 무심했고, 활기차고 합리적인 생각을 했는데 삶이 나를 거칠게 다루기가 무섭게 절망에 빠져버렸어요…. 나약한… 우리 모두는 나약하고 아무 짝에도 쓸모가 없어요…. 당신도 마찬가지죠. 당신은 똑똑하고 고귀하며 엄마 젖을 먹을 때부터 이타적이었지만 스스로 독립적인 삶을 살기 시작하기가 무섭게 지쳐서 병이 나버렸죠…. 나약해요, 나약한 존재들이란 말이요!"

안드레이 예피미치는 공포와 억울한 감정 말고도 저녁때부터 따라다니는 또 다른 감정으로 인해 괴로웠다. 그는 그 욕구가 맥주를 마시고 담배를 피우고 싶은 것이라는 사실을 깨달았다.

"이봐요, 난 여기에서 나가야 겠어요."

그가 말했다.

"나가서 불 좀 켜달라고 말하겠어요…. 이렇게는 안 되겠어요…. 힘들어서…."

이 말을 하고 안드레이 예피미치는 문 쪽으로 다가가서 문을 열었지만 그 즉시 니키타가 자리에서 벌떡 일어나서는 그의 앞을 가로막았다.

"어디로 가시려고요? 안 됩니다. 안 돼요! 잘 시간이예요!"

그가 말했다.

"잠깐이면 돼요. 잠깐만 마당을 산책할게요!"

당황한 안드레이 예피미치가 말했다.

"안 됩니다. 안 된다니까요, 의사 선생님의 허락 없이는 안 됩니다.

선생님이 더 잘 아시잖아요."
니키타는 문을 세게 닫고는 문에 등을 기댔다.
"내가 여기에서 나간다고 피해 보는 사람이 있나요?"
안드레이 예피미치가 어깨를 들썩이며 물었다.
"이해가 안돼요! 니키타, 난 나가야 해요!"
그는 갑자기 목소리 톤을 바꿔서 말했다.
"나가겠어!"
"괜히 소란 피우지 마세요, 보기 안 좋습니다."
니키타가 가르치듯 말했다.
"젠장, 도대체 뭐하는 짓이야?"
이반 드미트리치가 갑자기 소리를 지르고 자리에서 벌떡 일어났다.
"도대체 무슨 권리로 이러는 거지? 무슨 권한으로 우리를 여기에 가둬 두는 거요? 법에 따르면 재판 없이는 그 누구도 자유를 빼앗겨서는 안 된단 말이야! 이것은 폭력이야! 횡포라고!"
"그럼, 횡포가 맞아!"
안드레이 예피미치는 이반 드미트리치의 말에 힘을 얻어서 말했다.
"나가야 해, 나가야 겠다고! 넌 나를 가둘 자격이 없어! 날 풀어줘, 내 말 안 들려?"
"들었냐, 멍청한 개새끼야!"
이반 드미트리치가 소리를 지르곤 주먹으로 문을 두드렸다.
"문 열어, 안 그러면 내가 문을 부숴버릴 거야! 야만인 같은 새끼!"
"문 열어! 이건 부탁이 아니라 요구야!"
안드레이 예피미치는 온몸을 부르르 떨면서 소리질렀다.

"더 말해보시지! 더 말하라니까!"

문 뒤에서 니키타가 대답했다.

"아니면 가서 예브게니 표도리치라도 불러와! 가서 내가 좀 보잔다고 얘기해…. 이곳에 들르라고…. 잠깐이면 돼!"

"내일이면 부르지 않아도 오실 겁니다."

"우리는 절대로 여기서 못 나가요!"

이때 이반 드미트리치가 말했다.

"우리는 여기에서 썩어 문드러지겠지! 오 맙소사, 저 세상에는 지옥이 없어서 불한당 같은 이놈들이 용서받는 건가? 도대체 정의는 어디에 있지? 이놈아, 어서 빨리 문 열지 못해, 숨 막혀 죽을 것 같단 말이야!"

그는 허스키한 목소리로 소리지르고 문을 향해 돌진했다.

"내 머리가 부서지는 걸 보라고! 살인자들 같으니!"

그러자 니키타가 빨리 문을 열었고 두 손과 무릎을 사용해서 안드레이 예피미치를 거칠게 밀쳤고 그런 후에는 한 손을 번쩍 들어서 주먹으로 그의 얼굴을 쳤다. 안드레이 예피미치는 짭짤하고 거대한 파도가 그의 머리부터 덮쳐서 그를 침대 쪽으로 밀어부친 것 같았지만 실제로 짠맛이 느껴진 곳은 입안이었고, 치아에서 피가 난 듯했다. 그는 물 밖으로 헤엄쳐 나가고 싶다는 듯 허우적대다가 누군가의 침대를 붙잡았는데, 그 때 니키타가 그의 등을 두 번 가격하는 것을 느꼈다.

이때 이반 드미트리치가 큰 소리로 비명을 질렀다. 그 역시 구타당한 것 같았다.

사방은 쥐 죽은 듯 조용해졌다. 흘러내리는 듯한 달빛이 쇠창살 안으로 들어왔고 바닥에는 그물 모양을 한 그림자가 보였다. 무서웠다. 안드레이 예피미치는 또 맞을까봐 두려움에 숨죽이며 누워있었다. 마치 낫을 든 누군가가 낫으로 그의 가슴과 창자를 찌르고 돌리는 것 같은 기분이었다. 그는 통증으로 인해 베개를 깨물고 이를 악물었다. 혼란속에서 그의 머릿속에 갑자기 무섭고 괴로운 생각이 또렷하게 떠올랐다. 지금 달빛을 받아서 검은 그림자 같은 형상을 한 이 사람들은 이 같은 통증을 수년째 매일 겪어야 했다는 것이었다. 어째서 그는 20년이 넘도록 이러한 사실을 몰랐고 알려고 하지도 않았을까? 그는 고통을 몰랐고, 통증에 대해서도 알지 못했으니 그의 잘못은 없다. 하지만 니키타처럼 거칠고 완고한 그의 양심은 가책을 느끼며 머리끝부터 발끝까지 오한을 느꼈다. 그는 벌떡 일어나 있는 힘껏 소리치며 니키타를 죽이고 호보토프와 감독관과 준의사를, 마지막으로 자기 자신을 죽이기 위해 속히 달려가고 싶었지만 가슴속에서는 그 어떤 소리도 나오지 않았고 두 발도 말을 듣지 않았다. 그는 거친 숨을 몰아쉬며 가운과 셔츠의 가슴 부분을 잡아당겨서 찢고는 의식을 잃고 침대 위로 쓰러졌다.

19

다음날 아침 그는 두통과 이명을 느꼈고 온몸이 아팠다. 어제 자신이 쓰러졌던 일을 기억하기는 했지만 그로 인해 부끄럽지는 않았다. 어제는 겁이 나서 달빛조차 두렵긴 했지만 난생처음으로 자신의 감정과 생각을 표현했다. 이를테면 철학하는 별볼일 없는 사람들이 가진 불만 같은 것 말이다. 하지만 이제는 아무래도 상관없었다.

그는 식음을 전폐한 채 가만히 누워있었다.

'아무려면 어때. 묻는 말에 대답하지 않을 거야…. 난 아무래도 상관없어.'

병원 사람들이 질문하는 소리를 들으며 그는 속으로 이런 생각을 했다.

점심 식사 시간 후 미하일 아베리야니치가 와서 4분의 1파운드짜리 차 한 팩과 마멀레이드 1파운드를 가져왔다. 다류시카 역시 병실에 와서 멍하고 슬픈 표정을 지으며 침대 옆에 꼬박 한 시간 동안 서 있었다. 의사 호보토프 역시 그를 찾아왔다. 그는 브로민화 칼륨이 든 병을 들고 와서는 니키타에게 향을 좀 피우라고 명령했다.

저녁 무렵에 안드레이 예피미치는 뇌출혈로 죽었다. 처음에 그는 엄청난 오한과 메스꺼움을 느꼈다. 무언가 끔찍한 것이 손가락을 포함해 온몸에 침투하며 위장에서 머리로 퍼져나가며, 눈과 귀를 가득 채운 것 같은 기분이 들었다. 그는 피로감을 느꼈다. 안드레이 예피미치는 자신의 임종이 다가온 것을 깨달았고, 이반 드미트리치, 미하일 아베리야니치를 포함한 수많은 사람들이 믿는다는 영생을 떠올렸다. 그런데 정말로 영생이 존재하나? 그는 영생을 원하지는 않았으나 잠시 생각해보았다. 얼마 전에 그가 책에서 읽은 정말로 아름답고 우아한 한 무리의 사슴이 그의 곁을 지나갔고, 그런 후에는 한 여자가 그에게 등기로 보낼 편지를 내밀었다…. 미하일 아베리야니치가 무슨 말을 하는 모습도 보였다. 그리고 모든 것이 사라졌고, 안드레이 예피미치는 영원히 의식을 잃었다.

사내 몇 명이 와서 그의 팔과 다리를 잡고 그를 예배당으로 데리고 갔다. 제단 위에서 그는 눈을 뜬 채로 누워있었고, 밤의 달빛이 그를 비추었다. 아침에 세르게이 세르게이치가 와서 십자가에 못 박힌 그리스도를 향해 경건하게 기도했고, 그런 후에는 자신이 전에 모시던 상사의 눈을 감겨주었다.

이틀 후, 안드레이 예피미치의 장례가 있었다. 장례식에는 미하일 아베리야니치와 다류시카만 참석했다.

신부

1

밤 열 시가 넘었다. 정원에 보름달이 드리워져 있었다. 슈민의 집에서 할머니인 마르파 미하일로브나가 신청한 철야과가 방금 끝났다. 잠시 정원에 나간 나쟈는 식탁에 전채 요리가 차려지는 모습, 풍성한 실크 드레스를 입은 할머니가 분주하게 움직이는 모습, 성당의 대사제 안드레이가 나쟈의 어머니인 니나 이바노브나와 함께 대화하는 모습을 보았다. 창문으로 들어오는 달빛 때문에 어머니는 왠지 무척 젊어 보였고, 그 옆에는 대사제 안드레이의 아들인 안드레이 안드레이치가 서서 두 사람의 대화를 경청하고 있었다.

정원은 고요하고 서늘했으며, 흔들림 없는 어두운 그림자가 땅에 드리워졌다. 어딘가 먼 곳, 그것도 아주 먼 곳, 교외 어딘가에서 개구리 우는 소리가 들렸다. 5월, 사랑스러운 5월의 기운이 느껴졌다! 깊은 심호흡을 하면서, 이곳이 아닌 하늘 아래 나무 위, 멀리 교외에 있는 들판과 숲에 신비스럽고 아름다우며, 풍요롭고 성스러워 나약하고 죄 많은 인간은 이해하기 힘든 봄기운이 펼쳐져 있다고 생각하고 싶어지는 순간이었다. 그리고 어쩐지 울고 싶어졌다.

열여섯 살 때부터 결혼하고 싶어하던 나쟈는 어느덧 스물셋이 되었고, 드디어 창문 옆에 서있는 안드레이 안드레이치의 약혼녀가 되었다. 그녀는 그를 좋아했고, 결혼식은 7월 7일에 하기로 되어 있었다. 그런데 이상하게도 기쁘지가 않고, 밤잠을 이루지 못하고 우울했다. 지하에 있는 부엌 창문을 열어 놓아서, 사람들이 서두르고, 칼질하고, 문을 여닫으면서 내는 소리가 들려왔고 구운 칠면조와 식초에 절인 체리 냄새가 났다. 그러자 왠지 앞으로 평생 이런 생활이 끝도 없이 이어질 것 같은 생각이 드는 것이었다!

이때 누군가 집에서 나와 현관 앞 계단에 멈춰 섰다. 그는 다들 사샤라고 부르는 알렉산드르 티모페이치였다. 그는 열흘쯤 전에 모스크바에서 왔다. 오래전에 할머니의 먼 친척인 마리야 페트로브나가 이 집을 여러 번 방문했었는데, 그녀는 몰락한 귀족 부인이자 과부이며 작고 왜소한 데다 병을 앓고 있었다. 사샤는 그녀의 아들이었다. 무슨 연유인지 사람들은 사샤가 훌륭한 화가라고 했고, 그의 어머니가 돌아가셨을 때, 할머니는 사람 한 명 살린다고 생각하고 그를 모스크바에 있는 코미사로프 공업 전문대학교에 보냈다. 그로부터 2년쯤 후에 그는 미대로 편입했으며 그곳에서 거의 15년 정도를 보내면서 형편없는 성적으로 건축학과를 졸업하긴 했지만, 건축업에 종사하지는 않았다. 그는 모스크바 소재의 한 석판 인쇄소에서 근무했다. 매년 여름이면 그는 병약한 몸으로 요양차 할머니 댁에 왔다.

사샤는 단추를 채운 프록코트에 밑단이 해진 면바지를 입고 있었다. 다림질 안 된 셔츠에 안색도 조금 지쳐 보였다. 무척 마른 몸, 큰 눈, 긴 손가락, 턱수염… 가무잡잡하지만 잘생겼다. 슈린가 사람들은 그에게 친형제나 부모 같았고, 그는 이 집에 오면 자기 집처럼 편안함을 느꼈다. 이곳에는 이미 오래전부터 그의 방도 있었다.

현관 계단에 서 있던 그가 나쟈를 발견하고 다가갔다.

“이곳은 참 좋아.” 그가 말했다.

“당연히 그래야지. 여기서 가을까지 있을 테니까.”

“응, 그래야 할 것 같아. 아무래도 9월까지 여기서 지내야 할 것 같아.”

그는 이 말을 하고 갑자기 웃더니 옆에 앉았다.

“앉아서 엄마를 보고 있었어. 여기서 보니 얼마나 젊어 보이는지! 엄마도 단점은 있지만….”

나쟈가 말했다.

“굉장히 특별한 분이지.”

그녀는 잠시 침묵했다가, 대화를 이어갔다.

“응, 좋은 분이긴 하지….” 사샤가 동의했다.

“네 어머님은 물론 특이하면서도 매우 착하고 사랑스러운 분이지만, 뭐랄까. 오늘 새벽에 부엌에 잠깐 들어가보니 하녀 네 명이 바닥에서 잠을 자고 있더라고. 침대도 없고, 잠자리가 있어야 할 자리에 넝마, 악취, 빈대와 바퀴벌레가 들끓더라…. 20년 전과 달라진 것이 전혀 없어. 할머니는 나이가 많으시니 그러려니 하지만, 어머니는 프랑스어도 하시고, 연극에도 참여하시잖아. 다른 사람을 배려해줄 법도 한데 말야."

사샤는 상대방을 향해 말하며 가늘고 긴 손가락을 뻗었다.

"나는 여기 있는 모든 것이 낯설다 못해 좀 거북해." 그가 하던 말을 이어갔다.

"젠장, 일하는 사람이 아무도 없잖아. 어머니는 공작부인이라도 되는 것처럼 하루 종일 산책이나 하고, 그렇다고 할머니가 일하시는 것도 아니고, 너도 특별히 하는 일이 없는 건 마찬가지고. 네 약혼자 안드레이 안드레이치 역시 아무 일도 안 하지."

나쟈는 작년에도, 어쩌면 재작년에도 이 말을 들은 것 같고, 사샤의 생각이 바뀔 리 없다는 것을 알고 있었다. 처음에 들었을 때는 웃음 밖에 안 나왔지만, 이제는 왠지 화가 났다.

"너무 많이 들어서 이젠 지긋지긋해. 좀 더 참신한 말을 생각해내 봐."

그녀는 이 말을 하고 자리에서 일어나면서 말했다.

그도 그녀를 따라 웃으면서 일어났고, 둘은 집 방향으로 걸었다. 키 크고, 아름답고, 날씬한 그녀가 그의 옆에 있으니 더 건강하고 잘 차려입은 것처럼 보였으며, 그녀도 이것을 느꼈기 때문에 그가 안쓰러웠고, 마음이 왠지 불편했다.

"오빠는 쓸데없는 말을 너무 많이 해. 방금 언급한 우리 안드레이만 하더라도 그 사람을 잘 모르잖아." 그녀가 말했다.

"우리 안드레이라…. 너의 안드레이한테는 관심 없어! 난 너의 젊음이 아까울 뿐이야."

그들이 홀 안에 들어갔을 때 가족들은 이미 저녁 식사를 하려고 식탁 앞에 앉아 있었다. 가족들이 할매라고 부르는 할머니는 굉장히 뚱뚱한 데다 진한 눈썹에 콧수염까지 있는 추녀이며, 목소리가 컸고, 음성이나 말하는 태도로 보아 그녀가 이 집에서 제일 연장자라는 것을 알 수 있었다. 그녀는 시장에 상점 몇 개를 갖고 있고, 전면에 높은 기둥에 정원까지 딸린 고택(古宅)을 갖고 있었지만, 아침마다 하느님께 파산하지 않게 해달라고 울면서 기도했다. 그리고 할머니의 며느리이자 나쟈의 어머니인 니나 이바노브나는 금발 머리에 허리가 부자연스럽게 잘록한 드레스를 입고 있었는데, 코안경을 끼고, 열 손가락 모두 다이아몬드가 박힌 반지를 끼고 있었다. 안드레이 사제는 다소 왜소한 노인인데, 이가 없어서 무언가 굉장히 우스운 얘기를 해주고 싶어 하는 표정을 짓고 있는 것처럼 보였고, 그의 아들인 안드레이 안드레이치, 즉, 나쟈의 약혼자는 체격이 좋고 잘생긴 데다 곱슬머리여서 배우나 화가처럼 보였다. 세 사람 모두 최면술에 대해 말하고 있었다.

"여기서 일주일만 지내면 건강을 회복할게다. 밥만 좀 더 많이 먹으면 좋겠구나. 몰골이 이게 뭐니! 정말 형편없구나. 꼭 돌아온 탕자 같이." 할머니가 사샤를 보면서 말했다.

"나는 아버지의 유산을 탕진하였고, 말 못 하는 가축들과 뒤섞여 살았나니[1]…."

아버지 안드레이가 천천히 눈웃음치면서 말했다.

---

1 러시아 정교회의 사순절 트리오디온에 수록된 '탕자 주일'의 일부이며, 사순절 트리오디온에는 사순대재 전세 주간과 이후 사순대재 및 성대주간(고난주간)의 예배 의식 전반의 본문들이 수록되어 있다.

"아버지를 사랑합니다."

안드레이 안드레이치는 이 말을 하고는 아버지의 한쪽 어깨를 만졌다.

"좋은 분이죠. 선한 분입니다."

순간 모두 입을 다물었다. 이때 사샤가 갑자기 웃더니 냅킨으로 입술을 지그시 눌렀다.

"그러니까 최면술을 믿으신단 말이지요?" 안드레이 신부가 니나 이바노브나에게 물었다.

"물론 제가 믿는 것을 증명할 수는 없죠. 하지만 자연에는 신비스럽고 이해할 수 없는 것이 많다는 말씀은 드리고 싶군요."

니나 이바노브나는 진지하다 못해 험상궂은 표정을 지으며 대답했다.

"우리의 믿음 때문에 신비스러운 영역이 많이 줄어들기는 하지만, 사부인 의견에 전적으로 동의합니다."

이어서 굉장히 기름지고 커다란 칠면조 요리가 나왔다. 안드레이 신부와 니나 이바노브나는 대화를 이어갔다. 니나 이바노브나의 열 손가락에서는 다이아몬드가 반짝이고 있었고, 흥분한 탓에 눈가에 고인 눈물이 반짝이기 시작했다.

"감히 신부님과 논쟁할 마음은 없지만, 신부님도 아시다시피, 세상에는 풀지 못하는 수수께끼가 무척 많잖아요?"

"죄송하지만 하나도 없어요."

저녁 식사 후에 안드레이 안드레이치는 바이올린을 연주했고, 니나 이바노브나는 그랜드 피아노로 반주했다. 그는 10년 전에 대학교 철학부를 졸업했지만, 지금껏 어디에서도 일한 적은 없었고, 하는 일 없이 가끔 자선 음악회에 참여했으며, 사람들은 그런 그를 배우라 불렀다.

모두 말없이 안드레이 안드레이치의 연주를 들었다. 식탁 위에서는 사모바르가 조용히 끓고 있었고, 사샤만 차를 마시고 있었다. 잠시 후에 시계가 열두 시를 알리자, 갑자기 바이올린 줄 하나가 끊어졌고, 다들 웃고, 부산을 떨더니 작별 인사를 하기 시작했다.

약혼자를 배웅한 후 나쟈는 어머니 방과 자기방이 있는 위층으로 갔다.(아래층은 할머니가 쓰고 있었다) 아래층에 있는 홀에서는 난롯불을 끄느라 분주했고, 사샤는 여전히 앉아서 차를 마셨다. 그는 늘 모스크바식으로 차를 오랫동안 마셨고, 한 번 마시기 시작하면 일곱 잔씩 마셨다. 옷을 벗고 잠자리에 누운 나쟈의 귀에 그 뒤로도 한참 동안 하녀가 그릇 등을 정리하는 소리와 할머니가 화내는 소리가 들렸다. 그러다가 마침내 고요가 찾아왔고, 이따금 사샤가 아래층 자기 방에서 내는 낮은 기침소리만 들릴 뿐이었다.

2

날이 밝기 시작하던 새벽 두 시쯤 나쟈는 잠에서 깼다. 멀리서 파수꾼이 콜로투시카[2]를 치는 소리가 들렸다. 잠을 더 자고 싶지는 않았고, 그대로 누워 있자니 침대가 너무 푹신푹신해서 불편했다. 지난 5월 잠 못 이루던 밤에 그랬듯 나자는 침대에 앉아 생각에 잠겼다. 그녀는 안드레이 안드레이치가 그녀에게 어떻게 구애하기 시작했고, 어떻게 청혼했는지, 그녀가 어떻게 그의 청혼을 받아들였는지 생각한 후, 선하고 똑똑한 이 사람에 대해 차분하게 평가해 보았다. 지난 밤과 다름없이 단조롭고 부질없는 생각이 집요하게 맴돌았다. 하지만 결혼식까지 한 달도 채 남지 않은 지금, 나자는 마치 힘든 일이 생길 것을 예감한 사람처럼 두렵고, 불안했다.

"탁, 탁, 탁, 탁, … 탁탁…" 파수꾼이 졸음을 쫓으며 콜로투시카를 치고 있었다.

정원 쪽으로 난 커다란 창문을 통해 정원이 보였고, 미동조차 없이 추위로 인해 생기를 잃은 라일락 관목이 멀리서 빼곡하게 꽃을 피우고 있었다. 자욱한 흰색 안개가 라일락을 덮어버릴 듯 다가오고 있었다. 집에서 멀리 떨어진 몇 그루의 나무에 앉아 있을 떼까마귀들의 울음소리도 들린다.

'맙소사, 마음이 왜 이리 힘든 걸까!'

결혼식을 앞둔 신부라면 누구나 이런 감정을 느끼는 걸까? 확신할 순 없지만! 사샤 때문일까? 하지만 사샤는 벌써 몇 년째 책에 적힌 내용을 외워서 말하듯 똑같은 말을 하고 있고, 그가 하는 말은 매번 어수룩하고 이상하게만 느껴지지 않던가. 그렇다면 사샤가 머릿속

2 나무로 만든 야간 경비용 도구로 방망이 끝에 종처럼 동그란 것을 연결해서 흔들면 '탁탁' 소리가 났다. 파수꾼이 밤에 도둑을 쫓거나 화재를 예방하기 위한 용도로 사용했다.

에서 사라지지 않는 이유는 무엇일까? 도대체 왜?

파수꾼이 콜로투시카를 치는 소리는 더는 들리지 않는다. 정원에서는 새가 지저귀고, 안개는 걷혔으며, 주위에 있는 모든 것이 환한 미소 같은 봄빛으로 가득 찼다. 잠시 후에 햇살의 따스한 온기를 받은 정원이 생기를 얻고 이슬은 나뭇잎 위에서 금강석처럼 반짝이며, 오래전에 방치된 정원도 이날 아침엔 젊어지고 성장(盛裝)을 한 것마냥 새삼스레 아름다워 보였다.

할머니는 벌써 일어나셨다. 사샤가 둔탁한 저음으로 기침하는 소리가 들렸다. 아래층에선 사모바르를 내오고, 의자를 움직이는 소리도 들렸다.

시간은 천천히 간다. 나쟈는 진즉에 일어나서 정원에서 산책을 하고 있었고, 여전히 아침이었다.

울어서 눈이 퉁퉁 부은 니나 이바노브나는 생수가 든 물컵을 들고 있다. 그녀는 정신주의와 동종요법[3]에 빠져 있었고, 책을 많이 읽었으며, 논란의 여지가 있는 것들에 대해 확신을 가지고 말하는 것을 좋아했다. 나쟈 생각에는 이 모든 것이 신비스럽고 깊은 의미가 있는 것 같았다. 나쟈는 어머니에게 입맞춤한 후 함께 나란히 서서 걷기 시작했다.

"엄마, 왜 우신 거예요?" 그녀가 물었다.

"어젯밤부터 노인과 딸이 나오는 중편소설을 읽기 시작했거든. 노인은 어딘가에서 근무하는데 상사가 그의 딸을 사랑하게 됐어. 끝

---

3 질병과 비슷한 증상을 일으키는 물질을 극소량 사용하여 병을 치료하는 방법이며, 러시아에서는 19세기가 동종요법의 황금기였다.

까지 읽지는 못했는데 너무 슬픈 대목이 있어서 안 울 수가 없었어."

니나 이바노브나는 이 말을 하고는 컵에 있는 물을 한 모금 마셨다.

"오늘 아침에도 소설 생각이 나서 울었단다."

"전 요 며칠 너무 우울해요."

엄마의 말을 잠자코 듣던 나쟈가 말했다.

"저는 왜 밤마다 잠을 못 자는 걸까요?"

"애야, 나도 모르겠구나. 나는 밤에 잠이 안 오면 이렇게 눈을 꼭 감고, 안나 카레니나를 상상한단다. 그녀가 걷는 모습과 말하는 방식을 상상하거나 고대 세계에 일어났던 역사적 사건의 한 장면 같은 것을 상상하지…."

나쟈는 어머니가 그녀를 이해하지 못하고 있으며, 이해하고 싶다 하더라도 할 수 없다는 것을 직감했다. 하지만 그녀 역시 난생처음 겪은 감정이어서 두려웠고, 어디로든 숨고 싶어서 자기 방으로 갔다.

오후 두 시에 다들 점심을 먹기 위해서 식탁 앞에 앉았다. 수요일이었고, 금식 기간이었기 때문에 할머니한테는 메밀 죽을 곁들인 도미 요리와 금식 때 먹는 보르쉬[4]를 내왔다.

할머니를 놀릴 요량으로 사샤는 식탁 앞에 앉아서 기름진 수프와 금식용 보르쉬를 함께 먹었다. 그는 가족이 점심을 먹는 내내 농담을 했지만, 그의 농담은 상황에 맞지 않은 데다 도덕적인 교훈을 담은, 전혀 웃기지 않는 것이었다. 농담하기 직전 그는 너무 길고 비쩍

---

4 원래는 비트와 고기를 넣어 끓인 러시아식 국이지만, 금식 기간에 먹을 때는 고기를 빼고 끓인다.

말라 망자를 연상시키는 손가락을 위로 들었는데, 병이 깊은 그가 이 세상에서 살날이 얼마되지 않을거란 생각이 들면, 눈물 날 정도로 불쌍해지는 것이었다.

점심 식사 후 할머니는 쉬고 싶어서 자기 방에 갔다. 니나 이바노브나도 잠시 그랜드 피아노를 연주하다 나갔다.

"아, 나쟈, 내 말대로 해주면 얼마나 좋을까! 얼마나 좋아!"

사샤가 점심 식사 후에 늘 하던 대화를 시작했다.

그녀는 눈을 감고 낡은 안락의자에 몸을 깊숙이 파묻었고, 그는 조용히 방 안을 서성였다.

"네가 공부하러 떠나면 좋겠어!" 그가 말했다.

"지적이고 신앙심이 깊은 사람들만 매력적이지. 세상에는 그런 사람들이 필요해. 그런 사람이 많아질수록 이 땅에 하느님의 왕국이 더 빨리 도래할 테니까. 그러면 이 도시에는 서서히 돌 하나도 남지 않고, 모든 것이 마치 마법에 걸린 것처럼 혼돈에 빠지고 변하겠지. 그렇게 되면 이곳에는 매우 아름다운 저택들, 환상적인 정원들, 놀랍도록 멋진 분수들과 훌륭한 사람들이 살게 될 거지만…. 더 중요한 것은 이거야. 우리가 알고 있고 실재하는 악한 군중에 휘둘리는 일은 없을 것인데, 그 이유는 사람 개개인이 자신의 삶의 목적을 믿게 되고 알게 될 것이며, 그 누구도 무리 안에서 자기 삶의 의미를 찾으려 하지 않을 것이기 때문이야. 제발, 내 말을 듣고, 떠나! 네가 고루하고 죄 많은 잿빛 삶을 더는 못 견딘다는 것을 모두에게 보여줘. 자신을 위해서라도 결단을 내려줘!"

"그럴 수 없어, 사샤. 나 결혼해."

"이런, 이제라도 멈춰! 그게 누굴 위한 결혼인데?"

두 사람은 정원으로 나와 잠시 걸었다.

"나쟈, 어떤 상황에서도 신중하게 생각해야 해. 무위도식하는 현재 네 삶이 얼마나 부당하며, 부도덕한지 이해해야 해." 사샤가 하던 말을 이어갔다.

"예를 들어 너나 네 어머니, 혹은 할머니가 아무 일도 안 하면, 누군가 너와 네 가족을 위해 일한다는 것을 의미하는 거야. 그렇게 되면 누군가 누이와 가족으로 인해 힘든 삶을 사는거 잖아. 이래도 이 삶이 옳고, 부당하지 않아?"

나쟈는 "그래, 그 말이 맞아."라고 말하고, 이해하고 있다고 말하고 싶었지만, 눈물이 앞을 가려서 갑자기 입을 다물었다. 그녀는 온몸이 조여들어서, 자기 방으로 갔다.

저녁이 되기 전에 안드레이 안드레이치가 와서 평소처럼 한참 동안 바이올린을 연주했다. 원래 그는 말수가 적었고, 바이올린 연주하는 것을 좋아했는데, 어쩌면 바이올린을 켜는 동안은 말을 할 필요가 없기 때문인지도 모른다. 그는 저녁 열 시가 넘어서 집에 가려고 외투를 입은 채로 나쟈를 끌어안고 탐욕스럽게 그녀의 얼굴, 어깨, 팔에 키스를 퍼부었다.

"자기, 너무 예쁜 내 사랑! 오, 나 너무 행복해! 황홀해서 미칠 것만 같아!" 그가 중얼거렸다.

그녀는 이 말을 이미 오래전에, 그것도 아주 오래전에 들었거나 어딘가 소설 같은 데서 읽은 것 같다는 생각이 들었다. 낡고 찢어져서 버려진 지 오래된 소설에서.

홀에서 사샤는 식탁 앞에 앉아서 기다란 자신의 다섯 손가락 위에 찻잔 받침을 얹은 채 차를 마셨고, 할머니는 페이션스[5]의 카드를 펼쳐놓고 있었으며, 니나 이바노브나는 책을 읽고 있었다. 등잔의 등불이 타닥거리며, 모든 것이 순탄하고 순조로워 보였다. 나쟈는 밤 인사를 하고 위층 자기 방으로 올라가서 잠자리에 누웠고, 이내 잠들었다. 하지만 지난밤처럼 미명에 잠에서 깼다. 더 자고 싶지는 않았고, 마음이 불안하고 힘들었다. 그녀는 구부린 무릎에 고개를 대고 앉아서 약혼자와 결혼식 등에 대해 생각했다. 이때 그녀는 문득 어머니가 고인이 된 자기 남편을 사랑하지 않았고, 지금은 자기 재산도 없이 시어머니인 나쟈의 할머니에게 전적으로 의지해서 살고 있다는 사실을 떠올렸다. 그리고 아무리 생각해도 자기가 왜 지금까지 어머니 안에서 무언가 특별하고 특이한 점은 발견했지만, 순박하고 어수룩하며 평범하고 불행한 여자의 모습은 보지 못했는지 이해할 수 없었다.

아랫층에서 사샤가 기침하는 걸로 보아 그도 깨어있다는 것을 알 수 있었다. 나쟈는 사샤가 이상하면서도 순수하다고 생각했다. 그의 꿈과 그 모든 환상적인 정원들과 특별한 분수들이 다소 어리석다고 느껴지기는 했지만 그의 순수함, 심지어 그의 어리석음 속에도 훌륭한 것이 너무 많다고 여겨졌다. 심장과 가슴을 관통한 이성이 충만한 기쁨과 환희로 벅차 올라, 불현듯 공부하러 떠나는 것도 좋겠다는 생각이 드는 것이었다.

---

5 혼자서 하는 카드놀이

"하지만 생각하지 않는 편이, 안 그러는 편이 낫겠어…. 이런 생각은 하면 안 돼."

그녀가 작은 목소리로 혼잣말을 했다.

"탁, 탁… 탁, 탁… 탁…"

멀리서 파수꾼이 콜로투시카 치는 소리가 들렸다.

3

6월 중순이 되자 사샤는 갑자기 모스크바 집이 그리웠고, 떠날 채비를 하기 시작했다.

"이 도시에서 더는 못 살겠어요. 송수 시설도, 배수 시설도 없잖아요! 부엌이 너무 더럽고 역해서 밥도 못 먹겠어요."

"이 돌아온 탕자야, 7일에 결혼식이 있으니 조금만 참아라!"

할머니가 갑자기 목소리를 낮춰 말했다.

"그러기 싫어요."

"우리 집에서 9월까지 있겠다고 하지 않았니?"

"이제는 그러고 싶지 않아졌어요. 일해야 해서요!"

여름은 습하고 추웠고, 나무들은 축축했으며, 정원에 있는 모든 것이 음산하고 쓸쓸해서 정말로 일을 하고 싶어졌다. 아래층과 위층에 있는 방에서는 낯선 여자들의 목소리가 들렸고, 할머니 방에서는 신랑 신부의 옷과 침구류를 서둘러 만드느라 재봉틀 돌리는 소리가 들렸다. 나자가 입을 모피 코트만 여섯 벌이 필요했고, 할머니 말에 따르면 그중 가장 저렴한 것이 무려 300루블에 달했다! 사샤는 집안의 부산스러운 분위기가 너무 싫어서 자기 방에서 짜증을 냈지만, 그가 떠나려는 것을 다들 만류하는 바람에 7월 10일까지는 머무르겠다고 약속했다.

시간은 빠르게 흘렀다. 성 베드로와 성 바오로 사도 대축일에 안드레이 안드레이치는 나쟈와 함께 신혼부부를 위해 이미 오래전에 임차해 놓은 집을 다시 한 번 살펴보려고 집이 위치한 모스크바 거리로 갔다. 2층집이었지만, 2층만 정리가 돼있었다. 쪽모이 세공을 한 것처럼 보이도록 칠을 한 홀의 바닥은 반짝였고, 곡목 의자들, 그랜드 피아노, 바이올린용 악보대가 있었다. 페인트 냄새가 났다. 그리고 금색 액자 안에 든 커다란 그림이 벽에 걸려있었는데, 그림 아래 물감으로 '나체의 부인과 손잡이가 깨진 연보라색 꽃병'이라고 적혀 있었다.

"놀라운 그림이군요. 화가 시시마첼스키[6]의 그림이에요."

안드레이 안드레이치는 이 말을 하고는 조용히 한숨을 쉬었다.

그 다음에는 원형 테이블, 소파, 하늘색 천을 씌워서 박음질한 안락의자가 있는 거실이 나왔다. 소파 위에는 사제모[7]를 쓰고 훈장을 주렁주렁 달고 있는 안드레이 사제의 사진에 가까운 커다란 초상화

6 체호프가 지어낸 화가이며, 그림의 소재를 이야기하며 이 도시 사람들만 아는 인지도도 거의 없고 형편없는 화가를 표현하고자 했다.

7 러시아 정교회 사제가 쓰는 모자로 아래쪽으로 내려갈수록 작아지는 원기둥 모양을 하고 있다.

가 걸려있다. 그 다음에 그들은 장식장이 있는 식당으로, 그 후엔 침실로 들어갔다. 어둑어둑한 침실 안에는 침대 두 개가 나란히 있었고, 침실을 꾸밀 때 이곳은 늘 굉장히 아늑할 것이며, 그래야만 하리라는 것을 염두에 두고 꾸민 것 같았다. 안드레이 안드레이치는 나쟈에게 집 구경을 시켜주는 내내 그녀의 허리를 잡고 있었는데, 그녀는 자기가 연약한 존재처럼 느껴지는 동시에 죄책감이 들었다. 자기가 본 모든 방, 침대, 안락의자가 싫었고, 나체의 부인을 그린 누드화를 보는 것이 불편했다. 적어도 두 가지 사실, 즉 자신은 안드레이 안드레이치를 더 이상 사랑하지 않게 되었거나 어쩌면 그를 한 번도 사랑한 적이 없었으리라는 것 중 한 가지는 사실이라는 것을 알고 있었지만, 이러한 사실을 며칠째 밤낮으로 생각하면서도 이 말을 어떻게 하며, 누구에게 하며, 무슨 목적을 갖고 해야 할지 이해하지 못했고, 이해할 수도 없었다. 그는 그녀의 허리를 잡고 집안을 천천히 오가며 조심스럽고도 감미롭게 그가 얼마나 행복한지를 이야기했다. 하지만 그녀는 이 상황에서 저속함, 즉 어리석고 순진하고 참기 힘든 저속함만을 보았고, 그녀의 허리를 감은 그의 팔이 딱딱하고 차가운 훌라후프처럼 느껴졌다. 그녀는 언제든 도망가고, 통곡하고, 창문 밖으로 뛰어내릴 준비가 돼 있었다. 안드레이 안드레이치는 그녀를 욕실로 데리고 갔고, 그가 벽에 붙어있는 수도꼭지를 건드리자 갑자기 물이 흘러나왔다.

"이게 왜 이러지?" 그는 이렇게 말하고 큰소리로 웃었다.

"내가 다락에 100베드로[8]만큼의 물이 들어갈 물탱크를 만들어 달라고 했더니 이렇게 했나 보네요. 이제 우리 물 걱정은 안 해도 되겠어요."

두 사람은 잠시 마당을 걸었고, 그런 후에는 밖으로 나가서 마부를 불렀다. 먼지가 자욱한 먹구름처럼 일었고, 곧 비가 쏟아질 것 같았다.

"춥지 않아요?" 안드레이 안드레이치가 먼지 때문에 눈을 찡그리며 물었다.

그녀는 그의 질문에 대답하지 않았다.

"당신도 기억하겠지만, 어제 사샤가 나한테 무위도식한다고 나무랐죠."

짧은 침묵 후에 그가 말했다.

"뭐, 그 친구 말이 맞긴 하죠! 전적으로 옳아요! 나는 아무 일도 하지 않고 있고, 할 수도 없어요. 내 사랑, 나는 왜 이럴까요? 내가 언젠가 공무원이 되어 일할 생각을 하면 왜 이리 역겨울까요? 변호사나 라틴어 선생님, 혹은 지방자치회 위원을 보면 나는 왜 이토록 언짢은 걸까요? 오, 어머니 러시아여! 오, 어머니 러시아여, 당신은 무위도식하고 무익한 이들을 얼마나 많이 품고 있는 겁니까? 러시아에는 나처럼 수많은 고통을 겪은 자가 너무 많습니다!"

그가 무위도식한 자기 삶을 평가하자, 동시대의 특성이 보였다.

"내 사랑, 우리 결혼하면, 함께 시골로 가서, 거기서 일합시다! 정원

8 옛날 러시아의 액체량 단위로 1 베드로는 12.3리터와 동일하다.

과 강이 딸린 땅을 조금 사서 함께 일하면서 삶을 좀 더 가까이서 관찰합시다…. 오, 생각만 해도 너무 좋군요!"

그가 모자를 벗자, 머리카락이 바람에 나부꼈고, 그녀는 그의 말을 들으면서 생각했다.

'아 이런, 어서 집에 갔으면! 맙소사!'

그들은 집에 거의 다 왔을 때 비로소 그들보다 조금 뒤처진 안드레이 신부를 발견했다.

"저기 아버지가 오시는군요!"

안드레이 안드레이치는 반가워서 모자를 흔들었다.

"아버지를 사랑합니다, 정말이에요."

그가 마부에게 돈을 지급하면서 말했다.

"참 좋은 분이죠. 선한 분이에요."

저녁 내내 손님들로 북적일 것이며, 그들을 즐겁게 해주고, 웃고, 바이올린 연주를 듣고, 온갖 종류의 쓸데없는 말을 들으며, 결혼식 얘기만 해야 할 걸 생각하자 나쟈는 화가 났고, 창백한 얼굴로 집으로 들어갔다. 변함없이 거만하고 오만한 할머니가 손님들 앞에서 실크 드레스 차림으로 사모바르를 옆에 두고 앉아 있었다. 안드레이 신부가 특유의 교활한 미소를 지으며 들어왔다.

"건강한 여러분을 보니 흡족하여, 충만한 은총의 위로를 얻습니다."

그가 할머니에게 한 이 말이 농담인지 진담인지는 구별하기 힘들었다.

4

바람이 창문과 지붕을 두드리며 휙휙 소리를 내고, 난로 안에서는 도모보이[9]가 슬프고 우울하게 콧노래를 불렀다. 자정을 넘은 시각이었다. 모두가 잠자리에 들었지만, 잠든 사람은 없었다. 나쟈는 아래층에서 누군가 여전히 바이올린을 켜고 있는 것 같은 기분이 들었다. 이때 덧창이 바닥에 떨어졌는지 갑자기 '쿵' 하는 소리가 들렸다. 잠시 후에 니나 이바노브나가 잠옷 차림에 양초를 들고 나쟈의 방에 들어왔다.

"나쟈야, 이게 무슨 소리니?" 그녀가 물었다.

불안한 이 밤에 머리를 한 갈래로 땋고 수줍은 미소를 띤 어머니는 나이보다 더 들어 보였고, 얼굴도 더 못생겨 보였으며, 키도 더 작아 보였다. 나쟈는 문득 얼마전만 하더라도 어머니를 특별한 분이라고 생각했고, 어머니가 해주는 말에 자부심을 느꼈지만, 이제는 그 말이 무엇이었는지 아무리 생각해 봐도 떠오르지 않았고, 기억나는 것은 모두 하찮고 쓸모없는 것뿐이었다.

난로 안에서 몇 명이 저음으로 부르는 노랫소리가 들렸고, 심지어 "오, 맙소사!"라는 소리도 들렸다. 나쟈가 침대에 앉더니 갑자기 자기 머리카락을 움켜쥐고 통곡하기 시작했다.

"엄마, 엄마, 우리 엄마, 지금 저한테 무슨 일이 일어나는지 엄마는 모르실 거예요! 부탁이에요, 제발 부탁이에요, 제가 떠나는 것을 허

9 슬라브 신화에 등장하는 집의 정령으로 악한 정령도 있고, 선한 정령도 있다.

락해 주세요! 제발 허락해 주세요!"

"어디로 간단 말이니?"

니나 이바노브나는 영문을 몰라 이렇게 묻고는 침대에 앉았다.

"가다니 어디를?"

나쟈는 한참 동안 울었고, 목이 메어 아무 말도 하지 못했다.

"이 도시를 떠날 수 있게 허락해 주세요!"

그녀가 목메어 힘겹게 말했다.

"결혼식을 취소해야 해요, 결혼식을 하면 안 돼요, 제 뜻대로 해 주세요! 난 이 사람을 사랑하지 않아요…. 그에 관해서 말하는 것도 힘들어요."

"아니, 애야, 그럴 수는 없어."

니나 이바노브나는 잔뜩 겁에 질려서 서둘러 말허리를 자르며 말했다.

"진정하렴. 너무 긴장돼서 그러는 거야. 곧 괜찮아질 거야. 흔히 있는 일이란다. 안드레이와 다퉜나 보구나. 연인끼리는 원래 그렇게 사랑싸움하는 거란다."

"제 방에서 나가주세요, 엄마, 제발요!" 나쟈가 통곡하면서 말했다.

"알았다. 얼마 전까지만 해도 어린아이였던 것 같은데, 그런 네가 벌써 결혼을 하다니. 자연 속에는 물질대사가 끊임없이 일어난단다. 너도 모르는 새에 어머니가 되고 할머니가 될 거고, 너도 나처럼 고집 센 딸을 낳겠지."

딸의 말을 잠자코 듣던 니나 이바노브나가 말했다.

"사랑하는 엄마, 엄마는 똑똑하지만 불행하잖아요. 그것도 아주 많이요. 왜 고리타분한 말씀을 하시는 거예요? 제발 그 이유를 말씀해 주세요." 나쟈가 말했다.

니나 이바노브나는 하고 싶은 말이 있었지만, 한마디도 하지 못하고 오열하면서 자기 방으로 가버렸다. 이때 페치카 속에서 몇 명이 또다시 저음으로 노래하는 것 같은 웅웅거리는 소리가 들렸고, 문득 겁이 났다. 나쟈는 침대에서 뛰어내려서 서둘러 어머니 방으로 갔다. 니나 이바노브나는 눈물이 그렁그렁한 채로 파란 이불을 뒤집어쓰고, 두 손으로 책을 쥔 채로 침대에 누워있었다.

"엄마, 제 말 좀 끝까지 들어주세요! 제발 부탁이니 잘 생각해 보시고, 저를 좀 이해해 주세요!" 나쟈가 말했다.

"우리 인생이 얼마나 초라하고 보잘것없는지 아셔야 해요. 이제 제 눈이 열려서 모든 것을 이해할 수 있게 되었어요. 어머니가 아끼는 안드레이 안드레이치는 어떤 사람인가요? 엄마, 그 사람 똑똑하지도 않잖아요! 맙소사! 엄마, 그 사람은 멍청하다고요!"

니나 이바노브나가 털썩 주저앉았다.

"엄마와 할머니는 저를 괴롭히고 계세요!" 그녀가 오열하며 말했다.

"전 제 삶을 살고 싶어요! 살고 싶다고요!" 그녀는 같은 말을 두 번 반복하더니 가슴을 주먹으로 두 번쯤 쳤다.

"이제 저를 좀 놓아주세요! 저는 젊고 앞날이 창창하잖아요!"

그녀는 서럽게 울더니 누워서 이불을 뒤집어쓰고 몸을 잔뜩 웅크렸고, 그러자 무척 작고 불쌍하고 어리석어 보였다. 잠시 후 나쟈는 자기 방으로 가서 옷을 입고, 창가에 앉아서 아침이 오길 기다렸다.

그렇게 그녀가 밤새 창가에 앉아서 생각하는 동안 누군가 마당에서 계속 덧창을 두드리고 휘파람을 부는 소리가 들렸다.

아침에 할머니는 밤에 바람이 너무 많이 불어서 사과나무에 열린 사과가 죄다 떨어졌고, 늙은 자두나무도 부러졌다고 하소연했다. 침울한 하늘은 온통 불투명한 회색빛을 띠고 불을 피운다 해도 크게 달라질 것 같지 않았다. 다들 춥다고 불평했고, 빗줄기가 창문을 두드렸다. 차를 마신 후에 나쟈는 사샤의 방에 들어가서 아무 말도 하지 않고 안락의자 옆 구석에 무릎을 꿇고 두 손으로 얼굴을 가렸다.

"왜 그래?" 사샤가 물었다.

"못 하겠어." 그녀가 말했다.

"전에는 이곳에서 어떻게 살았는지 이해가 안 가고, 납득이 안 돼! 난 약혼자를 경멸하고, 나 자신과 무의미한 무위도식하는 이 삶을 경멸해…."

"이런." 사샤는 여전히 영문도 모른채 말했다.

"괜찮아…. 오히려 잘됐어." 나쟈가 자기 말을 이어갔다. "이젠 이런 삶이 지긋지긋해. 여기에선 더 이상 하루도 견디기 힘들어. 내일 당장 여길 떠나겠어. 제발 나를 데리고 가줘!"

사샤는 잠시 놀란 눈을 하고 그녀를 보더니 결국 그녀의 말을 이해하곤 어린아이처럼 기뻐했다. 그는 두 팔을 번쩍 들더니 마치 기뻐서 춤을 추려는 듯이 구둣발로 바닥을 치기 시작했다.

"너무 잘됐어! 맙소사, 아주 좋은 생각이야!" 그는 두 손을 문지르면서 말했다.

한편 그녀는 마법에 걸린 사람처럼 사랑에 취한 커다란 눈을 깜빡이지도 않고 그가 그녀에게 의미 있고 중요한 말을 해주기를 기다리며 그를 바라봤지만, 정작 그는 침묵했다. 하지만 그녀는 전에는 알지 못했던 새롭고 드넓은 세계가 이미 자신 앞에 펼쳐지는 것 같은 기분이 들었다. 그녀는 달콤한 꿈에 잔뜩 부풀어 올라 죽음이라도 불사할 것 같은 눈으로 그를 보았다.

"난 내일 떠나." 그가 잠시 생각한 후에 말했다.

"넌 기차역에 배웅하러 와…. 네 짐은 내 여행 가방에 넣고, 표도 내가 가져갈게. 기차역에서 세 번째 종이 울리면 객차에 타. 그렇게 함께 떠나자. 모스크바까지 나를 배웅한 후에는 혼자서 페테르부르크로 가. 여권은 있어?"

"있어."

"맹세코, 네가 후회하거나 잘못을 뉘우칠 일은 없을 거야." 사샤가 잔뜩 들떠서 말했다.

"가서 공부하는 거야. 나머지는 운명에 맡기고. 너의 삶을 뒤집으면 모든 것이 변할 거야. 가장 중요한 것은 삶을 바꾸는 것이고, 나머지는 부차적인 거지. 그럼, 우린 내일 함께 떠나는 건가?"

"응, 그래! 부탁해!"

나쟈는 자기가 잔뜩 흥분해서 그 어느 때보다 마음이 무겁고 출발하기 직전까지 괴로워하며 고통스러운 생각에 사로잡혀 있을 것으로 생각했지만, 자기 방에 들어와서 침대에 눕기가 무섭게 잠이 들었다. 그녀는 울어서 통통 부은 얼굴에 미소까지 띠며 저녁까지 단잠을 잤다.

5

그들은 마부를 기다리고 있었다. 나쟈는 벌써 모자를 쓰고 외투를 입고 어머니와 자기 집에 있는 모든 것을 한 번 더 보기 위해 위층으로 올라갔다. 먼저 자기 방에서 온기가 남아있는 침대 옆에 잠시 서서 주위를 둘러봤고, 그런 후에는 조용히 어머니 방으로 갔다. 니나 이바노브나는 잠들어 있었고, 방 안은 고요했다. 나쟈는 어머니에게 입맞춤하고 어머니의 머리카락을 매만졌고, 잠시 2분 정도 더 서 있었다. 그런 후에는 천천히 아래층으로 내려갔다.

밖에는 폭우가 내리고 있었다. 포장을 둘러친 마차에 탄 마부는 흠뻑 젖은 채로 집의 입구에 서 있었다.

"나쟈야, 너까지 탈 자리가 안 될 것 같구나."

하녀가 짐을 싣기 시작했을 때 할머니가 말했다.

"이런 날씨에 사샤를 배웅하다니. 안 갔으면 좋겠는데. 비도 이렇게 많이 오는데!"

나쟈는 할 말이 있었지만 말하지 못했다. 이때 사샤가 나서서 나쟈가 마차에 타는 것을 도와주고 담요로 그녀의 다리를 덮어주었다. 그런 후에 자기도 그 옆에 탔다.

"잘 가렴! 신의 축복이 있기를!" 할머니가 현관 계단에서 큰 소리로 말했다.

"사샤야, 모스크바에 가면 편지 하렴!"

"알았어요. 안녕히 계세요, 할머니!"

"성모님이 지켜주시길!"

"날씨하고는!" 사샤가 말했다.

나쟈는 이제야 눈물을 흘렸다. 할머니와 작별 인사를 하고, 어머니를 봤을 때만 하더라도 믿기지 않았지만 이제 정말로 자기가 떠난다는 것이 실감 났기 때문이다. 안녕, 내 고향! 그러자 그녀는 갑자기 안드레이, 그의 아버지, 신혼집, 나체의 여인과 꽃병이 떠올랐다. 이제 이 모든 것은 더 이상 그녀를 겁주거나 힘들게 하지 않았고, 순박하고 초라했으며, 서서히 과거 속으로 사라졌다. 그들이 기차에 올라 기차가 출발하자 지금껏 무척 크고 중요해 보이던 모든 과거가 작은 덩어리로 뭉쳐졌고, 여전히 불분명하지만 넓고 웅장한 미래가 펼쳐지고 있었다. 밖에는 비가 오고, 창밖의 빗줄기 사이로 푸른 들판이 보이며, 전신주와 전선에 앉아있는 새들의 모습이 나타났다 사라지기를 반복했다. 나쟈는 문득 자신이 자유의 몸이 되어 공부하게 될 생각을 하자 너무 기뻐서 숨이 멎을 것 같았다. 아주 오래전에는 이러한 행위를 일컬어 '코사크[10]가 되려고 떠나는 것'이라 불렀다. 그녀는 웃다가 울다가 기도했다.

"괜찮아요오! 괜찮대에두!" 사샤가 자조하듯 웃으면서 말했다.

10 15세기 드네프르강 하류 지역으로 이주해 온 도망자, 자유농민, 어민 등을 가리킨다.

6

가을이 가고, 겨울도 지났다. 나쟈는 고향 집이 무척 그리웠고, 매일 어머니, 할머니, 사샤를 생각했다. 집에서 보내오는 편지들은 특별히 나쁜 소식 없이 좋은 말만 적혀 있어서 그녀가 한 모든 행동이 이미 용서되고 잊힌 듯했다. 5월에 시험이 끝난 후에 건강하고 명랑한 모습으로 그녀는 고향 집에 가는 길에 사샤를 만나고 싶어서 모스크바에 들렀다. 그는 작년 여름에 봤을 때처럼 턱수염을 길렀고, 머리카락은 헝클어졌으며, 그때와 똑같은 프록코트에 면바지를 입고, 눈도 여전히 크고 예뻤지만, 병색이 짙었다. 그는 굉장히 지쳐 보였고 못 본 사이에 부쩍 나이들고 여위었으며, 기침을 계속했다. 나쟈는 어쩐지 그가 무지한 시골 사람처럼 느껴졌다.

"맙소사, 나쟈 아냐? 사랑스러운 내 누이!" 그는 이렇게 말하고 호탕하게 웃었다.

두 사람은 담배 냄새에 찌들고 숨 막힐 정도로 먹과 물감 냄새가 나는 석판 인쇄소에 잠깐 앉아있다가 담배 냄새와 여기저기에 침 뱉은 자국이 있는 그의 방에 갔다. 책상 위 차갑게 식은 사모바르 옆에는 먹지가 놓여있는 깨진 접시가 있었고, 책상 위와 바닥에는 파리 사체가 잔뜩 있었다. 혼자 사는 사샤가 청결에 신경 쓰지 않고, 편리함을 철저히 무시한 채 되는대로 살고 있다는 것을 알 수 있었고, 어떤 이가 그와 그의 행복과 사생활과 사랑하는 사람에 관해 이야기하면, 그는 무슨 말인지 이해하지 못하겠다는 듯 멀뚱멀뚱 쳐다보며 웃기만 할 것 같았다.

"괜찮아, 다 잘됐어." 나쟈가 서둘러 이야기했다.

"가을에 엄마가 날 보러 페테르부르크에 오셔서 할머니가 수시로 내 방에 들어오셔서 벽에 대고 십자성호를 그으실 뿐 나한테 화난 것 같지는 않다고 말씀하셨어."

사샤는 밝은 얼굴로 그녀를 바라봤지만, 기침 때문에 목소리가 떨렸고, 나쟈는 그의 얼굴을 뚫어져라 보면서 그가 정말 많이 아픈 것인지 그녀가 그렇게 느끼는 것인지 알아 내려고 노력했다.

"사샤, 나의 벗. 아프구나!" 그녀가 말했다.

"아니, 괜찮아. 아프긴 한데, 심하진 않아."

"오, 맙소사." 나쟈가 걱정하며 말했다.

"사샤, 왜 치료를 안 하고, 건강을 돌보지 않는 거야?"

이 말을 하자 그녀의 눈에서 눈물이 쏟아졌고, 갑자기 안드레이 안드레이치와 나체의 부인과 화병, 이제는 어린 시절처럼 아득하게 여겨지는 그녀의 모든 과거가 떠올랐다. 그리고 이젠 더 이상 작년과 달리 새롭지도 않고, 재미있지도 않으며, 총명하지도 않은 사샤를 보자 마음이 아팠다.

"사샤, 지금 몸이 많이 안 좋아 보여. 내가 미리 알았더라면 사샤가 이렇게 창백하고 살이 빠지도록 두지 않았을 거야. 난 오빠에게 큰 빚을 졌잖아! 사샤가 나를 위해 얼마나 많은 일을 했는지 상상도 못 할 거야, 나의 좋은 벗 사샤! 사실 지금은 사샤가 나의 가장 친한 친구이자 혈육이야."

그들은 앉아서 잠시 얘기를 나눴고, 페테르부르크에서 겨울을 난 나쟈가 보기에 그의 말, 그의 미소, 그의 몸 전체가 무언가 고루하고 진부하고, 고리타분한 나머지 이미 오래전에 생명력을 상실한 것 같은 기분이 들었다.

"모레에 볼가강으로 떠날 생각이야. 뭐, 그런 후에는 쿠미스[11]를 마시러 가야지. 쿠미스를 좀 마시고 싶어. 친구와 그의 아내와 함께 갈 거야. 그 친구 아내가 너무 멋진 사람이라 그녀에게 공부하라고 설복하고 설득하는 중이거든. 그녀의 인생이 180도 달라졌으면 좋겠어."

그들은 그렇게 잠시 얘기를 나눈 후 기차역으로 향했다. 사샤는 그녀에게 차와 사과를 대접했고, 기차가 출발하자 그는 웃으면서 손수건을 흔들었다. 그의 걸음걸이만 보고도 병색이 완연해서 앞으로 얼마 못 살 것 같았다.

나쟈는 정오에 고향에 도착했다. 기차역에서 집으로 가는 길에 있는 거리는 굉장히 넓어 보였지만 집들은 세로로 납작하게 눌린 듯 작아 보였고, 적황색 코트를 입은 독일인 조율사 외에 다른 사람들의 모습은 보이지 않았다. 그리고 집은 모든 곳에 먼지가 쌓여 있는 것 같았다. 이젠 파파 할머니가 된 여전히 뚱뚱하고 못생긴 할머니는 나쟈를 그러안고 얼굴을 손녀의 어깨에 파묻은 채 한참 동안 울었고, 오랫동안 놓아주지 않았다. 니나 이바노브나 역시 흉하게 늙었고, 살도 많이 빠졌지만, 여전히 몸은 코르셋으로 조이고 손가락에는 다이아몬드 반지 여러 개가 반짝이고 있었다.

"얘야! 내 아가!" 그녀가 온몸을 떨면서 말했다.

잠시 후에 그들은 앉아서 말없이 울었다. 할머니와 어머니 모두

11 말젖을 발효하여 만든 유제품으로 알코올이 함유돼 있다.

과거는 영원히 지나가 버렸고, 돌이킬 수 없으며, 사회에서의 위치도, 지난날의 명예도, 손님을 집에 초대할 자격도 잃어버렸다고 느끼고 있었다. 마치 아무 근심 걱정 없이 살던 어느 날 불시에 경찰이 들이닥쳐 가택수사를 해 집주인이 공금을 횡령하고 문서를 위조한 것이 밝혀져서 근심 걱정 없던 과거의 삶과 영원히 이별하고 만 경우와 비슷했다.

나쟈는 위층으로 올라가 떠나기 전과 똑같은 자기 방 침대를 보았다. 흰색 커튼이 달린 창문과 햇살 가득하며, 생기 가득한 정원이 눈에 들어왔다. 그녀는 자기가 쓰던 책상을 만져보고, 잠시 앉아서 사색에 잠겼다. 그리고는 식사를 맛있게 하고 달콤하고 기름진 크림이 들어간 차를 마셨지만, 무언가 허전했고, 방들은 텅 비어 있는 것 같았으며, 천장은 낮아 보였다. 저녁에 잠자리에 들어서 이불을 뒤집어 쓰자 이렇게 따뜻하고 굉장히 푹신푹신한 침대에 누워있는 것이 문득 우습다는 생각이 들었다.

니나 이바노브나가 그녀의 방에 잠시 들어와 죄 지은 사람처럼 조심스럽게 사방을 두리번거리며 앉았다.

"그래, 나쟈야, 넌 어떻게 지내니? 만족하니? 흡족하니?" 그녀가 짧은 침묵 끝에 물었다.

"만족해요, 엄마."

그러자 니나 이바노브나는 일어나서 나쟈와 창문에 대고 십자성호를 그었다.

"보다시피 나는 신앙심이 깊어졌단다. 게다가 철학에 빠져서 늘 이런저런 생각을 하면서 지낸다…. 그리고 이제는 모든 일이 대낮처럼 명료해졌어. 지금 가장 중요한 것은 삶이 프리즘을 관통하듯 지나간다고 생각하는 것이란다."

"엄마, 할머니 건강은 어때요?"

"괜찮아 보여. 네가 사샤와 떠나고 네가 보낸 전보가 도착했을 때, 할머니는 그 전보를 읽자마자 쓰러지셔서 삼 일 동안 꿈쩍도 못 하셨어. 그런 후에는 늘 하느님께 기도하면서 우셨어. 이젠 괜찮은 것 같아."

그녀는 자리에서 일어나서는 방 안에서 몇 발짝을 걸었다.

"탁탁… 탁탁, 탁탁." 파수꾼이 콜로투시카를 치는 소리가 들렸다.

"가장 중요한 것은 삶이 프리즘을 통해 지나가도록 해야 한다는 거야. 그러니까 쉽게 풀어서 설명하면, 인간의 인식 속에서 삶은 일곱 개의 무지개색처럼 지극히 단순한 요소들로 나뉘어야 하고, 각각의 요소를 따로 공부해야 한다는 거야." 그녀가 말했다.

나쟈는 금세 잠들었다. 그래서 니나 이바노브나가 무슨 말을 더 했는지 기억하지 못했고, 자기 방에서 나가는 소리도 듣지 못했다.

5월이 가고, 6월이 왔다. 이 무렵 나쟈도 집에 적응했다. 할머니는 분주하게 사모바르를 준비하면서 깊은 한숨을 쉬었고, 니나 이바노브나는 자기가 여전히 더부살이하듯 그 집에서 살고 있으며, 20코페이카가 필요할 때마다 할머니한테 달라고 해야 한다며 밤마다 신세 한탄을 했다. 집에는 파리가 들끓었고, 집 천장은 날이 갈수록 점점 낮아지는 듯 느껴졌다. 할머니와 니나 이바노브나는 혹여 안드레이 신부나 안드레이 안드레이치와 마주칠 것이 두려워 집 밖을 나가지 않았다. 나쟈는 정원과 거리를 거닐면서 집들과 회색 담장들을 바라보았다. 그러자 도시에 있는 모든 것이 이미 오래전에 낡고 수명이 다하거나 반대로 무언가 젊고 새로운 것의 시작을 기다리는 것 같다는 생각이 들었다. 자기 운명을 용감하게 직시하고, 자신을 옳다고 인정하고, 즐겁고 자유로울 수 있는 새롭고 명료한 삶이 어서 속히 오면 좋으련만! 언젠간 이런 삶이 도래하리니! 지하의 더러운 단칸방에서 모두 함께 지내는 생활 방식을 바꿀 줄 모르는 하녀 네 명이 사는 할머니의 집도 흔적도 없이 사라지고, 모두의 기억에서 잊힐 날이 올 것이다. 나쟈가 정원을 따라 산책하는 동안 옆집 사내아이들이 담장을 두드리고 웃으면서 그녀를 놀렸고, 덕분에 그녀의 기분도 좋아졌다.

"신부래요! 신부래요!"

사라토프에서 사샤가 보낸 편지가 도착했다. 사샤는 특유의 춤추는 듯한 명랑한 필체로 볼가강 여행은 꽤 성공적이지만, 사라토프에서 몸에 이상이 생겨서 목소리가 안 나오고 벌써 2주째 병원에 누워 있다고 썼다. 그녀는 이것이 무엇을 의미하는지 깨달았고, 확신에 가까운 불길한 예감에 휩싸였다. 이러한 예감과 동시에 사샤에 관한 생각이 전과 달리 크게 신경쓰이지 않는다는 사실이 언짢았다. 자신의 삶을 살고 싶은 열망이 강한데다 페테르부르크로 가고 싶었던 그녀에게 사샤와의 친분은 소중하지만 멀고 먼 과거처럼 여겨졌던 것이다! 그녀는 밤새 잠을 못 이루고 아침이 되자 창가에 앉아서 집안에서 들리는 소리를 놓칠세라 귀를 쫑긋 세웠다. 예상대로 아래층에서 사람들의 말소리가 들렸고, 할머니가 잔뜩 걱정하는 목소리로 어떤 일에 대해 황급히 물어보는 소리가 들렸다. 그런 다음에는 누군가가 우는 소리가 들렸다. 나자가 아래층으로 내려가자, 할머니는 구석에 서서 기도했고, 눈은 울어서 퉁퉁 부어 있었다. 책상 위에는 전보가 놓여 있었다.

나쟈는 할머니가 우는 소리를 들으며 방안을 한참 동안 서성이다가 전보를 읽기 시작했다. 전보에는 어제 아침에 알렉산드르 티모페이치 혹은 사샤라는 애칭으로 불린 사람이 사라토프에서 폐결핵으로 운명을 달리 했다는 내용이 적혀 있었다.

할머니와 니나 이바노브나는 장례식을 요청하려고 교회에 갔고, 나쟈는 사색에 잠겨 방안을 계속 왔다 갔다 했다. 사샤가 원한대로 그녀의 삶은 180도 달라졌다. 이곳에서 그녀는 외로운 타인이며, 아무에게도 필요 없는 존재이며, 그녀 역시 이곳에 있는 모든 것이 필요 없으며, 과거의 모든 것이 그녀에게서 떨어져 나가 마치 불타 없어진 것처럼 사라지고 재가 되어 바람에 날아가 버렸다는 것을 똑똑히 깨달았다. 그녀는 사샤의 방에 잠시 서 있었다. 그녀는 생각했다.

'잘 가요, 나의 소중한 사샤!'

그러자 새롭고 광활한 자유로운 삶이 눈 앞에 펼쳐졌으며, 베일에 싸인 불분명한 그 삶이 그녀를 유혹했다.

그녀는 짐을 싸기 위해 위층에 있는 자기 방으로 갔다. 다음 날 아침, 그녀는 가족들과 작별 인사를 하고는 생기 있고 명랑한 기분으로 영원히 돌아오지 않을 사람처럼 그곳을 떠났다.

옮긴이의 말

대학 3학년 겨울 방학, 처음으로 체호프 작품을 원서로 읽으면서 무척 뿌듯했던 기억을 더듬어보았다. 사전만 있으면 표면적인 의미 파악이 가능하다고 느낄 만큼 체호프의 작품들은 쉽게 읽혔다. 하지만 일상생활에서 한 번쯤 만나 봤을 법한 작품 속 인물들의 삶의 단면을 자세히 들여다보면 어느새 고개를 연신 흔들고 무릎을 수없이 때린 탓에 멍 가득한 무릎을 마주하게 된다. 그런 탓인지, 문학 평론가들은 얼핏 봤을 때 쉬운 그의 작품들을 오히려 난해하다고 평가한다.

톨스토이와 도스토옙스키로 대표되는 장편소설들의 전성기였던 19세기 후반에 혜성처럼 등장해 무려 600여 편의 중단편 소설을 쓴 체호프. 그의 천재성은 어디에 있는가? 그가 작품을 집필하던 19세기에 그가 관심을 두고 고민하며 작품 속에 녹여낸 철학적인 질문은 21세기를 살아가는 현대인들에게도 여전히 유효하다.

사랑이란 무엇인가?

「개를 데리고 다니는 부인」의 경우 과거 엄청난 여성 편력을 자랑하던 구로프가 휴양지 얄타에서 안나 세르게예브나라는 여성을 만나는 내용을 다루고 있다. 그들이 처음 만나 연애를 시작한 얄타라는 휴양지는 톨스토이가 여름휴가를 보낸 곳이자 체호프의 별장이 있고, 그가 자신의 말년을 보낸 곳이기도 하다. 기혼자가 부인이나 남편을 동반하지 않고 혼자 휴가를 떠났다면 휴양지라는 특성상 기혼자라 하더라도 일탈을 꿈꾸거나 실제로 일탈이 발생할 수 있는 가능성이 열려 있다. 수줍음 많은 안나와 여성 편력을 자랑하던 닳고 닳은 드미트리 드미트리치 구로프와의 만남은 어쩌면 처음부터 불륜으로 귀결될 수밖에 없는 운명을 타고났는지도 모른다. 한편 그들의 이름과 부칭(아버지의 이름+오브나(여자), 오비치(남자))을 살펴보면 구로프의 경우 드미트리 드미트리치이며, 그가 휴양지 얄타에서 만난 여성의 이름은 안나 세르게예브나이다. 사실 러시아에서 남성의 이름 중 드미트리라는 이름은 비교적 흔하며, 여성의 이름 중 안나라는 이름 역시 흔하다. 안나의 아버지인 세르게이 역시 흔한 이름 중 하나이므로, 이 두 사람은 비교적 흔한 이름과 부칭을 갖고 있으며, 이러한 사실은 이들에게 일어난 일은 무수히 많은 안나나 드미트리에게 일어날 법한 일이라는 것을 가리키고 있는 것인지도 모른다. 과연 어떤 삶이 그의 진짜일까? 합법적인 가족과 함께 사는 삶일까? 아니면 어쩌면 끝이 정해졌을지도 모르는 비밀스러운 밀애를 기반으로 한 삶일까? 구로프는 과연 가식적인 삶을 버릴 용기가 있는가?

'그러자 조금만 더 시간이 지나면 묘안이 떠오를 것이고, 그러면 새롭고 멋진 삶이 시작될 것만 같았다. 두 사람 모두 그들의 사랑이 끝나려면 아직 한참 먼 길을 가야하며, 가장 어렵고 힘든 일이 이제 막 시작되었음을 알고 있었다.'

위와 같이 체호프는 사랑의 끝이 무엇인지 알려주지 않고, 알려줄 마음도 없어 보인다. 결국 선택은 구로프와 안나 세르게예브나의 몫이고 자신은 멀찍이 물러나서 그들의 내면을 관찰하면 그만일 뿐이라는 듯이 말이다.

「귀여운 여인」의 주인공인 올렌카는 늘 가까이 있는 사람을 사랑해 왔다. 어렸을 때는 아버지를, 학창 시절에는 프랑스어 선생님을 사랑했다. 성인이 된 후에 남자를 만나서 결혼을 하거나 연애를 할 때는 그의 생각, 말, 생활 방식에 맞춰서 살아간다. 그의 생각이 그녀의 생각이고, 그가 하는 말을 그대로 흉내 내어 말하는 식이다. 하지만, 실제로 그녀가 사랑한 세 명의 남성의 이름이 바니치카(Ваничка), 바시치카(Васичка), 볼로지치카(Володичка)였던 것을 떠올리면 이것이 우연의 일치가 아니라 작가의 의도와 맞닿아 있다는 것을 짐작할 수 있다.[1] 사실 이것은 러시아 작가들이 작품 속에서 등장 인물의 이름에 긍정적이거나 부정적인 의미를 부여하는 작

1 정명자. (2014). 체호프 소설에 나타난 사랑의 분류학. 러시아어문학연구논집, 47, 63

가적인 장치인 "говорящая фамилия"(말하는 성=성을 보면 인물에 대해 알 수 있다)과 유사하다고 볼 수 있다. 체호프는 올렌카를 통해 사랑을 할 때는 온전히 상대방으로만 가득 채우는 여인의 모습을 보여주고 있다.

한편 「진창」에서 체호프는 수산나 모이세예브나라는 요부형 여성을 내세운다. 체호프 연구자는 수산나 모이세예브나의 모델이 그가 20대에 잠시 교제한 적이 있는 예브도끼야 이사꼬브나 에프로스(1861-1943)일 것으로 추측한다. 그녀는 모스크바의 부유한 유태인 변호사의 딸이었고, 여성해방론자였는데, 매력적인 용모에 자의식이 강하고, 독립적이었으며, 무엇보다도 심리적으로 기복이 심한 성격의 소유자였다. 체호프는 후에 그녀와의 로맨스를 청춘의 객기 정도로 치부하였다[2]고 한다. 사실 많은 작가들의 작품 속에 자기 경험이 묻어나는 경향이 있다고 봤을 때, 그녀를 모델로 해서 「진창」을 썼을 것이라는 추측은 설득력이 있어 보인다.

「신부」와 「검은 수사」에서 체호프는 진리에 대한 이야기한다. 「신부」에서 사샤는 결혼을 앞두고 고민하는 나쟈에게 막연한 진리의 세계에 대해 말하며 진리를 찾아 떠나라고 설득한다. 「검은 수사」에서는 이보다 더 고차원적인 궁극의 진리를 추구하는 주인공의 모습을 그리고 있다. 여기에서는 속세에서 자신의 이상이 붕괴하여 가며 절망하게 된다는 코브린의 입장과 바로 그러한 그의 신비주의적 경향을 지닌 철학이 현실을 살아가는 타냐와 페소츠키의 삶을 파괴

---

2 정명자. (2014). 체호프 소설에 나타난 사랑의 분류학. 러시아어문학연구논집, 47, 61

하는 상황이 첨예하게 대립한다[3]. 한 사람이 간절히 추구하는 진리가 다른 사람들에게는 차라리 모르는 편이 나을 독이 되는 것이다.

「낯선 여인의 키스」에 등장하는 랴보비치는 러시아 문학에서 심심찮게 등장하는 '작은 인간'에 대한 이야기이기도 하다. 자기 삶도 자기 자신도 평범하다고 생각하며 기뻐하는 그는 19세기 러시아 문학에 종종 등장하는 작은 인간들과 비슷하다. 랴보비치는 어둠 속에서 도둑 키스를 당한 후 그에게 키스한 여인이 누구였을지 궁금하긴 하지만, 그녀를 찾기 위한 적극적인 노력을 기울이지 않았다. 그날 일과 관련해서 그가 용기를 낸 행동이 있다면 마지막 폰트랴킨 장군의 초대에 응하지 않은 것과 동료들에게 그날 있었던 일을 이야기한 것뿐이다. 하지만 그의 이야기를 들은 그의 동료들은 마치 그가 정말 작은 인간이라는 것을 증명하기라도 하는 듯이 그의 이야기 속 여자를 정신병자로 치부해 버리며 그의 설렘 따위에는 관심도 없다.

하지만 어쩌면 이런 이유로 어둠 속에서 랴보비치가 알 수 없는 여인과 나눈 키스가 더 소중한지도 모르겠다. 그녀를 또다시 만날지 알 수 없는 불확실한 희망, 때 이른 실망을 겪으며 그는 얼굴도 모르는 여인이나마 사랑에 빠진 것처럼 행동한다. 그런 그의 모습을 보면 진정 아름다운 사랑은 상상 속에나 존재하는 것이 아닌가 하는 생각을 하게 된다. 상상 속에서는 얼마든지 아름다울 수 있고, 아름다운 여인에 대한 상상은 무수히 많이 만들어낼 수 있기 때문이다.

한편 「6호실」에 등장하는 안드레이 예피미치의 경우 드디어 대화

---

3 오종우. (2003). 안톤 체호프과 문학의 진실. 러시아어문학연구논집, 14, 153

가 되는 사람을 만났는데, 하필 그 사람이 그의 환자였다. 그 환자는 정신병원에 있는 모든 환자 중에서 가장 똑똑하며, 예피미치는 그와 대화하는 것이 즐겁다. 그리고 어느 순간부터 그와의 대화가 삶의 낙이 되었다.

"감옥이나 정신병원이 존재한다면 누군가는 그곳에 수감되거나 입원해야 해요. 당신이 아니면 내가, 내가 아니라면 또 다른 누군가가 들어가야겠죠. 먼 미래에 감옥이나 정신병원이 존재하지 않게 되면 철창도 병원 가운도 없을 테니 그때까지만 기다려요. 그런 날은 언젠간 반드시 올 겁니다."

예피미치가 한 이 말은 사실 굉장히 흥미롭다. 마치 감옥이나 정신병원 같은 격리 시설을 먼저 만들어놓고 그 안에 가둘 사람을 생각하기라도 한 것처럼 말이다. 또 당신이 아니면 내가, 내가 아니면 또 다른 누군가가 들어갈 것이라는 말 역시 흥미로운 부분이며, 결국 의사였던 예피미치가 환자 취급을 받으며 병원에 강제로 입원당했기 때문에 복선이라고 볼 수도 있다.

삶이란 무엇일까? 사랑이란 무엇일까? 진정한 진리는 깨닫는 것이 복일까? 독일까? 정상인과 비정상인의 경계는 무엇일까? 체호프의 작품 속에 등장하는 인물들이 특별한 것 없어 보이면서도 굉장히 흥미로운 이유는 그들이 이러한 질문속에서 고뇌하기 때문이다.

그의 작품의 표면적 의미와 수수께끼 같은 작품의 주제는 서로 티격태격하며 독자들의 머릿속에 수많은 물음표를 그려 넣는다. 하지만 숨바꼭질과 퍼즐 속에 교묘하게 섞인 작가적 장치 속에서 길을 잃는다 해도, 작가가 다름 아닌 체호프이니 괜찮지 않을까? 길을 잃으면 잃는 대로 그의 천재성에 스며들어도 좋지 않을까?

여전히 작은 인간이어서 행복한 번역가로 상자 같은 방에서 감히 체호프의 작품에 대해 사색해 본다.

옮긴이 승주연

안양대학교 러시아어과를 졸업하고 상트페테르부르크 국립대학에서 러시아어 언어학 석사학위를 받았다. 현재는 고려대학교 노어노문학과 박사과정에 재학 중이다. 2017년 한국문학번역상을 수상했고, 2020년 리드 러시아 번역상 최종 후보에 올랐다. 『봉순이 언니』, 『달콤한 나의 도시』, 『두근두근 내 인생』 등을 러시아어로, 『라우루스』, 『커다란 초록 천막』, 『비행사』, 『티끌 같은 나』, 『나의 아이들』을 한국어로 옮겼고, 러시아 오페라 <보리스 고두노프>, <쇼스타코비치 교향곡 14번>, <쇼스타코비치 교향곡 13번> 공연의 자막을 번역한 바 있다.

낯선 여인의 키스

초판 1쇄 2024년 6월 24일
지은이 안톤 체호프
옮긴이 승주연
디자인 이지영
펴낸이 박소정
펴낸곳 녹색광선
이메일 camiue76@naver.com
ISBN 979-11-983753-2-2(03890)